SUSANNE UENAL

Kurzgeschichten, wie sie das Leben so schreibt

novum pro

www.novumverlag.com

Bibliografische Information
der Deutschen Nationalbibliothek:

Die Deutsche Nationalbibliothek
verzeichnet diese Publikation in
der Deutschen Nationalbibliografie.
Detaillierte bibliografische Daten
sind im Internet über
http://www.d-nb.de abrufbar.

© 2021 novum Verlag

ISBN 978-3-99107-710-7
Lektorat: Volker Wieckhorst
Umschlagfotos: Markus Berchtold,
Pklimenko | Dreamstime.com
Umschlaggestaltung, Layout & Satz:
novum Verlag

Gedruckt in der Europäischen Union
auf umweltfreundlichem, chlor- und
säurefrei gebleichtem Papier.

www.novumverlag.com

Inhaltsverzeichnis

Der 30. Geburtstag

Nun war es also soweit. Sie wurde steinalt. Sie war keine 20 mehr, sondern eben steinalte 30. Niemand würde mehr hinter ihr her pfeifen, keiner würde mehr hinter ihr hersehen und anerkennend die Augenbrauen lüpfen. Schrecklich! Wie die eigene Mutter (obwohl diese noch sehr jugendlich war und recht gut aussah) aussehen, nein, das war doch kein Leben mehr! All das ging Manuela durch den Kopf, während sie das Restaurant flotten Schrittes verließ und die Gartenterrasse, wo viele Leute ihren Kaffee tranken und noch die letzten Sonnenstrahlen des Tages genossen, durchquerte. Doch was war das denn? Manuela drehte spontan den Kopf in Richtung des Pfiffes, der so unerwartet gekommen war. Mehrere Männer in ihrem Alter saßen an einem runden Tisch und grinsten ihr frech zu. So was!

Verlegen wandte sich Manuela ab und hastete zu ihrem Auto, während die Männer lachten. Erst im Schutze des Autos gestattete sie sich ein überraschtes Lächeln. Konnte es möglich sein, dass es auch noch ein Leben nach 30 gab? Sie war zwar nicht mehr knackige 20, doch ihre Figur konnte sich trotzdem noch sehen lassen. Und ihre Erfahrungen auf allen möglichen Gebieten machten sie vielleicht attraktiver, als sie gedacht hätte. Sie war kein junges „Tüpfi" mehr, doch eine erfahrene und hübsche Frau, die in vielen Dingen einem Mann mehr bieten konnte als ein oberflächliches, kaum der Schule entlaufenes junges Ding.

Sie startete den Wagen. Und während sie langsam nach Hause fuhr, ließ sie ihren Gedanken freien Lauf. Sie hatte jung geheiratet, weil sie sich nach Kindern gesehnt hatte. Innerhalb von 3 Jahren schenkte sie 2 Mädchen das Leben. Ihr Mann war 13 Jahre älter als sie. Mehr als 2 Kinder hatte er auf keinen Fall gewollt. Bei der Scheidung vor 4 Monaten hatte er ihr netterweise sein selbst gebautes Haus zur Miete überlassen und war auch sonst relativ großzügig von wegen Alimenten gewesen. Dafür durfte er seine beiden Töchter seheh, wann immer er wollte. Sie hatten nicht viel Streit gehabt. Auch die Scheidung ging friedlich vonstatten. Doch es hatte sich mit den Jahren herausgestellt, dass ihre beiden Bedürfnisse schon sehr verschieden waren. Und so hatte man gegenseitig schnell einmal die Trennung beschlossen. Auch die Kinder hatten nicht darunter gelitten.

Und morgen war nun ihr 30. Geburtstag. Frisch geschieden, 2 Kinder, noch nicht viel von der Welt gesehen geschweige denn viele Männerfreundschaften gehabt. Und jetzt? Wie ging es weiter? Den Umgang mit Männern nicht gewohnt, nach der Lehre als kaufmännische Angestellte direkt geheiratet, sollte nun ausgerechnet sie morgen Abend gross in den Ausgang gehen! Ihre Cousine Fränzi hatte alles arrangiert. Die gemeinsame Freundin Maria würde auf ihre beiden Töchter aufpassen, bis diese fest schliefen. Und sie beide würden die Nacht zum Tage machen – so zumindest hatte sich Fränzi ausgedrückt. Manuela kannte ihre Cousine gut genug, die war jederzeit zu jedem Unfug bereit. Mit anderen Worten: das genaue Gegenteil von ihr selber. Aber was soll's. Vielleicht war es genau das, was ihr im Moment gut tat.

Ihr großer Tag fing schon gut an. Ihre Töchter hatten sie mit etwas Selbstgebasteltem überrascht, der Exmann hatte ihr per Post doch tatsächlich eine Schachtel Pralinen und eine für ihn typische Karte mit entsprechendem Text von wegen „die Jüngste bist du nun nicht mehr" geschickt, und von ihrer Nachbarin hatte sie einen großen Blumenstock mit irgendwelchem Grünzeug bekommen. Über Mittag hatte sie Fränzi angerufen, kurz gratuliert und ihr dann während längerer Zeit klargemacht, was sie anziehen solle. „Ach was", entschied sie am Schluss. „Am besten, ich komme" etwas früher bei dir vorbei. Dann zeige ich dir, welches Kleid passt. Noch besser, ich kann dich dann persönlich ein wenig zurechtmachen, sonst kommst nur wieder wie ein bleicher Käse daher!" Sprach's und hängte auf. Typisch Fränzi! Manuela lächelte. Sie freute sich, dass ihre lebhafte Cousine nach dem Ausgang über Nacht bei ihr bleiben wollte. Dann konnten sie noch etwas quatschen. Manuela fühlte sich gleich lebendiger. Mit frischem Schwung und Elan verbrachte sie den Rest des Tages.

Am frühen Abend tauchte dann ihre Cousine auf. Wie immer quirlig und gut gelaunt. Fast gleichzeitig kam auch Maria an. Während sie sich mit den Kindern beschäftigte, konnten sich die beiden Frauen ausgiebig ihrem Make-up widmen. Plötzlich schrie Manuela erschrocken auf. Sie hatte im Spiegel ein weißes Gesicht hinter ihr entdeckt. Fränzi und Maria kugelten sich vor Lachen. Fränzi hatte sich ihr Gesicht mit losem weißem Puder angeschmiert! „Ha, ha, sehr lustig. Das kann ja heiter werden." Manuela war ein wenig mulmig im Magen. Wer weiß, was Fränzi noch alles an diesem Abend so anstellen würde. Während Maria an ihrem Haar herumfummelte, nahm Fränzi ein Kleid nach dem anderen aus Manuelas Schrank. Sie hatte wirklich ein paar schöne Stücke. Doch keines schien Fränzi zu behagen. „Weißt du was? Da wir praktisch die gleiche Kleidergröße haben, gebe ich dir eines von mir. Ich habe nämlich zur Sicherheit – und weil ich deinen Kleidergeschmack kenne – ein paar flippige Kleider mitgebracht." Schon hatte sie ein rotes, 2-teiliges Kostüm hervorgeholt. Das Röckchen war kurz und glockig, der Saum schwarz. Das Oberteil im Kosakenstil. „Genau das Richtige für dich!"

Manuela schaute eher kritisch. „Und wenn ich tanze, schwingt der kurze Rock derart, dass jeder mein Höschen sehen kann! Nein danke!" Fränzi grinste. „Aber liebes Cousinchen, ich kenne dich doch. Nur keine Angst, ich habe vorgesorgt. Darunter trägst du einen ebenso kurzen Petticoat, der nicht mitschwingt. Du brauchst also keine Angst um dein Höschen zu haben!" Wieder lachten Fränzi und Maria laut. Da Fränzi keine Ruhe gab, biss Manuela in den sauren Apfel und schlüpfte in das Kleid. Es passte wie angegossen. Sich im Spiegel betrachtend, musste sogar Manuela zugeben, dass es ihr vorzüglich stand. Zusammen mit ihrem schimmernden Haar (Maria hatte ihr Glitter ins Haar gesprayt) und dem vamphaften Make-up sah sie gar nicht übel aus. Sie gefiel sich richtig gut. Fränzi und Maria schauten sie mit offenem Mund an. „Maria, siehst du, was ich sehe? Aus einem hässlichen Entlein ist ein schöner Schwan geworden", lautete der überraschte Kommentar. Nun war es Manuela, die laut lachte ob der dümmlichen Gesichter. Jetzt konnte es auch von ihr aus losgehen.

Sie fuhren in die Stadt. In einer großen ehemaligen Fabrikhalle wurde ein Musical aufgeführt, für das sich beide schon lange interessiert hatten. Sie genossen die vielen Menschen in ihren schönen Kleidern, die guten Sänger und die schöne Musik. Noch ganz beseelt vom Musikstück, fuhren sie weiter etwas außerhalb der Stadt. Dort befand sich ein Tanzlokal, in das sie schon früher gegangen waren. Es gab schöne Tanzmusik, eine angenehme Atmosphäre und gute Tänzer. Manuela und Fränzi schauten sich an und nickten sich verstehend zu. Es konnte losgehen. Beide hatten sich von jeher für Astrologie interessiert. Während der Ausgänge in verschiedene Tanzlokale hatten sie festgestellt, dass sich immer ganz bestimmte Typen für sie beide interessierten. Beide hatten sie dasselbe Sternkreiszeichen und sogar denselben Aszendenten. Während Fränzi immer Tänzer bekam, die meist ihr Sternzeichen im Element Erde hatten, zog Manuela magisch Zeichen im Element Wasser oder Feuer an. Komisch, aber sehr interessant. Darum waren sie auch heute wieder gespannt darauf, ob ihre Beobachtungen wieder eintrafen. Manuela wurde bald einmal zum Tanzen aufgefordert, während Fränzi zuschauen musste. Prompt wieder jemand, dessen Sternzeichen im Feuerelement war. Manuela lächelte. Typisch! Sie drehten ein paar Runden.

Wieder am Platz, gab Manuela ihrer Cousine einen Tipp. „He, mach' nicht so ein missmutiges Gesicht. Wenn du auch tanzen willst, dann darfst du nicht ständig Nein sagen. Sag' ruhig einmal Ja, auch wenn dir der Typ nicht gefällt!" „Meinst du?" „Aber ja! Dann sehen nämlich all die anderen Männer, die dich gerne auffordern würden, aber den Mut nicht dazu finden, dass du keine Körbe verteilst, und sie wagen es dann eher, zu dir zu kommen." In diesem Moment kam ein kleiner, untersetzter Mann zu Fränzi und bat sie um einen Tanz. Manuela musste sich sehr beherrschen, sonst hätte sie laut aufgelacht. Sie kannte ihre Cousine gut genug, dass sich diese nun innerlich mehr als wand, weil es wirklich nicht ihr Typ war. Ihr mitleiderregendes Gesicht sprach Bände. Doch tapfer überwand sie sich und kam der Aufforderung nach. Auch Manuela wurde sofort wieder aufgefordert. Nur kurze Zeit später entdeckte sie ihre Cousine, die offensichtlich den Tänzer gewechselt hatte und sich mit strahlendem Gesicht angeregt unterhielt. „Na also, hat doch geklappt", dachte Manuela amüsiert.

Wieder am Platz, brachte Fränzi ihren neuen Begleiter auch gleich mit. Er hieß Köbi und hatte ein Erd-Sternzeichen – was denn sonst? „Weißt du, weshalb mich Köbi aufgefordert hat zum Tanzen? Er sah mich mit dem anderen und hatte sofort begriffen, dass mir dabei nicht wohl gewesen war. Da wollte er mich von meinem schweren Schicksal erlösen und forderte mich seinerseits auf. Du hast recht gehabt, liebes Cousinchen." Köbi war ein großer, junger und intelligenter Mann, mit dem man über alles reden konnte. Plötzlich hörte die Musik auf, und der DJ begann zu sprechen. Überrascht hörte Manuela ihren Namen. „Ich habe gehört, dass eine reizende junge Lady heute Geburtstag hat. Ihr seid doch bestimmt einverstanden, dass wir alle für Manuela ein Ständchen bringen, nicht wahr?"

Hochrot im Gesicht, musste Manuela ganz allein mitten auf die Tanzfläche stehen und sich das „Happy-Birthday-Lied" der Leute anhören. „Da ich weiß, dass Manuela die Musikband Europe sehr gern hat, lege ich extra für sie einen Song dieser Band auf. Noch viel Spaß heute Abend, liebe Manuela, und viel Glück für die Zukunft!" Schon war Fränzi an ihrer Seite, drückte sie hef-

tig an sich, gab ihr 2 große Schmatzer auf die Backen und überreichte ihr vor allen Leuten ein kleines, längliches Päckli in die
Hand. Manuela wusste aus lauter Verlegenheit gar nicht, was
tun. „Pack schon aus! Auf was wartest du noch?" Fränzi stupste sie liebevoll in die Seite. Also machte Manuela das Geschenk
auf und betrachtete ehrfürchtig die goldene Cartier-Uhr. So was
Schönes hatte sie noch nie bekommen. „Ist nur eine Imitation,
die ich extra für dich kaufte, als ich letzthin kurz in Hongkong
weilte. Aber ich hoffe, sie gefällt dir auch so." „Spinnst du? Natürlich gefällt sie mir!" Glücklich umarmte sie ihre Cousine.

Das wirkte wie ein Auslöser für die anderen Gäste. Alle strömten wieder auf das Tanzparkett. Einige wagten es und gratulier-
ten ihr, obwohl sie sie nicht kannten. So im Mittelpunkt zu stehen, war Manuela nicht gewohnt. Aber irgendwie gefiel es ihr.
Mit roten Backen und glänzenden Äuglein wollte sich Manuela
wieder setzen. Aber schon stand der nächste Mann vor ihr. „Du
hast wirklich Geburtstag heute? Gratuliere dir ganz herzlich!
Möchtest du tanzen?" Und ob sie wollte! Den ganzen Abend
ging es so weiter. Was ihr jedoch am meisten Freude machte,
waren die ernst gemeinten Komplimente, die sie zuhauf bekam.
„Wie alt bist du? 30? Du machst Witze, du siehst höchstens wie
25 aus!" Ha, das tat gut. Also gehörte sie doch noch nicht zum
alten Eisen. Während Fränzi fleißig ihre Runden mit Köbi drehte, wirbelte Manuela mit ihrem kurzen roten Röcklein mit ste-
tig wechselnden Partnern auf dem Tanzparkett herum. Einfach
herrlich! Völlig erschöpft, aber überglücklich verließen die beiden nach Tanzschluss das Lokal. Sie lachten viel und fühlten sich
sehr wohl auf der Heimfahrt.

Wieder zu Hause, nahm Manuela ihre Schlüssel hervor und öffnete die Tür. „Autsch! Himmelherrgott, was ist denn das?" Sie
machte das Licht an, um zu sehen, woran sie sich gestoßen hatte. Ein riesiges weißes Plakat hing direkt vor ihrer Nase. Darauf
hatte ihr Maria ein selbst erfundenes Geburtstagsgedicht geschrieben. Das Ganze hing an einer Schnur von der Decke he-

rab. Aber die Schnur ging noch weiter. Sie führte quer durch den Korridor mitten ins Wohnzimmer hinein. Und das Beste daran war, dass exakt 30 verschiedene kleine Päcklein mit vielen bunten Ballonen daran hingen! „Ihr seid wirklich Goldschätze! Ihr verwöhnt mich ja richtig. Habt ihr das etwa hinter meinem Rücken so abgemacht?" „Klar. Du kennst mich doch", lachte Fränzi. Offensichtlich war ihr die Überraschung gelungen. Aber das war noch nicht alles. Auf dem Wohnzimmertisch stand eine große Geburtstagtorte, und an einem Bügel aufgehängt befand sich ein flippiges Kleid, das ihr Fränzi eigenhändig gestrickt hatte. „Und wenn mich nicht alles täuscht, ist da noch eine Flasche Champagner im Kühlschrank!" Schon hatte sie Fränzi geholt und geöffnet. Manuela war hingerissen. So schlecht war es doch nicht, 30 Jahre alt zu werden, dachte sie im Stillen. Man kann viel intensiver genießen, weil man den Wert der Dinge durch die Erfahrung besser schätzen kann. Und was waren schon mickrige 30 Jährchen? Noch gar nichts! Jetzt fängt doch das Leben erst richtig an!

Manuela lächelte still vergnügt vor sich hin, während sie das Glas Champagner entgegennahm.

Wie heilt man Liebeskummer?

Sie hatte Liebeskummer wie noch nie zuvor. Schon seit 2 Jahren litt sie darunter. Niemand konnte ihr helfen, obwohl viele liebe Freunde da waren, die ihr immer beistanden, wenn sie nicht mehr weiterwusste. Sie hätte nie gedacht, dass sie sich so kurz nach ihrer Scheidung wieder verlieben würde. Und zwar auf eine Art, wie sie es noch nie erlebt hatte und wie sie es sich nie hätte vorstellen können. Es gab ihn also wirklich, ihren Märchenprinz. D. h. es hatte ihn gegeben. Denn nach einer Schmusenacht hatte er ihr klipp und klar mitgeteilt, dass er sie zwar sehr möge, sich aber vorläufig eine feste Beziehung nicht vorstellen könne. Ein Weltuntergang für sie! Für sie, die nie zuvor Gefühle zugelassen hatte, weil sie solche bisher kaum erhalten und Angst vor seelischen Verletzungen hatte, war es mehr als entsetzlich. Da kam einer einfach daher, knackte ohne Vorwarnung ihren Gefühlstresor und ließ sie dann wieder allein. Um sie herum explodierende Gefühle, die sie erdrückten. Mit denen sie nicht umgehen konnte, nach denen sie sich aber umso länger sehnte, je mehr sie nicht gestillt wurden. Alles drehte sich nur noch um diese Gefühlswelt. Ihre Welt stand kopf. Jahr um Jahr ging vorbei. Nichts änderte sich. Niemand konnte ihr wirklich helfen. Und andere Männer gab es auch nicht. Wie auch? Wer hätte ihren Märchenprinz denn ersetzen können? Nur er selber. Doch sie war ihm nie mehr begegnet.

Irgendwann einmal hatte dann eine ihrer Freundinnen (die ein paar Jahre älter als sie war und schon Ähnliches erlebt hatte) mehr als genug. „So, Mädchen, jetzt ist's genug. Ich weiß, du hältst nichts von Medikamenten. Aber so kann es doch nicht weitergehen. Deine beiden Töchter möchten doch auch wieder mal eine lachende Mami sehen. Jetzt gehst du zu deinem Vertrauensarzt, erzählst ihm vom deinem Kummer und bittest ihn um Beruhigungstabletten." Sie wusste, dass ihre Freundin recht hatte und dass sie es wirklich nur gut meinte mit ihr. Ohne es sich weiter zu überlegen, griff sie deshalb zum Telefon und machte einen Termin beim Arzt ab. Schon bald saß sie diesem gegenüber. Sie war erstaunt, dass sich ihr Arzt genügend Zeit nahm, ihr gut zuhörte und sie ernst nahm. Er sagte ihr, sie sei doch noch jung. Außerdem sehe sie gut aus und sei ein wunderbarer Mensch. Sie müsse wirklich keine Angst haben, dass sie keinen lieben Mann mehr fände. Da er sie gut kenne, sei er bereit, ihr für eine Weile starke Beruhigungstabletten zu geben. Aber sie müsse ihm versprechen, dass sie diese Tabletten nicht missbrauche.

Ihr hatte dieses Gespräch überraschend gut getan. Noch überraschter war sie, als sie die Wirkung der Tabletten spürte. Sie fühlte sich keinesfalls irgendwie benebelt oder sonst irgendwie weggetreten. Sie fühlte sich plötzlich wieder ruhiger und gelöster und konnte viel besser mit ihrem Kummer umgehen. Sie hätte nie gedacht, dass es ihr einmal wieder etwas besser gehen würde.

Das musste gefeiert werden! Spontan verschickte sie Einladungskarten an ihre 3 besten Freundinnen. Unter dem Motto „Lachen ist gesund" lud sie alle 3 zu sich nach Hause ein, wo sie ein köstliches Menü vorbereitet hatte. Ihre Freundinnen sagten begeistert zu. Als am Abend vor ihrer Haustür ein Gekicher losging, wusste sie, dass die 3 Frauen den Hut, den sie auf einen Stuhl gelegt hatte, zusammen mit dem Schild „Bitte um eine milde Gabe" entdeckt hatten. Alle hatten sich extra schön gekleidet. Nur die eine Freundin fiel etwas aus dem Rahmen. Mit einem himmelblauen Plastikturban auf ihrem Kopf und einem Korb am Arm trudelte sie bei ihr ein. „Liebste Freundin", sagte sie mit zuckersüßer Stimme, „da ich deine mickrigen Kochkünste kenne, habe ich gedacht, ich nehme eine Thermosflasche mit

Bouillon und ein Stück Brot für uns mit. Damit wir wenigstens etwas Gutes zum Essen haben!" Alle lachten, schließlich war ihre Freundin für ihre Scherze weithin bekannt. Während sie in der Küche hantierte, mussten ihre Gäste ins Gästebuch schreiben. Da 2 von ihnen gerne dichteten, kam dabei ein Meisterwerk zustande.

Sie kugelte sich vor Lachen, als sie deren Sprüche las:

Liebe ist sooooo schön

Heute sind wir ein Quartett/bis jetzt ist es sehr nett./ Hoffen wir, es geht so weiter/das kalte Essen stimmt uns heiter./Der Magen ist noch ganz nervös,/die Küche war phänomenös./Die Befehle von Manuela ignorieren wir/wir bestimmen, was geschrieben hier./ Trotz der Kleidung, der warmen,/frieren wir zum Gotterbarmen./Auch die Sonnenblume auf dem Tisch/ fast zu Eis gefroren isch./Zum Glück gab es noch heiße Lieder/drum kommen wir vielleicht mal wieder!

Als sie ihren Gästen die Vorspeise servieren wollte, kam die erste Überraschung. „Wir haben etwas für dich vorbereitet. Sitz ab und hör zu." Liebevoll, aber bestimmt wurde sie auf den nächsten Stuhl gedrückt. Mit Staunen beobachtete sie, wie sich die 3 munteren Frauen zu einem kleinen Chor formatierten, jede ein Blatt in der Hand. Dazu lief im Kassettenrekorder Hintergrundmusik. Und dann legten sie los. Sie wusste nicht – sollte sie lachen oder weinen? Sie tat es abwechslungsweise. Eine ihrer Freundinnen hatte es sich nicht nehmen lassen, zu einem bekannten Lied einen eigenen Text zu dichten, extra für sie. Und das tönte ungefähr so:

Schwankend wie im Wind eine Tanne/launisch wie
ein Kinostar/wie beim Autofahren die Panne/gerade
so unberechenbar/sind die Männer, sind die Männer/
und aus diesem Grund sind sie rar. Refrain: Darum sei
doch froh, mein Kind. Sind wir auch keine „Beau",
mein Kind, und auch nicht gerade reich, mein Kind.
Wir lieben dich trotzdem, mein Kind. Es hat eine jede
Frau, mein Kind, Ähnliches schon erlebt, mein Kind.
Solltest du noch Fragen haben, mein Kind, sind wir
alle für dich da, mein Kind.

Etc.

Ihr wurde wieder mal bewusst, was für wunderbare Freundinnen sie hatte. Und dass dies nicht selbstverständlich war. Wie
hatte sie sich nur so lange so gehen lassen können. Es war bestimmt nicht einfach mit ihr gewesen. Sie schämte sich, während sie dem Lied der 3 Frauen zuhörte. Nur schon, wie diese da
standen mit ihrem Blatt Papier, theatralisch ihre Hände sprechen
ließen, ihre Mimik … Anscheinend hatten sie als Vorbereitung
auf dieses Fest vorher dieses Lied noch geprobt. Sie konnte nicht
anders. Sie stand auf und fiel ihren Freundinnen um den Hals.
Ein paar Tränchen glitzerten auf ihren Backen. Aber ihre Freundinnen hatten sich noch mehr ausgedacht. „Ich werde jetzt noch
etwas aus unserem sagenhaften Korb zaubern. Setz' dich", befah-
len sie Manuela, die sofort gehorchte. Die Freundinnen grinsten.

Misstrauisch beobachtete sie, wie die eine Freundin langsam an
einer Schnur zog. Den Korb hielt sie geheimnisvoll mit einem
Tuch bedeckt. „Zieh an dieser Schnur." Sie gehorchte wieder.
Eine kleine Plastiktrompete lugte unter dem Tuch hervor. „Stop.
Diese Trompete ist ein Symbol. Wann immer du Hilfe brauchst,
blase in diese Trompete, und wir kommen! Und nun zieh weiter an der Schnur." Ein kleines Büchlein erschien. „Damit du ab
und zu wieder mal herzhaft lachen kannst, lese in diesem Witz-

büchlein. Zieh weiter." Diesmal kam ein Schokoriegel zum Vorschein. „Etwas Süßes als Trost. Weiterziehen." Alle schauten sich bedeutungsvoll an und zwinkerten sich zu. Eine Autogrammkarte von den „Chippendales", den berühmten Striptease-Tänzern aus Amerika! „Damit du wieder mal ein Auge auf einen schönen Mann riskieren kannst!"

Wieder zog sie an der Schnur. Ein winzig kleiner Stoffteddybär zeigte sich. „Etwas zum Schmusen im Bett!" Zu guter Letzt kam ein Gutschein für eine Kosmetikbehandlung. „Damit du weiterhin so schön bleibst wie jetzt!" Manuela war zu Tränen gerührt. Sie bedankte sich überschwänglich bei ihren Freundinnen. Womit hatte sie solche tollen Freundinnen verdient? Als hätte die eine ihre Gedanken gelesen, sagte sie ihr: „Weißt du, für lustige Stunden findet man immer irgendwelche sogenannte gute Freundinnen. Aber in schlechten Zeiten zeigt es sich, was sie wert sind. Aber gerade dann braucht man diese. Und dafür sind wir da. Auf uns kannst du immer zählen. Aber sag', gibt's eigentlich keinen Dessert?"

Diesmal war sie es, die ihre Gäste überraschte. „Klar. Aber wie heißt es doch so schön: Ohne Fleiß kein Preis!" Verblüfft schauten sich die Frauen an. „Ha, denkt ihr, ihr bekommt einfach so einen Dessert? Den müsst ihr euch zuerst verdienen." Flink holte sie 3 riesige Plakate samt Pinsel, Malstiften und Farbsprays hervor und legte diese auf den Tisch. „Fangt an. Jeder muss sein Plakat voll bemalen. Und nur, wer am Schönsten gemalt hat, bekommt ein Dessert. Die anderen müssen dann zuschauen!" War das jetzt ernst gemeint? Kritisch wurde sie von den 3 Frauen beäugt. Als die aber über das ganze Gesicht grinste, realisierten sie den Witz. Sie bekamen noch 3 Schürzen und 3 Käppi als Schutz für die Haare. Dann legten sie los.

Sie machte fleißig Fotos von den Frauen und ihren Kunstwerken. Jede Einzelne malte auf ihre Art typisch. Die eine, eine Romantikerin, nahm die Malstifte und zeichnete lauter Liebesmotive wie rote Herzen und dergleichen. Die andere, eine Emanzipierte, malte mit dem Pinsel flotte männerfeindliche Sprüche quer übers Plakat. Und zuletzt die praktisch Veranlagte, die sich für ein Graffiti entschlossen hatte und mit den Farbspraydosen hantierte. Als alle fertig damit waren, hängte sie die Plakate an der Wand auf.

In Erwartung des Desserts hatten sich die 3 Frauen schon an den Tisch gesetzt. „Trara, Trara!" Sie balancierte auf einem großen Tablett 4 herrliche Glacée-Coups. Daneben lagen 3 längliche schön verpackte Geschenke. „Was ist das denn?" Die 3 Frauen schauten zuerst skeptisch dieses längliche Ding an. Sie, die an deren Gesichtsmimik erkennen konnte, wie sie alle zur gleichen Zeit an das Gleiche dachten, lachte amüsiert auf. „Na, hör mal!" Ihre Freundin spielte die Entrüstete. „Eine längliche Wurst haben wir doch nicht nötig! Oder sind da aufgeblasene Kondome drin?" Sie antwortete nicht, gab sich jedoch betont geheimnisvoll. Jetzt wurden die 3 Frauen neugierig und öffneten schnell das Päckli. Ein Riesenstumpen bester Sorte kam zum Vorschein. „Das Stück zu je Fr. 12! Ich hoffe, ihr genießt ihn dementsprechend!" Alle 3 Frauen waren nämlich relativ starke Raucherinnen, während sie selber noch nie geraucht hatte. Genüsslich begannen sie zu paffen. Sogar sie probierte einmal. Es lag ein angenehmer Geruch in der Luft. Danach gab es einen mexikanischen Kaffee. Sie fühlte sich rundum wohl wie schon lange nicht mehr. Beim Abschied umarmte sie alle 3 ganz herzlich und bedankte sich nochmals für alles. Sie wusste, solch gute Freundinnen waren selten und ein Gottesgeschenk. Sie war dankbar und nahm sich fest vor, sich nicht mehr gehen zu lassen, sondern wieder positiv in die Zukunft zu schauen!

Der Kochkurs

Marianne liebte die chinesische Küche. Zu ihrem großen Leidwesen konnte aber ihr Mann Werner damit gar nichts anfangen. Und das als Küchenchef! Sie hatte schon lange überlegt, wie sie Werner doch noch dazu bringen konnte, diese Küche kennenzulernen. Und als dann in der Zeitung ein chinesischer Kochkurs angeboten wurde, fackelte sie nicht lange. Sie meldete sich und ihren Mann sofort an. Als Werner dann nach Hause kam, kam strahlend seine Frau auf ihn zu: „Rate mal, was wir nächsten Dienstagabend zusammen machen werden." Nichts ahnend zuckte Werner die Schultern. „Ich habe uns für einen chinesischen Kochkurs angemeldet." „Was? Muss das sein?" Werner war nicht gerade entzückt. Doch weil er wusste, wie sehr Marianne daran gelegen war und weil er seine Frau schließlich liebte, gab er gutmütig nach. Marianne freute sich riesig. Sie war überzeugt, dass es am Schluss sogar ihrem Mann schmecken würde. Hätte sie geahnt, wie der Abend verläuft, hätte sie schnellstens ihre Anmeldung wieder rückgängig gemacht …

Der Dienstag kam. Marianne hatte extra eine weitere Kochschürze für ihren Mann besorgt. Freudig erregt die eine, skeptisch der andere, betraten sie die Kochschule. Werner war der einzige Mann unter ca. 15 Frauen. Er fühlte sich sichtlich wohl als Hahn im Korb. Die Kochleiterin machte ein paar einleitende Worte, stellte dann 2er- Gruppen zusammen, die jeweils ein kleines Gericht vorbereiten und kochen mussten. Sie würde dann bei jedem mal vorbeikommen. Marianne und Werner hatten es mit einem Gemüsegericht zu tun. Ihre Nachbarin, ein rundliche

Dame, die zum 2. Mal mit einem Italiener verheiratet war, konnte gar nicht genug tratschen. „Ist das hier ein Kaffeekränzchen oder ein Kochkurs? Und überhaupt, wie die alle so kochen, man könnte meinen, die hätten noch nie vor einem Herd gestanden! Schau mal, sogar die Kochleiterin hat Schwierigkeiten!" Werner stänkerte. Marianne stupste ihm in die Seite: „Hör' auf, Schatz. So reklamier doch nicht immer. Es macht doch Spaß. Und auch ein Küchenchef kann immer noch dazulernen, meinst du nicht auch?" „Aber hier bestimmt nicht", brummelte Werner, der weiterhin die Kochleiterin beobachtete.

Diese hatte nämlich offensichtlich Schwierigkeiten. Jeder hatte Fragen an sie, ständig musste sie hin und her eilen. Und mitten im Stress explodierten doch tatsächlich die Frühlingsrollen im heißen Öl! Werner war fast gleichzeitig wie die Lehrerin dort. Während diese verzweifelt die Hände über dem Kopf zusammenschlug, nahm Werner geistesgegenwärtig eine Kelle und fischte den Rest der Frühlingsrollen aus dem Öl. Danach schupste er gebieterisch die 2 Leute, die dafür verantwortlich waren, zur Seite und übernahm das Zepter. „Also, so was ist mir in meinen Kochkursen noch nie passiert", jammerte die Kochleiterin, während Werner geschickt neue Frühlingsrollen vorbereitete und ins Öl gleiten ließ. Bewundernd schauten ihn die Frauen an. Sichtlich stolz erzählte Marianne, dass ihr Mann schließlich Küchenchef sei. „Wow, solch einen Mann hätte ich auch gerne. Er sieht gut aus und kann auch noch kochen", tuschelten die Frauen untereinander.

Später deckten sie zusammen den großen Tisch. Es wurde ein Buffet aufgebaut. Jeder brachte sein Gericht, das er vorbereitet hatte, und stellte es irgendwohin. Alle bedienten sich. Dazu gab es Tee, Mineralwasser oder Wein. Es wurde viel geredet und gelacht. Jeder war bereit, etwas aus seinem Privatleben zu erzählen. „Also doch ein Kaffeekränzchen", flüsterte Werner seiner Frau ins Ohr. Als diese nicht reagierte, schaute er ihr besorgt ins Gesicht. „Ist dir nicht gut? Du bist so weiß im Gesicht." Marianne fing plötzlich an zu schwitzen. „Ich weiß auch nicht, was los ist. Ich denke, ich habe zu viel gegessen." Werner leuchtete das nicht ein, denn er hatte mehr gegessen, und ihm ging es gut. Den anderen war nichts aufgefallen. Sie hatten begonnen, abzudecken und abzuwaschen.

Endlich wurden sie von der Kochleiterin verabschiedet. Als sie das Haus verließen, bekam Marianne fürchterlich weiche Knie. Sie konnte sich kaum mehr aufrecht halten. Werner konnte sich ein Lächeln nicht verkneifen: „Was ist? Ist dir die chinesische Küche nicht gut bekommen?" Wenn Marianne nicht so übel gewesen wäre, hätte sie ihm schon eine geharnischte Antwort entgegengeschleudert. Sie setzte sich auf eine Steinbank, hielt sich mit der einen Hand den Bauch, die andere legte sie um ihren Hals. Doch es nützte alles nichts. Sie konnte gerade noch zum nächsten kleinen Bäumchen rennen, wo sie sich heftig übergeben musste. Und weil der Druck derart groß war, wurden ihr Tränen herausgepresst, und auch ihre Blase hielt nicht stand. Mein Gott, war das peinlich! So was war ihr noch nie im Leben passiert! Zu allem Übel lachte ihr Mann lauthals. Sie war so wütend auf ihn und diese Situation, sie hätte Werner am liebsten alle Schande gesagt. Doch sie hatte einfach nicht die Kraft dazu. Außerdem war ihr immer noch übel. Die Knie zitterten, sie war von oben bis unten nass. Am liebsten wäre sie im Erdboden versunken! Gott sei Dank war es dunkel. Und in der Nebengasse, wo sie sich aufhielten, befand sich auch keiner. Werner wollte sie stützen, doch Marianne zischte ihn erbost an: „Lass mich ja in Ruhe! Du musst gar nicht so gönnerhaft tun!" Wiederum musste Werner lachen, aber er überließ sie dann großzügigerweise ihrem Selbstmitleid. Sie bewegten sich auf ihr Auto zu.

Während der Heimfahrt konnte es sich Werner einfach nicht verkneifen: „Na, mein Schatz, wie hat dir die chinesische Küche geschmeckt?" Marianne antwortete ihm nicht. Sie fror und schämte sich entsetzlich. Zu Hause ging sie sofort unter die Dusche, steckte danach ihre Kleider in die Waschmaschine. So ein

Blödsinn, dachte sie, dass mir das ausgerechnet jetzt passiert ist. Ich vertrage doch sonst die chinesische Küche so gut. Warum diesmal nicht? Und Werner werde ich wohl nie mehr zu einem Kochkurs geschweige denn zum chinesischen Essen überreden können. Ich könnte heulen! Ohne dass Werner es bemerkte, schlich sie ins Gästezimmer. Dort lag nämlich die Anmeldung für den chinesischen Kochkurs II. Schnell zerriss sie den Zettel und warf ihn in den Abfalleimer. Schließlich wollte sie sich nicht noch einmal blamieren …

Ein aufregender Ausflug

„Wie wär's wieder mal mit einem Ausflug in den Naturpark?" Cornelia schaute fragend ihre Schwester Sonja an. „Du weißt doch, ich bin im neunten Monat schwanger. Und der Park ist ja nicht gerade in der Nähe. Wenn da was passiert …" „Ach, komm, so schnell geht das auch nicht. Die Kinder hätten sicher ihren Spaß. Und Mama nehmen wir auch gleich mit. Nach dem Tod von Vater könnte sie eine Abwechslung brauchen." Sonja nickte. „Du hast recht. Einen richtigen Familienausflug hatten wir schon lange nicht mehr. Und das Wetter macht auch mit. Wann soll's losgehen?" Bereits am nächsten Tag waren sie unterwegs. Sie fuhren mit 2 Autos. Sonja mit ihren Kindern Rolf, Carina und Iris, Cornelia mit ihren Söhnen Peter und Tim, dazu noch ihre Mutter. Diese hatte sich ein keckes Hütchen auf den Kopf gesetzt. Falls es regnen sollte. Doch die Sonne schien, und alle freuten sich auf den Ausflug. Nach 1 ½ Stunden Fahrt erblickten sie den Naturpark mit den prachtvollen alten Häusern aus dem letzten Jahrhundert und den herrlichen Blumen und Bäumen, wo sich auch Rehe tummelten.

Sie parkten und gingen Richtung Eingang mit dem Zahlhäuschen. „Wie wär's mit einer Rundfahrt?" Ein blonder junger Mann lächelte Cornelia charmant an. „Dann müssten Sie nicht stundenlang laufen und könnten alles in Ruhe ansehen und genießen." Sonja war sogleich begeistert. Sie war nicht gerade die Schlankste und hielt von Spaziergängen auch nicht sonderlich viel. Von den Kindern ganz zu schweigen, die bereits zum Pferd, das ihren Wagen ziehen sollte, rannten. „Was meinst du, Mutter?" Diese beäugte kritisch das Pferd. Sie war auch nicht die Schlankste und bezweifelte stark, dass das Pferd den Wagen mit den 8 Personen ziehen konnte. Und billig war so ein Ausritt für eine Stunde bestimmt auch nicht. „Keine Ausreden, Mutter. Wir gönnen uns heute etwas. Sonja?" Cornelia schaute kurz zu ihrer Schwester rüber, die nickte. „Und wir bezahlen. Du bist eingeladen."

Schon bestiegen alle den Wagen. Es holperte ganz gewaltig, denn die Naturwege waren nicht gerade eben. Doch die Kinder hatten ihre helle Freude daran. Und zu sehen, wie Sonja und Großmutter mit ihren dicken Hinterteilen auf und ab hopsten, war einfach grandios! Der junge Mann erzählte, dass er aus Jugoslawien käme, Petric heiße und seinen Job hier in dem Naturpark sehr liebe. Er schäkerte zwar mit den Kindern, doch dass ihm Cornelia ganz gut gefiel, war nicht zu übersehen. Immer wieder blinzelte er ihr verführerisch zu. Es schien ihn auch nicht zu stören, dass Cornelia demonstrativ die Hand mit dem Ehering auf die Lehne legte. Übermütig stibitzte er den Hut der Mutter und setzte ihn selber auf. Anscheinend störte es diese nicht. Sie lachte nur und schien den Ausritt zu genießen. „Blöder Kerl", murmelte Cornelia vor sich hin. Sonja hob ihre Augenbraue: „Sei doch froh, wenn du in deinem Alter noch von anderen Männern begehrt wirst!" Sie lachten. Allerdings nicht lange.

Prompt war das passiert, was die Mutter von Anfang an befürchtet hatte. Der Weg ging zu steil nach oben. Das Pferd hatte nicht die Kraft, sie alle zu ziehen. Leicht pikiert stiegen zuerst Sonja und ihre Mutter aus dem Wagen. „Immer schön stoßen", riefen ihnen die anderen zu. Doch es nützte nichts. Auch die anderen mussten aussteigen. „Und für das müssen wir auch noch bezahlen!" Der Einzige, der sitzen geblieben war, war der Jugoslawe mit dem Hütchen von Mutter. Typisch Mann!, dachte Cornelia. Ein Stück weiter oben durften sie dann wieder aufsitzen. „Aber meine Damen! Nur keine Aufregung. Ich spendiere Ihnen allen dafür ein Eis!" Wieder zufriedener, betrachteten sie interessiert ihre Umgebung. Es gab prächtige Häuser und herrliche Wiesen.

Ihr Führer erzählte ihnen, dass es hier jedes Jahr Theateraufführungen gäbe, die immer gut besucht wären. Sogar er hätte dabei jeweils eine kleine Statistenrolle. Die Kinder hatten besonders viel Freude, als sie ein paar Rehe erblickten. Inzwischen waren ein paar Wolken aufgetaucht. Sie überholten ein älteres Ehepaar, das ihnen lächelnd nachwinkte. „Lieber die als ich", sagte Cornelia. „Die müssen ja noch ein ganzes Stück laufen."

Sie kamen zum ersten Halt. „In dieser Bäckerstube können Sie zusehen, wie damals Brot gemacht wurde. Daneben gibt es eine Metzgerei mit Spezialitäten aus unserer Gegend. Wenn Sie wollen, können Sie da auch etwas einkaufen. Und damit sie dies in aller Ruhe tun können, spendiere ich Ihren Kindern das versprochene Eis und passe auf diese auf, bis Sie wiederkommen." Die 3 Frauen genossen es, sich in aller Ruhe umsehen zu können. Nach einer Weile trafen sich Cornelia und Sonja wieder beim Pferdewagen. Da stand doch tatsächlich Petric mit einer schönen Wiesenblume in der Hand und überreichte sie galant Cornelia. Mit hochrotem Gesicht bedankte sie sich und stieg schnell in den Wagen.

Kaum war der Wagen angefahren, hörten sie Schreie. Alle drehten den Kopf. Waren sie doch tatsächlich ohne Großmutter abgefahren! Diese kam schnaufend und prustend näher. „He, was fällt euch ein? Habt ihr das extra gemacht? Ihr wolltet mich wohl loswerden?" Ihre Enkelkinder kugelten sich vor Lachen. „Bestimmt hast du nun ein paar Gramm abgenommen durch die Lauferei, Großmutter!" Sogar Cornelia und Sonja mussten ein Lachen unterdrücken. Inzwischen war das ältere Ehepaar, das sie unterwegs getroffen hatten, auch hier angekommen. „Bald wird es regnen. Wir hoffen, ihr werdet in eurem offenen Wagen nicht zu nass werden. Wir nämlich haben Schirme dabei." Verblüfft registrierten alle, dass bereits die ersten Regentropfen fielen. „Jetzt aber allez,, Sie Schwerenöter!", rief Cornelia ihrem Verehrer zu. „Wir haben keine Lust, nass zu werden." Doch das Pferd ließ sich nicht stören. Petric konnte machen, was er wollte. Im Gegenteil, anscheinend schien das Pferd müde geworden zu sein. Es wollte stehen bleiben und genüsslich ein paar frische Kräuter am Wegrand fressen. Erst als Petric abstieg und am Halfter zog, bequemte es sich, weiterzugehen. Nun regnete es schon in Strömen.

Der Einzige, der wieder mal gut davongekommen war, war Petric. Hatte er doch den Hut der Großmutter immer noch auf, während deren Locken schon ganz gewaltig litten. Doch so schnell der Schauer gekommen war, ging es auch wieder vorüber. Sie kamen zum Aussichtsrestaurant. Heiße Würstchen und danach Kaffee wären nun genau das Richtige. „Tut mir unheimlich leid, doch die Würstchen sind uns ausgegangen. Wie wär's mit einem Käseteller?", antwortete die Kellnerin. Cornelia wurde es langsam zu viel. „Sie können Ihren Käse sonst wo hinstecken. Ich will jetzt ein Würstchen!" Peinlich berührt sahen sich alle an. Cornelia hatte sehr laut gesprochen, und die anderen Gäste hatten beim Wortwechsel ihren Kopf in ihre Richtung gedreht. „Habe ich etwa nicht recht? Und du, Sonja, brauchst gar nicht dein Gesicht zu verziehen. Du hast doch bestimmt auch Lust auf etwas Warmes!" Doch Sonja reagierte nicht. Sie stöhnte und verzog noch mehr ihr Gesicht. Ihre Mutter war sofort alarmiert. „Du meine Güte, Sonja, sag' jetzt nicht, du hättest Wehen!" „Ich kann doch nichts dafür. Zuerst die holprigen Wege, dann den kalten Regenschauer und jetzt noch keine heißen Würstchen. Da muss doch mein Baby einfach kommen." Wieder fing sie an zu stöhnen. Die Kinder schauten schon ganz verstört. „Autsch! Und jetzt ist mir auch noch die Fruchtblase geplatzt!" Entsetzt schauten alle auf ihre Füße, die in einer Wasserlache standen.

Jetzt kam sogar der Wirt angerannt. Er führte Sonja in ein Nebenzimmer, während seine Frau einen Krankenwagen anforderte. Es könne aber eine Weile dauern, bis der hier sei, berichtete die Wirtin. „Wir spendieren Ihnen Suppe und Kaffee. Vielleicht hören die Wehen wieder auf, wenn sie etwas liegen kann. Ich werde solange bei ihr bleiben." Etwas bedrückt setzten sich alle wieder. Doch die heiße Suppe belebte ihre Gemüter wieder. Genau in dem Moment, als die Wirtin heftig gestikulierend aus dem Zimmer kam, wo Sonja lag und mit lauter Stimme verzweifelt „Das Baby kommt, kann mir denn niemand helfen?" rief, öffnete sich die Restauranttür, und das ältere Ehepaar kam herein. Der Mann reagierte sofort. „Ich bin Arzt. Kann ich helfen?" „Gott sei Dank! Kommen Sie schnell!" Die Wirtin packte ihn resolut beim Ärmel und zog ihn in den Raum. Die ältere Frau lächelte und setzte sich zu den anderen. „Nur keine Angst. Mein Mann hat schon vielen Babys auf die Welt geholfen." Cornelia hatte den Mund weit offen. Das alles war ihr einfach zu schnell gewesen. „Ich glaube, ich brauche frische Luft." Sie erhob sich und rannte zur Tür hinaus.

Dort wartete jedoch bereits Petric auf sie. Schnell erklärte sie ihm, was passiert war. „Na, dann haben wir ja nun etwas Zeit füreinander, nicht wahr? Wollen Sie eine Zigarette?" Während Cornelia dankend annahm, unterhielten sich drinnen die ältere Frau und die Großmutter angeregt. Beide hatten selber je 3 Kinder geboren und erzählten sich gegenseitig davon. Die Kinder wussten nicht so recht, was tun. Still saßen sie da und harrten der Dinge. Keine 10 Minuten später kam der Arzt heraus und teilte strahlend mit, dass es Zwillinge gegeben hätte und alle 3 wohlauf seien. Spontan klatschten die Gäste in die Hände. Der Wirt war ganz konfus. So etwas Aufregendes hatte er noch nie erlebt. Und dann noch in seinem Restaurant! Endlich kam der Krankenwagen. Sonja und die Zwillinge wurden abtransportiert und ins nächste Krankenhaus gebracht. Die Großmutter nahm ihre Enkel und begab sich nach draußen, wo Cornelia und Petric heftig flirteten. „Wollt ihr beide noch bis zum Abend schäkern, oder kann es endlich weitergehen?", fragte sie etwas bissig ihre Tochter. Petric gratulierte ihr zu ihren weiteren Enkelkindern: „Ihnen als so junge und hübsche Großmutter würde man gar nicht zutrauen, schon soooo viele Enkel zu haben!" Nun war sie es, die verlegen zur Seite sah. Männer wussten halt schon, wie sie Frauen betören können, dachte sie.

Das Pferd hatte sich anscheinend in der Zwischenzeit erholt, denn es legte nun ganz schön zu. Wieder kicherten die Kinder. Großmutters Rundungen hüpften auf und ab. „Ja, ja, lacht nur! Wenn ihr mal in meinem Alter seid, ist eure Figur wahrscheinlich auch nicht mehr das, was sie einmal war!" Als die Fahrt endlich zu Ende war, half Petric den Damen galant beim Aussteigen. „Es würde mich freuen, wenn sie wieder mal einen Besuch in unserem Naturpark machen." Während die Grossmutter „nein danke, hier ist es mir zu aufregend" sagte, nahm sich Cornelia fest vor, bald wiederzukommen. Schließlich ist so ein Naturpark ideal für Kinder, nicht wahr? Da ihre Mutter auch fahren konnte, teilten sie sich die Kinder auf und fuhren mit beiden Autos nach Hause, wo sie schon von Hanspeter, Sonjas Mann, erwartet wurden. „Na, wie war's? Hattet ihr viel Spaß? Und wo ist Sonja?" Das hätte er lieber nicht gefragt. Jeder wollte ihm so schnell wie möglich alles erzählen. Alle stürmten auf ihn ein, bis er sich die Ohren zuhielt. Es ist einfach nicht zu glauben, dachte er. Wann immer die Frauen allein was unternahmen, passierte etwas. Das nächste Mal würde er mitkommen, damit nichts passiert. Ohne Männer sind doch die Frauen einfach hilflos …

Turbulente Ferien

„Nein, nein!" „Wieso nicht? Mal was anderes!" Manuela sah ihre Cousine Fränzi entrüstet an: „Ich denke ja gar nicht daran, in die Türkei zu reisen! Dort, wo mittelalterliche Zustände herrschen mit all den dominanten Männern und den armen Frauen. Wer weiß, was dort so alles passieren kann. Ich will in ein friedliches Land." Fränzi lachte sie aus. „Ach was, selbst die Türkei ist in der Zwischenzeit modern geworden. Abgesehen davon ist es bestimmt interessant, mal eine ganz andere Kultur kennenzulernen." Fränzi konnte sehr überzeugend sein, wenn sie sich was in den Kopf gesetzt hatte. Und Manuela mochte ihre Cousine, die sie zuweilen als „meine Schwester" bezeichnete, viel zu sehr, als dass sie ihr einen Wunsch abschlagen konnte. Sie seufzte und gab nach. „Aber du bist schuld, wenn unsere Ferien nicht schön werden!" Als ihnen dann die Beraterin im Reisebüro noch einen Sonderrabatt von 400.- pro Person gewährte, war die Sache sowieso gelaufen. Beide freuten sich unheimlich auf ihre gemeinsamen Ferien. Eine Woche in der Türkei, viel Sonne, Strand und faulenzen. Mal ganz weg vom Alltag, zusammen die neu gewonnene Freiheit genießen: einfach herrlich!

Manuela mit ihren 30 Jahren war genau 2 Jahre älter als ihre Cousine. Sie waren praktisch gemeinsam aufgewachsen, sahen sich auch sehr ähnlich. Nur die Augenfarbe stimmte nicht. Aber auch sonst gab es Parallelen in ihrem Leben. Beide hatten fast am selben Tag Geburtstag, sie interessierten sich für dieselben Dinge, hatten die gleichen Hobbys und hatten in ihrer ersten Ehe jeweils einen Mann mit demselben Sternzeichen geheiratet. Und fast auf den Monat genau hatten sie sich vor ein paar Monaten wieder scheiden lassen. Manuela hatte allerdings 2 Kinder im Gegensatz zu Fränzi, die bis anhin der Karriere den Vorzug gegeben hatte. Und nun wollten sie sich nach der Scheidung etwas gönnen. Es traf sich sehr gut, dass Manuelas Exmann einverstanden war, die gemeinsamen Kinder für eine Woche zu sich zu nehmen, gerade zu einem Zeitpunkt, wo auch Fränzi Ferien hatte. Und das musste man schließlich ausnutzen.

Sie fühlten sich ausgesprochen heiter und beschwingt, als sie sich wie vereinbart auf dem Flughafen trafen. „Ich kann's noch gar nicht fassen! Eine Woche nur Sonne und Strand, kein Kinderlärm und an nichts denken müssen. Am liebsten würde ich laut jauchzen!" Übermütig schwenkte Manuela ihren Flugschein vor Fränzis Nase. „Komm, beeil dich mit dem Einchecken, damit wir einen guten Platz ergattern können." Fränzi schaute ihre Cousine lächelnd an. „So kenne ich dich ja gar nicht, Schwesterchen. Sonst bist du doch die Ruhigere von uns beiden. Anscheinend kann aus dir wirklich noch was anderes werden als das Hausmütterchen, das du bisher warst!" „Warte nur, du wirst noch staunen! Was du kannst, kann ich schon lange!" Sie neckten sich gegenseitig, während sie im Warteraum auf die Ankunft des Flugzeuges warteten.

Endlich kam die Turkish Airline. Es war eine kleine Maschine, die nicht sehr Vertrauen erweckend wirkte. „Denkst du, diese kleine Maschine kann deine vielen Koffer tragen?", witzelte Manuela. „Ha, du musst gerade was sagen! Wie ich gesehen habe, hast du dir ein Beauty-Case zugetan. Schau' nur selber, dass du all deine Ware gut unterbringst!" Auf dem Weg zum Flugzeug beäugte Manuela kritisch die türkischen Männer. Die waren ihr einfach nicht geheuer. Nein, also diesen Männern würde sie nie über den Weg trauen. Gott sei Dank gingen sie nur in die Ferien und mussten nicht dort bleiben. Im Flugzeug suchten sie sich ihre Plätze. Sie verstauten ihr kleines Gepäck und machten es sich auf den Sitzen bequem. Plötzlich stupste

Manuela ihre Cousine in die Seite und deutete stumm mit dem Kopf auf das Ehepaar neben ihnen. Dieses war ihr schon vorher negativ aufgefallen.

Es wirkte schon etwas grotesk, wie der türkische Mann demonstrativ einen kleinen Plastiksack getragen hatte, als wäre dieser eine Tonne schwer, während seine Frau ein große schwere Nähmaschine in der einen Hand und einen kleineren Koffer in der anderen Hand gehalten hatte. Und nun hatte sie Schwierigkeiten, diese Nähmaschine zu verstauen. Sie versuchte es auf alle möglichen Arten. Ihr Ehemann dachte nicht im Traum daran, ihr zu helfen. Er schaute interessiert aus dem kleinen runden Fenster und tat so, als hätte er die Probleme seiner Frau nicht bemerkt. Schließlich half ihr die Stewardess. Die Nähmaschine wurde zwischen ihrem und dem vorderen Sitz auf dem Boden eingeklemmt, sodass die Türkin gezwungen war, im Schneidersitz zu sitzen.

Fränzi grinste und sagte nur „typisch türkischer Mann", während Manuela empört den Ehemann fixierte. Doch diesen schien das nicht zu stören. Komischerweise schaute auch die Türkin ganz fröhlich drein. Wahrscheinlich war sie das freche Benehmen ihres Mannes schon lange gewohnt, argumentierte Manuela für sich. Die Arme! Ich sag's ja, warum müssen wir auch ausgerechnet in die Türkei? Der Flug verlief ruhig. Sie lasen und hörten Musik aus dem Walkman. Nach der Landung mussten sie eine satte Stunde draußen auf dem Rollfeld warten. Es war glühend heiß. Beide schwitzten und waren mehr als froh, als sie endlich durch den Zoll konnten. Im Bus, der sie in die Hotelanlage bringen sollte, fielen sie erschöpft in die Sessel. „Puh, diese Hitze! An die muss ich mich erst noch gewöhnen", stöhnte Manuela. „Übrigens, ich will dich nur noch mal an unsere Abmachung erinnern, liebes Schwesterchen. Keine Männer! Egal, was passiert, keine Männer! Kein Ferienflirt, nicht mal reden oder dergleichen. Und wenn die Männer noch so gut aussehen – keine Männer, hast du mich verstanden?" Fränzi lachte. Sie war einverstanden, schließlich hatten sie beide eine schwere Zeit hinter sich und wollten vorläufig nichts mehr mit Männern zu tun haben. Nichts außer entspannen und genießen.

Doch Manuela kannte ihre Cousine nur zu gut. Im Vergleich zu ihr hatte sie selber geradezu keusch gelebt. Fränzi ohne Männer – das konnte sie sich kaum vorstellen. Aber es war ihr mehr als recht, wenn sie sich einmal für eine Weile daran hielt. So hatte sie mehr von ihrer Cousine. Knapp eine Stunde später erreichten sie ihr Hotel. Mit dem Gepäck und dem Schlüssel in der Hand begaben sie sich auf ihr Zimmer. Beide waren sich einig, erst einmal zu duschen. Während Fränzi ihren Koffer auspackte und die Kleider in den Schrank legen wollte, widmete sich Manuela ihrem neu erworbenen Beauty-Case. Stolz holte sie das kleine Schlüsselchen hervor und öffnete den Deckel. Ein lauter Schrei entfuhr ihr, gefolgt von einem Schluchzen. „Diese Saukerle! Was haben die mit meinem Beauty-Case bloß gemacht? Tennis damit gespielt oder so was? Der ganze Inhalt ist durcheinander. Alle meine Make-up- Döschen sind offen und kaputt. Das rosa Wangenrouge ist in tausend Teile gegangen und hat sich im ganzen Köfferchen verteilt. Der kleine Spiegel am Deckel ist auch kaputt. Ich sehe nur noch rosa!"

Wie ein Häufchen Elend saß Manuela da. Sollte sie weinen oder lachen? Die Hitze machte ihr zu schaffen, dann der Flug, später die lange Abfertigung und Busfahrt – das war einfach zu viel. Sie ließ ihren Tränen freien Lauf. Doch nur ein paar Sekunden lang. Ein heftiges Poltern und Fluchen sorgte dafür, dass Manuela ruckartig vom Bett aufsprang. Eine wütende Stimme befahl ihr, sie gefälligst aus dem Schrank zu befreien. „Ja, sag' mal, Fränzi, wo steckst du denn überhaupt? Und was machst du im Schrank?" „Frag' doch nicht so blöd, du siehst doch, was passiert ist. Die Schranktür hat geklemmt. Darum bin ich in den Schrank gegangen und wollte von innen die Tür reparieren. Dabei sind mir die Tablare auf den Kopf gefallen. Und die Türe ist auch zu. Also hilf mir gefälligst wieder hinaus!" Manuela kam der Aufforderung nach und öffnete die Tür. Doch als sie ihre Cousine verschwitzt und wütend am Boden sitzen sah, konnte sie nicht mehr. Sie lachte schallend los. Sie konnte sich einfach nicht mehr beruhigen. Fränzi schaute zuerst perplex, aber dann stimmte sie in das Lachen ein. „Na, das kann ja heiter werden!" Fränzi rappelte sich wieder auf, und während sie die Tablare wieder installierte und ihre Kleider einordnete, putzte Manuela zuerst einmal ihr geliebtes Beauty-Case. Die kaputten Sachen warf sie fort. Aber schon nahte das nächste Unglück.

Fränzi stürmte aus dem Badezimmer. „Diese Türken haben nicht einmal Wasser! Das glaubt mir einfach keiner! Nicht mal duschen kann ich. Hör' auf, Cousinchen, du musst gar nicht lachen. Hast du nicht vorhin gesagt, du müsstest dringend aufs WC? Ha, kannst du vergessen. Das WC funktioniert auch nicht!" Beide standen mitten im Zimmer und schauten sich an. Lachen oder weinen? „Tja, Fränzi, du wolltest ja unbedingt in die Türkei!" Sie entschieden sich fürs Lachen. Kurz entschlossen verließen sie ihr Zimmer Richtung Rezeption. Dort wurden sie beruhigt mit den Worten, dass sie gleich jemanden raufschicken würden für die Reparatur. Sie sollten sich doch in der Zwischenzeit die Hotelanlage anschauen und danach etwas trinken. Das taten sie dann auch. Zuerst aber begaben sie sich an den Strand. Der war wirklich herrlich und entschädigte sie für beinahe alles. Sie machten ein paar traumhafte Fotos.

Wieder beim Hotel, sahen sie sich die verschiedenen hoteleigenen Läden an. Vor einer Boutique standen zwei Türken, die sie grinsend von oben bis unten betrachteten. „Hallo! Einen schönen Tag wünschen wir!" In fast perfektem Deutsch wurden sie angesprochen. Während Manuela nur kurz angebunden den Gruß erwiderte und schnell weitergehen wollte, blieb Fränzi prompt stehen und grüßte die beiden mit einem gekonnten Augenaufschlag. Das ist doch nicht zu fassen, flirtet die doch tatsächlich schon wieder, dachte Manuela und zerrte erbost am T-Shirt ihrer Cousine. „Denk' an unsere Abmachung", zischte sie ihr ins Ohr. Doch diese grinste nur; sie war definitiv wieder in ihrem Element.

Langsam schlenderten sie zurück in ihr Zimmer. Alles funktionierte nun tadellos. Nach dem Duschen fühlten sich die beiden schon erheblich wohler. Sie machten sich hübsch und begaben sich dann in das Restaurant fürs Nachtessen. Es wurde draußen serviert, d. h. einen Teil des Essens konnte man sich selber vom Buffet holen. Auf einer Bühne gab es eine Tanzvorstellung mit türkischer Musik. Manuela wurde vom Chef de Service auf Türkisch begrüßt. Das war wieder mal typisch. Selbst in der Schweiz passierte es ihr immer wieder, dass sie auf Italienisch angesprochen wurde, weil sie offenbar ein etwas südländisches Aussehen hatte. Und nun hielt man sie sogar für eine Türkin! Sie klärte den Irrtum auf. Der Chef de Service, der perfekt deutsch sprach, lächelte und begrüßte sie fortan, wann immer sie auftauchte, demonstrativ mit „Hello, turkish girl!"

Sie genossen ihr Essen, den netten Service und die Musik, dazu den Sternenhimmel und den lauen Nachtwind. Später wechselten sie hinüber zur Bar, wo sie sich einen kleinen Drink genehmigten, während sie einem Animateur, genannt Patric, zuhörten. Er imitierte perfekt Elvis Presley. Manuela und Fränzi, die ausgesprochene Rock'n'-roll-Musik-Fans waren, hielten es auf ihren Sitzen nicht mehr aus. Sie sprangen auf, klatschten in die Hände, tanzten und sangen begeistert mit. Bald taten es ihnen die anderen Gäste nach. Plötzlich entdeckte Manuela einen der beiden Türken, die sie bei der Ankunft begrüßt hatten. Es war der Größere der beiden. Manuela musste zugeben, dass er gar nicht schlecht aussah.

Trotzdem wollte sie nichts von ihm wissen. Vom Flirten hatte sie noch nie was gehalten, geschweige denn von Ferienflirts. Deshalb drehte sie ihm demonstrativ den Rücken zu, als sich dieser ihr näherte. Anscheinend respektierte der junge Mann diese Geste. Er blieb aber in ihrer Nähe stehen und klatschte und sang fleißig mit. Es gefiel ihr, dass er nicht aufdringlich wurde. Trotzdem wartete sie ab, bis er mal kurz verschwand. Sie schrieb nämlich leidenschaftlich gerne Ansichtskarten an ihre Freunde, wenn sie in den Ferien war. „Ja, geh' nur und besorg dir die Karten. Ich hole dann morgen ein paar." Fränzi hatte glänzende Äuglein und klatschte fleißig weiter, während sich Manuela schnell in die Boutique begab und ein Dutzend Karten aussuchte. Sie schaute um sich. Nein, der große Türke war nicht in Sicht. Gott sei Dank. Ihm allein gegenüberstehen zu müssen, wäre ihr gar nicht recht gewesen.

Schnell hastete sie zur Kasse, streckte die Karte dem Verkäufer unter die Nase – und schaute direkt in ein paar dunkle Augen, die sie anstrahlten. Ihr Gesicht lief dunkelrot an, und in ihrer Verlegenheit wusste sie gar nicht, was tun. „Hallo! Schön, dich wiederzusehen. Ich habe dich beobachtet, wie du zur Boutique, wo ich arbeite, gegangen bist. Deshalb bin ich schnell auch hierhin gekommen." Ohne etwas zu antworten, wollte ihm Manuela das Geld in die Hand geben und wieder weggehen. Aber so schnell ließ der Türke nun nicht mehr locker. „Ich würde mich freuen, wenn du morgen Abend mit mir in den Ausgang gehen würdest!" Auch das noch!

Manuela schwirrte der Kopf. Sie war völlig ungeübt im Flirten und wusste einfach nicht, was tun. Wenn ich Nein sage, wird er bestimmt wütend, dachte sie verzweifelt. Türken werden doch immer schnell wütend. Wer weiß, was dann passiert. Warum musste auch ausgerechnet ihr das passieren? Sonst liefen die Männer doch immer nur ihrer Cousine nach. Ihre Gedanken liefen auf Hochtouren. Na komm schon, forderte sie sich selber auf. Sag' etwas Neutrales. Der junge Mann schaute sie immer noch lächelnd an. Irgendwie wirkte er wie ein liebenswerter kleiner Lausbub. Sie brachte es einfach nicht übers Herz, Nein zu sagen. So hauchte sie schnell ein „Vielleicht" und begab sich umgehend wieder zu Fränzi.

Atemlos erzählte sie ihr, dass sie bereits eine Einladung erhalten hätte. „Ich auch", lautete lakonisch die Antwort von Fränzi. „Der Barkeeper hat mich gefragt." „Und was hast du geantwortet?" Manuela wartete gespannt auf ihre Antwort. „Vielleicht. Und du?" „Auch vielleicht." Spontan fielen sie in ein Gelächter. Beide hatten aber nicht vor, die jeweilige Einladung anzunehmen. Sie amüsierten sich noch eine Weile. Danach begaben sie sich ins Zimmer. Während Manuela noch schnell ihre Karten schrieb, fiel Fränzi todmüde ins Bett.

Gutgelaunt und ausgeruht standen sie am nächsten Morgen auf. Schon beim Frühstück auf der Terrasse glühte die Sonne auf ihre Köpfe hinab. Da bot es sich geradezu an, den Tag am Pool zu verbringen. Sie packten ihr Badezeug zusammen und begaben sich zum Pool. Mit einem Mineralwasser in der einen Hand und einem Liebesroman in der anderen machten sie es sich auf einem Liegestuhl gemütlich.

Fränzi döste schnell wieder ein. Dabei fiel ihr das Glas mit dem Mineralwasser aus der Hand und fiel zu Boden. Schon war ein aufmerksamer Kellner an ihrer Seite und brachte ihr ein neues Glas. Fränzi lugte unter ihrer Sonnenbrille hervor und war begeistert vom Service. „Ich muss schon sagen, es gefällt mir immer besser hier. Die Türken sind sehr aufmerksam, höflich und sehen noch gut aus!" Anerkennend schaute sie dem Kellner nach. „Hast du denn immer nur Männer im Kopf?" Manuela schüttelte liebevoll mit dem Kopf. Ihre Cousine war schon eine Marke für sich. Doch was war das? Hatten sie soeben richtig gehört?

Beide schauten sich verblüfft an, dann drehten sie den Kopf Richtung Pool. Mitten im Wasser stand der Animateur von gestern. Diesmal sang er nicht Elvis-Presley–Songs, sondern animierte die Leute für die Wassergymnastik. Wortwörtlich hatte Patric lautstark „Wer macht mit bei der Wasser-Erotik?" geschrien. „Hast du auch das verstanden, was ich verstanden habe?" Fränzi hob anzüglich ihre Augenbraue. Manuela war genauso begeistert und sprang sofort auf. Sie hüpften zu den anderen ins Wasser und machten während einer halben Stunde zu poppiger Musik Wassergymnastik. Sie hatten viel Spaß und lachten viel.

Danach sonnten sie sich, bis sie Hunger verspürten. Auf dem Weg zur Snackbar lief ihnen prompt wieder einer der beiden Türken vom Vortag über den Weg. Diesmal allerdings der Kleinere von beiden. Er hielt die beiden an und fragte sie, ob sie nicht Lust hätten, bei der Modenschau, die 2 Tage später am Abend stattfände, mitzumachen. Sie dürften Kleider aus der Boutique vorführen, zusammen jeweils mit einem Hotelangestellten. Das sei nämlich eine gute Werbung. Fränzi war natürlich sofort begeistert. Sie mit ihrer guten Figur hatte schließlich auch nichts zu befürchten. Und sich zu präsentieren, machte ihr Spaß.

Doch Manuela schaute kritisch an sich runter. Sie hatte ein paar Kilos mehr als ihre Cousine. Und blamieren wollte sie sich schließlich nicht. Auch war ihr nicht ganz wohl beim Gedanken, vor so vielen Gästen auf dem Laufsteg zu stehen. Doch der Türke zerstreute ihre Bedenken. Es seien noch andere Gäste, die wesentlich mehr Kilos als sie hätten, bei der Modenschau dabei. Und das Lampenfieber gebe sich bestimmt auch. Warum also eigentlich nicht? So stimmten beide zu. Am Nachmittag vor dem Abend sei dann noch eine kurze Probe mit den jeweiligen Partnern.

Nach dem Imbiss lustwandelten sie etwas in der Hotelanlage, wo es schön kühl war. Vor dem Schaufenster der Boutique mit den schönen Hemden blieben sie wieder stehen. Das hätten sie besser nicht getan. Schon standen nämlich wieder die beiden Türken neben ihnen und fingen ein Gespräch an. Ehe sie es realisierten, saßen die beiden mitten in der Boutique an einem kleinen Tischchen und unterhielten sich angeregt. Der Größere von beiden hieß Tarkan und war mal eine Weile lang Model gewesen. Da es ihm aber zu langweilig war, nur schöne Kleider vorzuführen, verkaufte er nun diese in der Boutique. Der andere hieß Mehmet und war Mitinhaber der Boutique. Es vergingen nur ein paar Minuten, und schon hatten die 4 abgemacht, dass sie sich am Abend vor dem Hotel treffen würden. Sie wollten in einem anderen Hotel die Disco besuchen.

Wieder am Pool, schauten sich die beiden verblüfft an. „Wie konnte denn das passieren? Wie haben die uns nur rumgekriegt? Hast du begriffen, wie es dazu kam, dass wir nun genau das machen, was wir eigentlich nicht wollten?" Manuela schaute leicht irritiert ihre Cousine an. „Nee. Sogar mir ging das viel zu schnell. Das sind ja zwei ganz ausgefuchste Kerle! Also ganz geheuer kommt mir das aber nicht vor. Was haben wir uns da nur aufgehalst? Die sind es wohl gewohnt, Touristinnen aufzureißen." Sie studierten, wie sie wieder aus dieser Sache herauskamen. Am besten war es wohl, wenn sie den Abend so schnell wie möglich hinter sich brachten und danach die beiden in Zukunft ignorierten.

Zufrieden damit, bestellten sie sich etwas später ein Taxi und fuhren in die nächste Stadt. Dort bummelten sie durch die Marktstände. Schließlich landeten sie in einem Ledergeschäft. Sie wurden freundlich begrüßt. Während sie sich umschauten, bot man ihnen Tee und Zigaretten an. Fränzi konnte nicht widerstehen, als der Verkäufer auf ihre diesbezügliche Frage antwortete, dass es gar kein Problem wäre, für sie innerhalb von 3 Tagen einen 2-teiligen roten Lederanzug maßgeschneidert anzufertigen. Und als Fränzi den günstigen Preis hörte, war die Sache geritzt. Schnell wurden ihre Maße genommen. Sie sollte in 2 Tagen zur Anprobe vorbeikommen. Glücklich verließ Fränzi den Laden, im Schlepptau ihre Cousine. „Also, du bist wirklich etwas verrückt, Fränzi. Wie kannst du nur Geld für so etwas Flippiges ausgeben? Das trägst du doch niemals in der Schweiz!" „Irrtum, Cousinchen. Ich werde dich vom Gegenteil überzeugen. Nun sei doch endlich etwas lockerer und spiel nicht immer den Moralapostel. Genieß das Leben und mach auch einmal etwas Verrücktes!" Liebevoll hängte sie sich bei Manuela ein.

Nachdem sie noch ein paar andere Kleinigkeiten gekauft hatten, suchten sie sich ein Taxi. Ein netter junger Mann öffnete ihnen die Tür zu seinem Auto, und sie stiegen ein. Der Taxifahrer war sehr gesprächig. Unter anderem erzählte er ihnen, dass es durchaus Gegenden gäbe, wo Türken nicht dunkle Haare und Augen hätten, sondern wie er selber blonde Haare und blaue Augen. Die beiden staunten, denn dies war ihnen neu. Kurz vor Ankunft im Hotel kam dann prompt wieder die Frage, ob sie nicht Lust hätten, noch am gleichen Abend zusammen mit ihm und einem Freund in eine Disco zu gehen. Als sie ihm erklärten, dass sie bereits eine Einladung hätten, und zwar mit den beiden Typen von der Boutique, reagierte der Taxifahrer überraschend aufgebracht. „Natürlich! Boutique-Besitzer sind halt etwas Besseres als einfache Taxifahrer!“ Er war so ärgerlich wegen ihrer Ablehnung, dass er, ohne ihre Bezahlung abzuwarten, einfach davonfuhr.

„Was war das denn?“ Sogar Fränzi war es nicht ganz geheuer. „Anscheinend vertragen die Türken das Wörtchen Nein wirklich nicht. Hoffentlich passiert heute Abend nichts, wenn wir den beiden Typen nach dem Discobesuch klarmachen, dass wir sie nachher nie mehr sehen wollen.“ Etwas bedrückt begaben sie sich zu ihrem Zimmer. Aber es kam noch dicker. Unterwegs begegnete ihnen ausgerechnet auch noch der Barkeeper, der am Abend zuvor Fränzi eingeladen hatte. Er fragte sie lächelnd, wann er sie denn abholen dürfe. Manuela musste mit Erstaunen feststellen, dass sich ihre weltgewandte Cousine innerlich wand. Wohl oder übel musste sie ihm gestehen, dass sie schon anderweitig eine Einladung angenommen hätte. Wieder kam die gleiche Reaktion. Mit bösem Blick entfernte sich der Barkeeper. „Puh! Wenn das nicht ein schlechtes Omen ist! Langsam habe sogar ich genug von Einladungen!“ Nichts konnte sie mehr halten. Blitzschnell rannten sie die Treppe hinauf direkt in ihr Zimmer.

Etwas später gingen sie wieder runter fürs Nachtessen. Während sie aßen, wurden sie, wie alle anderen Gäste, vom Hotelfotograf geknipst. Plötzlich lächelte Fränzi und zeigte auf das Gebüsch hinter Manuela. Diese drehte sich um und erblickte Tarkan. Er hatte seinen Kopf durch das Gebüsch gedrückt und blickte Manuela ganz verliebt an. Spontan musste auch sie lächeln. „Nur keine Angst, wir haben's nicht vergessen. Wir sehen uns dann nachher, wie verabredet.“ Daraufhin zog sich Tarkan wieder zurück. Fränzi zwinkerte Manuela verschmitzt zu. Ein Kellner näherte sich ihnen, um abzudecken. Dann hielt er inne, schaute kurz Manuela an und fragte dann beide schüchtern, ob er und ein Freund von ihm sie beide zum Tanzen einladen dürfen! Fränzi und Manuela schauten sich sprachlos an. Da es ihrer Cousine offensichtlich an Worten fehlte, antwortete Manuela mit all ihrem Charme, den sie aufbringen konnte, dass sie leider schon eine Verabredung hätten. Der Kellner zog sich sofort nett und höflich zurück.

Manuela tat er richtig leid. Zudem sah er auch noch unwahrscheinlich gut aus. Noch nie in ihrem Leben hatte sie auf einen Schlag derart viele Verehrer gehabt. Fränzi sah sie bewundernd an. „Du hast dich wirklich sehr charmant und ohne ihn zu verletzen aus der Affäre gezogen. Nicht einmal ich wusste, wie Nein sagen, ohne eine böse Reaktion zu erhalten. Aber du hast es geschafft. Respekt!" Kaum hatte sie ihre Worte ausgesprochen, stand der Kellner wieder neben ihnen. Mit einem seelenvollen Blick schaute er Manuela an und betonte, dass er eine seriöse Einladung gemeint hätte. Er hätte nicht aufdringlich sein wollen. Ob sie es sich nicht noch einmal überlegen würden? Und dabei sah er sie bittend an. Manuela brach es schier das Herz. „Ich weiß, dass Ihre Einladung seriös gemeint war. Und wir würden gerne ihre Einladung annehmen. Doch dass wir schon eine Verabredung haben, stimmt leider auch. Es geht wirklich nicht." Der Kellner nickte betrübt und entfernte sich. „Ich hab' ja gar nicht gewusst, wie souverän du mit Männern umgehen kannst." Fränzi schaute sie staunend an. Und Manuela fühlte sich einfach wohl. Es musste wohl etwas in der Luft liegen.

Etwas später waren sie in ihrem Zimmer und machten sich schön. Vor dem Hotel wurden sie schon von den beiden jungen Männern erwartet. Mehmet fuhr sie mit seinem Auto in ein Hotel, das ein großes Dancing mit angenehmer Atmosphäre führte. Sie unterhielten sich gut. Nachdem sie etwas zu trinken bestellt hatten, begaben sich alle 4 auf die Bühne, um zu tanzen. Manuela wusste gar nicht, wie es dazu kam, doch irgendwie schien es einfach natürlich, Tarkan zu küssen. Sie genoss es unbeschreiblich, in den Armen eines großen, gut aussehenden Mannes zu liegen. Fränzi traute kaum ihren Augen. Das konnte doch unmöglich ihre etwas spröde Cousine sein? Doch keine 10 Minuten später lag auch sie in den Armen von Mehmet. Na also, dachte Manuela. Sie tanzten, unterhielten sich, knutschten und flirteten. Beschwingt verließen sie nach Lokalschluss das Hotel. Während Fränzi mit Mehmet eng umschlungen zum Auto ging, hielt Manuela Tarkan auf. Es musste einfach sein, dachte sie. „Damit es klar ist: Ich mag dich, Tarkan. Aber nur weil wir uns geküsst haben, heißt das noch lange nicht, dass ich auch mit dir ins Bett gehen will. Und schon gar nicht heute, an unserem ersten Tag!" Nie hätte sie gedacht, dass sie den Mut aufbringen würde für solche Worte. Aber hier in der Türkei musste wirklich etwas Besonderes in der Luft liegen. Tarkan wirkte beleidigt. „Denkst du, ich bin so einer? So was hatte ich überhaupt nicht im Kopf!" Somit war die Lage geklärt.

Auf dem Heimweg sprachen sie nicht viel. Aber viele verliebte Blicke flogen umher. Artig wurden sie beim Hoteleingang abgesetzt, ein letzter Kuss (ohne irgendwelche weitere Versprechungen und Einladungen), und das Auto fuhr davon. Fränzi war es offensichtlich nicht wohl. Sie schüttelte den Kopf und schaute kritisch drein. „Was ist denn los mit dir?" „Ach, ich weiß nicht. Das alles gefällt mir einfach nicht. Es geht mir zu schnell. Und so was war ja auch nicht geplant. Ich kann gar nicht verstehen, dass du so gelassen dastehen kannst." Manuela kicherte: „Du hast recht. Normalerweise liegt mir so ein Flirt wirklich nicht. Aber irgendwie fühle ich mich so beschwingt und lebendig wie schon lange nicht mehr. Und was ist denn schon passiert? Nichts, außer ein paar Küsse. Ich zumindest habe Tarkan klar gesagt, dass daraus nicht mehr wird. Wir bestimmen, wie es weitergeht. Warum also machst du dir Sorgen?" Fränzi lächelte. Aber als die Erfahrene in Sachen Flirten ahnte sie, dass die Geschichte noch lange nicht vorbei war. Und sie hatte recht.

Der nächste Morgen kam. Während Manuela vor sich hin summend aufstand, um sich zu waschen, lag Fränzi noch etwas griesgrämig im Bett. „Steh' auf, du faule Liesel. Es ist ein herrlicher sonniger Tag. Und den wollen wir doch genießen, nicht wahr?" Fränzi erhob sich, doch ihre Miene besserte sich keineswegs. Als sie später zur Tür hinaus und diese schließen wollten, erblickte Manuela von Weitem Tarkan, der sich zur Boutique begab. Spontan rief sie ihm ein „Guten Morgen" zu. Er drehte den Kopf in ihre Richtung und winkte ihr lächelnd zu. „Ha, ist es nicht ein wunderbarer Morgen?" Fränzi schaute sie von der Seite an. „Ja, ja, schon gut", brummte sie. Sie frühstückten, packten dann wieder ihre Badesachen zusammen und machten es sich am Pool bequem. Es waren kaum Leute da. Die meisten waren wahrscheinlich zum Strand gegangen oder machten einen Ausflug. Faul dösten sie vor sich hin. Noch im Halbschlaf hörte Manuela plötzlich ein verdächtiges Kichern. Sie öffnete leicht ihre Augen – lag doch ihre Cousine tatsächlich wieder in den Armen von Mehmet und schmuste hingebungsvoll. Na also, dachte sie und schlief weiter. Das zog sich über mehrere Stunden hin.

Während Manuela ab und zu ihre Runden im Pool drehte, alberten Fränzi und Mehmet herum, warfen sich gegenseitig ins Wasser oder schmusten. Allmählich begann es sie zu wurmen. Sie hatte zwar Tarkan gesagt, dass sie nicht mehr wolle als einen Flirt. Doch dass er es so wörtlich genommen hatte und sie tatsächlich in Ruhe ließ, gefiel ihr dann doch nicht. Einmal hätte er sich ja blicken lassen können. Wieder mal kam Fränzi zum Zug, während sie leer ausging. Verflixt noch mal! Sie redete sich ein, dass es ihr gar nichts ausmache, doch ihre Miene zeigte etwas anderes. Später wurden sie vom Animateur zum Dartspielen aufgefordert, während Mehmet in der Boutique schnell nach dem Rechten schaute. Fränzi gewann prompt und wurde zu einem Glas Champagner ins Hotel eingeladen. Sie selber war Letzte geworden (wie treffend!) und lag nun betrübt und allein auf ihrem Liegestuhl. Sie schlenderte zum Strand, wo ein Volleyballspiel zwischen den Angestellten ihres Hotels und des benachbarten Hotels stattfand. Sie setzte sich auf das Mäuerchen und feuerte die Mannschaft mit den Angestellten ihres Hotels mit heftigem Klatschen an.

Es lag eine eigenartige Atmosphäre in der Luft. Die Sonne ging langsam unter, am Himmel waren wunderschöne Farben zu sehen, dazu das Meer und die Palmen. Manuela erlebte so etwas zum ersten Mal. Genießerisch hob sie ihr Gesicht in den Wind und ließ die Atmosphäre auf sich wirken. Da passierten gleich 3 Dinge miteinander: Erstens verlor „ihre" Mannschaft, zweitens setzte sich Fränzi mit ihrem Mehmet neben sie und drittens wurde ihr liebevoll durchs Haar gefahren. Sie hob den Kopf und schaute direkt in die Augen von Tarkan. „Ach nee, auch mal Zeit für mich?" Manuela konnte sich diese Frage nicht verkneifen. Tarkan setzte sich ganz nah zu ihr, nahm ihre Hand und flüsterte ihr verzweifelt zu: „Wie hätte ich denn können? Mehmet verschwand einfach den ganzen Tag und hat mich allein in der Boutique gelassen. Jemand muss ja im Laden sein, um Kleider zu verkaufen. Denkst du, ich wollte nicht in deiner Nähe sein? Und wie! Ich habe mich beinahe verzehrt nach dir! Aber nein, Mehmet amüsierte sich, und ich musste zusehen." Manuela wurde es ganz warm ums Herz. Noch wärmer wurde ihr, als Tarkan sie küsste.

Zu viert beschlossen sie, nach dem Abendessen etwas zu unternehmen. Mehmet holte sie wieder vor dem Hotel ab. Es gab in der Nähe einen romantischen kleinen Wasserfall. Während Fränzi und Mehmet eng umschlungen herumliefen, setzten sich Manuela und Tarkan an einen kleinen Abhang. Sie schmusten heftig. Sie konnten gar nicht genug davon kriegen. Plötzlich hob Tarkan ruckartig den Kopf. Manuela merkte sofort, dass etwas nicht stimmte. Tarkan stand angespannt da und schaute aufmerksam den Abhang hinauf. Während Manuela instinktiv schnell ihren Pulli in die Hose stopfte, bemerkte sie einen älteren Mann, der hastig den Abhang hinunterstolperte. Er war in Begleitung eines anderen Mannes, der aber viel langsamer ging.

Dann ging es Schlag auf Schlag. Der ältere Mann, offensichtlich betrunken, griff Tarkan verbal an. Tarkan konterte ruhig, aber ganz klar. Manuela stand wie erstarrt da. Obwohl sie kein Wort verstand, begriff sie sofort, um was es ging. Der ältere Mann dachte wohl, sie sei eine billige Touristin, die nur auf Sex aus war und es mit jedem trieb. Und wenn sie es schon mit Tarkan trieb, könne sie es wohl auch mit ihm. Sie spürte die brenzlige Situation. Zu ihrer Verwunderung war sie innerlich ganz kalt. Sie wusste, die Situation war ernst, und sie musste auf alles gefasst sein. Zumal ja der Mann in Begleitung war.

Sie überlegte krampfhaft. Sie hatte in den letzten 4 Jahren während der Wintersaison fleißig an Selbstverteidigungskursen teilgenommen. Und sie hatte zu den Besten gehört. Also veränderte sie ihre Körperhaltung, stand breitbeinig auf dem Boden und machte sich bereit, den möglichen Angreifer aufzufangen und hinter sich ins Wasser zu werfen. Zu ihrer Verwunderung merkte sie, dass sie in diesem Moment sogar bereit gewesen wäre, zu töten. Schließlich ging es um ihr Leben. Während der Streit immer heftiger wurde und der ältere Mann versuchte, die beiden nach hinten in ein kleineres Wäldchen zu stoßen, was aber Tarkan zu verhindern wusste, nahm Manuela Augenkontakt mit dem Begleiter auf.

Sie hatte bemerkt, dass dieser weit weniger besoffen war und sehr unsicher wirkte. Sie stellte sich naiv und gab ihm mit Augenmimik zu verstehen, dass sie angeblich nicht wusste, um was es ging. Weiter bemühte sie sich um ein harmloses fragendes Lächeln. Sie spürte, dass er jetzt notfalls bereit wäre, seinen Freund davon abzuhalten, sich an ihr zu vergehen. Oder dass er sich zumindest nicht auf Tarkan stürzen würde, wenn sein Begleiter auf sie losging. Tarkan hatte anscheinend etwas gesagt, was den älteren Mann plötzlich unsicher machte. Er beruhigte sich etwas, verlangte aber, dass er wenigstens einen flüchtigen Kuss bekäme. Obwohl Tarkan vor Wut beinahe schäumte, gestattete es ihm Manuela. Danach zogen die beiden endlich ab.

Beide waren ein paar Minuten völlig gelähmt. Auch hatten sie Angst, die Männer könnten Verstärkung holen und wiederkommen. Bei diesem Gedanken begannen sie, Fränzi und Mehmet zu suchen. Diese kamen lachend auf sie zu und begriffen erst gar nicht, was geschehen war. Erst als Manuela hysterisch zu weinen anfing und auf den Boden sank, begriff ihre Cousine, dass etwas Schreckliches passiert sein musste. Während Tarkan Manuela tröstend in seine Arme nahm und sie beruhigend hin und her wiegte, erzählte er den beiden, was passiert war. Mehmet machte sich die größten Vorwürfe, weil er es gewesen war, der sie hierhin gebracht hatte und weil sie nicht in der Nähe geblieben waren. Nun musste auch noch Fränzi ihren Mehmet beruhigen. Die Situation wirkte so grotesk, dass plötzlich alle zu lachen anfingen. So entspannte sich die Situation etwas. Sie setzten sich ins Auto und fuhren an den Strand. Während sie etwas am Strand entlangliefen, das Wasser ihre nackten Füße umspülte und der Mond hell schien, beruhigten sie sich. „Was hast du eigentlich zu ihm gesagt, dass er sich dann so schnell verdrückte?" Manuela schaute Tarkan fragend an. „Ich habe ihm gedroht, dass ich sein Benehmen dem Securitas-Mann vom Hotel, wo ihr wohnt, mitteilen würde."

Manuela verstand nicht. „Was hat denn der Securitas-Mann, der mir übrigens schon negativ aufgefallen war mit seinem düsteren Blick, damit zu tun?" Tarkan zuckte die Schultern. Schließlich wisse jeder hier in der Umgebung, dass dieser Mann zur türkischen Mafia gehöre, antwortete er lakonisch. Manuela riss erschrocken ihre Augen auf. Das wurde ja immer schöner! Inzwischen kamen sie bei einem kleinen Feuer neben einem kleinen Getränkestand an. Sie holten sich was zu trinken und setzten sich zu den wenigen Leuten, die ums Feuer saßen. Ohne zu reden starrten sie ins Feuer und ließen die Ruhe auf sich wirken. Als sie zurück zum Auto gingen, blieb Mehmet plötzlich stehen. Er schlug sich die Hand an die Stirn, runzelte diese und schaute dann belämmert die anderen an. Fränzi ahnte Böses. „Du bist doch nicht etwa so blöd gewesen und hast den Autoschlüssel im Auto stecken lassen?" Mehmet schaute sie entschuldigend an.

Fränzi flippte beinahe aus. Da standen sie nun, ca. 10 km vom Hotel entfernt, weit nach Mitternacht, und wussten nicht weiter. „Ich weiß nicht, wie es dir geht, Cousinchen. Aber ich muss dringend aufs Klo." Sie stiegen auf eine kleine Anhöhe hinauf, wo dann die beiden Frauen ihr Geschäft erledigen konnten. „Was sind das für Bungalows dort hinten?" Manuela zeigte mit dem Finger in die Richtung von einem halben Dutzend Bungalows. „Die kann man mieten." Manuela, die als Einzige ihre Handtasche mit etwas Geld und dem Pass bei sich hatte, atmete erleichtert auf. Sie hatten also Glück im Unglück. Es klappte. Sie konnten 2 Bungalows mieten, das Frühstück war inbegriffen. Allerdings müssten sie ihre Betten selber beziehen. Aber auf das kam es ihnen auch nicht mehr an. Sie wollten am nächsten Morgen einen befreundeten Automechaniker anrufen, der dann ihr Auto „aufbrechen" sollte. Sie wünschten sich gegenseitig eine gute Nacht und betraten dann ihre jeweilige Hütte.

Es war kalt. Die Erlebnisse und die kältere Nachtluft führten dazu, dass Tarkan schlotternd in einer Ecke stand, während Manuela die Betttücher hervorholte. Auch sie fror, doch schließlich mussten die Betten ja gemacht werden. „Wäre es zu viel verlangt, wenn du mir helfen würdest?" Etwas ironisch schaute Manuela Tarkan an. Sie verstand gar nicht, warum er sie so hilflos anstarrte und bewegungslos in der Ecke stand. Sofort kam er zu ihr und half. Aber alles immer noch wortlos. Als sie die nassen Hosen im Badezimmer aufgehängt hatten, schlüpften sie schnell unter die Decke. Manuela wollte sich an Tarkan kuscheln, doch er wirkte immer noch hilflos.

Manuela schaute ihn aufmerksam an. Sie versuchte, seine Gedanken zu lesen. Und plötzlich wusste sie instinktiv, was los war. Das war doch der Hammer! Aber das konnte natürlich nur ihr wieder passieren. Ausgerechnet sie war an eine männliche Jungfrau geraten! Auf ihre diesbezügliche Frage nickte Tarkan verlegen. Er hätte zwar einmal ein nächtliches Abenteuer mit einer jüngeren Touristin gehabt. Aber da sei nicht viel gelaufen, zumal sie nachher sehr bald nichts mehr von ihm wissen wollte. Natürlich hätte er Chancen gehabt. Doch für Affären sei er sich immer zu schade gewesen. Erst bei ihr hätte er sofort gewusst, dass sie seine Traumfrau sei. Und jetzt wisse er nicht, was sie von ihm fordere. Manuela lachte hell auf. „Nur keine Panik. Ich fordere dich zu nichts auf. Wir sind beide todmüde. Ich glaube, das Beste für uns ist, noch ein wenig zu kuscheln und dann ausgiebig zu schlafen."

Und das taten sie dann auch. Am frühen Morgen wachte Manuela auf. Sie hatte trotz allem sehr gut geschlafen. Und sie hatte sich in den Armen von Tarkan wohlgefühlt. Dieser schaute sie schläfrig an und lächelte. Sie schmusten eine Weile. Etwas später stand sie dann auf. Sie wollte duschen und dann Frühstück holen. Tarkan lachte aus vollem Hals, als er sie kurz darauf laut fluchen hörte. Es schien, als würde die Dusche nur kaltes Wasser hergeben! Erfrischt kam sie wieder aus der Dusche und überließ ihm mit zuckersüßem Lächeln die Dusche. Er schlenderte provozierend langsam an ihr vorbei und schaute ihr dabei tief in die Augen. Dann zwinkerte er ihr fröhlich zu und verschwand im Bad. Als ihr ein lustiges Pfeifen zu Ohren kam, wurde Manuela misstrauisch. Sie erlaubte sich einen kurzen Blick in die Dusche. Das war gemein! Wahrscheinlich hatte Tarkan genau gewusst, dass es immer eine Weile dauerte, bis das Wasser warm wurde. Er auf jeden Fall genoss die warme Dusche in vollen Zügen! Sie ging hinaus in die warme Sonne.

An der Rezeption konnte sie sich das Frühstück abholen. Wieder zurück, klopfte sie an die Tür von Fränzi und Mehmet, die bald darauf auch auftauchten. Es war herrlich angenehm, in der noch nicht allzu starken Sonne zu frühstücken. Munter plauderten sie und machten Pläne. Als Erstes mussten sie mit dem Automechaniker telefonieren. Dieser tauchte eine Viertelstunde später mit seinem Auto auf. Zusammen fuhren sie zum Strand, wo Mehmets Auto stand. Mit einer Brechstange versuchte der Mechaniker, die Tür zu öffnen. Fränzi wurde immer ungeduldiger. „Das ist doch typisch Mann! Jetzt braucht der schon eine halbe Stun-

de dafür. Bei mir wäre es bestimmt nicht so lange gegangen!"
Endlich war die Tür offen. Sie bezahlten seine Arbeit und ent-
ließen ihn dann. Sie wussten, dass sie am Nachmittag pünktlich
zur Modenschau-Probe im Hotel sein mussten.

So fuhren sie zurück zum Hotel. Während sich die Frauen auf ihrem Zimmer frisch machten, begaben sich die Männer zur Boutique. Nach einem kleinen Mittagsimbiss gingen Manuela und
Fränzi im ersten Stock des Hotels auf die Terrasse. Dort warteten schon die anderen Gäste, zusammen mit den Hotelangestellten und Mehmet. Tarkan war in der Boutique geblieben, da er
sich geweigert hatte, an der Modenschau teilzunehmen. Es fand
zuerst eine Kleiderprobe statt. Jeder musste zweimal die Kleider
wechseln und auf dem Laufsteg auf und ab gehen. Der ganze Ab-
lauf wurde besprochen, passende Musik ausgewählt. Fränzi hatte als Partner ihren Mehmet zugeteilt bekommen, Manuela bekam einen der Animateure namens Hassan. Patric moderierte.
Alle Namen wurden noch notiert, dann wurden sie entlassen.
Während Tarkan und Mehmet arbeiteten, legten sich die beiden
Frauen an den Strand und ließen sich bräunen.

Schon während des Nachtessens wurde die Bühne und der Laufsteg aufgebaut. Manuela war ganz aufgeregt, aber sie freute sich.
„Na, Schwesterchen, freust du dich auch? Bist ganz blass im Gesicht!" Fränzi gab zu, dass sie wohl ein wenig Lampenfieber hätte. Diese verstand gar nicht, wie ihre Cousine Manuela so ruhig dasitzen konnte. Sie staunte immer mehr. In den letzten paar
Tagen hatte sie ihre Cousine von einer ganz anderen Seite kennengelernt. So souverän, aber auch ausgelassen hatte sie Manuela
noch nie erlebt. Irgendwie war sie ganz stolz auf sie. Meine Cousine, dachte sie. Schon bald mussten sie hinter die Bühne und sich
zum ersten Mal umziehen. Es gab ein großes Gerangel, aber am
Schluss hatte jede ihr passendes Kleid gefunden. Die Hotelgäs-
te hatten sich alle schon gesetzt und warteten gespannt auf den
Auftritt. Die Musik ging los, und Patric sagte die Show an. Er
nannte jeweils die Namen und was sie tragen würden.

Zuerst mussten Fränzi und Mehmet auf die Bühne. Im ersten Gang wurden Lederhosen und schöne Blusen und Hemden gezeigt. Fränzi stolperte beinahe vor Lampenfieber und war mehr als froh, als sie es hinter sich hatte. Dann kamen Manuela und Hassan, der übrigens auch ganz gut aussah, dran. Sie bewegten sich gelassen zur Musik, drehten sich wie abgemacht und gingen auf ihre Plätze zurück. „Das macht ja richtig Spaß!" Manuela war begeistert. Doch Fränzi graute vor dem zweiten Gang. „Wie kann dir so was nur gefallen", stöhnte sie. Doch sie biss tapfer auf die Zähne und ging das zweite Mal auf den Laufsteg. Diesmal waren Lederjacken angesagt. Mitten in den Zuschauern stand Tarkan und machte fleißig Aufnahmen, wie es ihm Manuela vorher aufgetragen hatte. Dass die Bilder schlussendlich völlig unscharf waren, schrieb Manuela später Tarkans Aufregung zu. Auf der einen Seite war er sichtlich stolz, dass sich seine neue Freundin so gut gemacht hatte. Auf der anderen Seite bereute er es tief, dass nicht er, sondern Hassan an ihrer Seite gegangen war.

Während der ganzen Show hatte der hoteleigene Fotograf Fotos geschossen, die man später auch kaufen konnte. Es hatte alles geklappt, und die Gäste applaudierten stürmisch. Gar kein schlechtes Gefühl, dachte Manuela, so im Mittelpunkt zu stehen und Applaus zu kriegen. Daran könnte ich mich glatt gewöhnen! Man schüttelte ihnen zum Dank die Hand, dann waren sie entlassen. Tarkan und Mehmet arbeiteten noch etwas in der Boutique. Danach fuhren sie in ein einfaches Restaurant, wo sie sich was zum Essen bestellten. Sie beschlossen, die Nacht im Angestellten-Hotel zu verbringen. Dort gab es keine Kontrolle, wer hinein oder heraus ging. Allerdings war es schon eher eine Absteige als ein Hotel. Als Fränzi dann die einzige Toilette, die es dort gab, besichtigte, rümpfte sie die Nase: „Also hier bleibe ich bestimmt nicht. Diesen Dreck muss ich mir nicht zumuten. Wie ihr das aushaltet, begreife ich nicht." Die beiden Männer zuckten nur die Schultern. Schließlich hatten sie ja keine Wahl. Gemeinsam beschlossen sie, in das benachbarte kleine Hotel zu gehen und dort 2 Zimmer für eine Nacht zu mieten. Die Zimmer waren ihr Geld wert.

Es waren kuschelige und saubere Zimmer mit einem schönen Bad. Voller Freude hüpften Manuela und Tarkan ins Bett. Diesmal ging es richtig zur Sache. Auf diese Nacht waren sie schließlich vorbereitet gewesen. Sie waren beide genug verliebt, dass alles wie von allein klappte. Manuela wurde sogar etwas misstrauisch. „Sag' mal, hast du mir die Wahrheit gesagt?" „Warum? Bin ich denn so gut gewesen?" Schelmisch, aber auch mit Stolz in der Stimme zwinkerte er ihr zu. „Hm." Mehr sagte Manuela nicht. Aber insgeheim wünschte sie sich, dass sich jeder so viel Zeit beim Lieben genommen hätte, wie es Tarkan getan hatte. Und sein sicheres Gespür hatte ihn gut geleitet. „Glaub' mir, Süße, du bist meine erste Frau. Und ich muss sagen, das Warten hat sich gelohnt." Verliebt schaute er sie an. Sie schmusten und alberten noch etwas herum, dann schliefen sie zufrieden aneinandergekuschelt ein.

Am nächsten Morgen fuhren sie wieder zurück zum Hotel. Während die Männer ihre Arbeit in der Boutique aufnahmen, machten sich die Frauen in ihrem Zimmer frisch und frühstückten danach ausgiebig auf der Restaurant-Terrasse. Sie tuschelten wie Teenager und kicherten ab und zu. Fränzi konnte es immer noch nicht glauben, dass Tarkan noch Jungfrau gewesen war. Ihr Mehmet war da ein ganz anderer! Sie fühlte sich jetzt genauso beschwingt wie ihre Cousine. Sie besprachen, was sie am heutigen Tag unternehmen wollten. „Ach du meine Güte! Jetzt fällt mir gerade ein, dass wir noch unbedingt zur Anprobe meines Lederanzugs in die Stadt müssen. Am Nachmittag, wenn Siesta herrscht und die Männer ihre Boutique für ein paar Stunden zumachen können, könnten wir ja die Kolosseum-Ruine besuchen und ein paar heiße Fotos schießen." Manuela war einverstanden. Sie informierten noch schnell Mehmet und Tarkan, verabschiedeten sich mit ein paar heißen Küssen und fuhren dann mit einem Taxi in die Stadt.

Im Ledergeschäft wurden sie schon erwartet. Der Anzug war zwar angefertigt, sass aber nicht besonders. Fränzi machte einen

Schmollmund. Sie verlangte, dass die Änderungen so schnell wie möglich gemacht wurden, sonst würde sie den Rest nicht bezahlen. Manuela war inzwischen mit Tee versorgt worden. „Nimm's gelassen, Cousinchen. Wir haben ja Zeit. Wenn wir in 2 Tagen wieder erscheinen, ist bestimmt alles in Ordnung. Gehen wir noch ein wenig bummeln." Dazu musste Fränzi erst gar nicht ermuntert werden. Sie hakten sich unter und schlenderten gemütlich von Stand zu Stand. Sie kauften ein paar Kleinigkeiten als Andenken. „Hast du eigentlich schon deine Ansichtskarten gekauft?" Fragend schaute Manuela Fränzi an. „Wenn nicht, dann hätte ich dir hier, gerade die Richtige." Fränzi schaute neugierig die Karte an, die Manuela aus einem Kartenständer genommen und ihr entgegengestreckt hatte. Dann prustete sie los. „Manuela, was für schmutzige Gedanken hast du nur?" Gespielt entrüstet wehrte sie ab. Auf der Karte war das Bild einer kleiner Statue aus einem Museum zu sehen. Ganz offensichtlich handelte es sich dabei um einen nackten Mann, dessen Penis länger als er selber zu sein schien. „Aber weißt du was? Du hast recht, bis jetzt bin ich noch gar nicht dazu gekommen, Karten zu kaufen geschweige denn zu schreiben und abzugeben. Ich nehme die und schicke sie meiner spröden Nachbarin. Na, die wird sich freuen!" Ohne zu erröten ging sie mit dieser Karte zur Kasse, um zu bezahlen. Den verruchten Blick des Verkäufers ignorierte sie geflissentlich.

Wie sie später erfuhren, war diese Nachbarin beim Erhalt der Karte gar nicht erfreut gewesen. Ausgerechnet an jenem Tag hatte sie einen Einschreibebrief bekommen, für den sie quittieren musste. Darum hatte ihr der Postler alle Post persönlich überbracht – zuoberst hatte demonstrativ diese Karte gelegen und die Nachbarin schön in Verlegenheit gebracht!

Sie fuhren zurück zum Hotel und holten etwas später ihre beiden Freunde ab. Mit Mehmets Auto fuhren sie zum Kolosseum. Dort spielten sie Verstecken, lachten und machten viele schöne Erinnerungsfotos. Da sie noch genug Zeit hatten und Fränzi einmal erwähnt hatte, dass sie regelmässig reite, fuhren sie danach weiter zu einem Reiterhof. Dort mietete sich Fränzi für eine halbe Stunde ein Pferd. Mehmet stand am Holzzaun und feuerte sie an. Doch alles nützte nichts. Anscheinend war es das Pferd gewohnt, nach jeder Runde kurz eine Pause zu machen. Fränzi konnte machen, was sie wollte, das Pferd blieb einfach nach jeder Runde für 1 Minute stehen. Tarkan und Manuela hatten es sich bei einem Tee gemütlich gemacht. Mit großer Belustigung schauten sie den verzweifelten Bemühungen von Fränzi zu. Irgendwann gab sie resigniert auf. So kam sie gar nicht richtig zum Reiten. Trotzdem hatte es ihr gefallen, wieder mal auf einem Pferd zu sitzen. In der Zwischenzeit hatte Tarkan Manuela beigebracht, wie „Ich liebe dich" auf Türkisch heißt. Etwas später fuhren sie wieder zurück zum Hotel.

Spät am Abend wurde den Hotelgästen wieder einiges geboten. Es wurde gesungen und getanzt. Als Mehmet und Tarkan endlich ihre Boutique schließen konnten, waren die beiden Frauen schon ganz ausgelassen. Sie packten ihre beiden Freunde und schleppten sie zum Strand hinunter, wo sie ganz ungeniert schmusten. Schließlich waren sie nicht die Einzigen, die diese Idee gehabt hatten. Überall sah man Liebespaare an mehr oder weniger versteckten Plätzen. „Heute schlafen wir wieder mal in unseren Hotelbetten, denn in unserem Alter braucht man den Schönheitsschlaf." Mehmet und Tarkan schauten ganz enttäuscht. Doch als ihnen die Frauen versprachen, dafür die nächste Nacht wieder im selben Hotel mit ihnen zu verbringen, hellte sich ihre Miene zusehends auf. Sie verabschiedeten sich voneinander und gingen getrennten Weges davon.

Im Zimmer erzählte Fränzi, sie hätte gehört, dass es in der Nähe eine Schmuckfabrik gebe. Dort könne man direkt zusehen, wie Schmuck entsteht. Diesen könne man dann auch gleich kaufen, und zwar zu einem günstigen Preis. Manuela, die bis dahin von Schmuck nicht so viel gehalten hatte, schlug vor, Mehmet und Tarkan zu fragen. Vielleicht wussten sie, wo diese Fabrik stand und würden sie dorthin begleiten. Beide gähnten wie auf Kommando, es machte sich bemerkbar, dass sie in den letzten Tagen zu wenig Schlaf bekommen hatten. Fränzi war so müde, sie hätte im Stehen schlafen können! Prompt bekam sie von ihrer Cousine zu hören, dass sie im Moment wirklich nicht gerade vorteilhaft aussähe. Spontan nahm sie ihr Kissen und warf es Manuela an den Kopf. Doch die wich geschickt aus und konterte. Lachend fielen sie auf ihre Betten. Es dauerte keine 30 Sekunden, bis sie eingeschlafen waren.

Sie schliefen aus und verpassten beinahe ihr geliebtes Frühstück. Das Personal war nicht begeistert, als sie knapp vor dem Abräumen noch auftauchten. Sie genossen die warme Sonne und ließen es sich schmecken. Danach machten sie einen Besuch in der Boutique, wo sie schon sehnsüchtig erwartet wurden. Die Männer waren sofort einverstanden, sie an diesem Tag während der Siesta in die Schmuckfabrik zu begleiten. Es war wirklich nicht allzu weit weg. Sie durften sich überall umsehen. Selbst Manuela, die ja kein Schmuckfan war, konnte nicht widerstehen und kaufte sich eine hübsche Filigran-Halskette für wenig Geld. Sie fuhren weiter an den Strand, wo sie im Wasser plantschten und sich an der Sonne bräunen ließen. Für einen Imbiss an einem Stand in der Nähe mussten sie einen kleinen Platz mit allerlei Unrat und Scherben überqueren. Da Manuela barfuß war, Tarkan hingegen Sandalen anhatte, nahm er sie kurzerhand auf die Arme und trug sie bis vor den Stand. Von dort erscholl Musik von Chris Rea, der „On the Beach" sang. Wie passend, fand Manuela. Sie genoss es sichtlich, auf Händen getragen zu werden.

Während die Männer etwas zu essen und trinken holten, setzten sich die beiden Frauen in den Sand. Fränzi erzählte ihrer Cousine ganz aufgeregt, dass Mehmet mit seiner Mutter telefoniert und ihr gesagt hätte, er habe nun endlich seine Traumfrau gefunden! Mit großen Augen schaute Manuela ihre Cousine an: „Ja, hoppla, seid ihr denn schon soweit? Ist dir bewusst, was das heißt?" Fränzi schaute etwas verlegen drein. „Ich weiß, es geht alles so schnell. Aber ich habe das Gefühl, dass einfach alles zusammenpasst. Und was soll ich mich denn noch dagegen sträuben? Ich will ja schließlich nicht als alte einsame Jungfer sterben. Und mindestens ein Kind möchte ich auch noch haben. Aber sicher bin ich natürlich noch nicht. Mehmet und ich müssen das noch genau miteinander besprechen." Spät am Nachmittag fuhren sie wieder ins Hotel zurück. Die beiden Frauen duschten und machten es sich bei leiser Musik mit einem Liebesroman auf ihren Betten bequem. Der Abend verlief dann wie üblich. Sie aßen auf der Restaurant-Terrasse und trafen sich nachher wieder mit ihren Freunden. Die Zeit verging wie im Flug.

Am nächsten Tag gönnten sich Manuela und Fränzi wieder einmal eine „Erotik"-Stunde im Pool mit Patric und den anderen Hotelgästen. Danach mussten sie leider ihre Runden im Pool allein drehen. Der Hoteldirektor hatte mitbekommen, dass da etwas zwischen seinen Angestellten und Touristinnen lief. Die Liebe konnte er ja nicht verbieten, aber dass sich seine Angestellten am Pool aufhielten, schon. So vereinbarten sie, dass sie sich am Nachmittag am öffentlichen Strand treffen würden. Vorher fuhren die beiden Frauen noch einmal in die Stadt, wo sie den Lederanzug von Fränzi abholen wollten. Diesmal klappte alles. Der Anzug saß, und Fränzi bezahlte die Restschuld. In einem anderen Geschäft sahen sie glänzende Jogging-Anzüge. Da diese in der Schweiz ziemlich teuer waren, betraten sie den Laden und fragten nach dem Preis. Frech handelten sie den Preis hinunter bis auf 30.- pro Anzug. Da hatten sie wirklich ein gutes Geschäft gemacht! Schnell ließen sie sich wieder zum Hotel zurückchauffieren. Dort verstauten sie ihre neuen Errungen-schaften, packten ihre Badesachen und fuhren wie verabredet weiter zum Strand.

Mehmet und Tarkan warteten schon. Beide hatten ein Geschenk mitgebracht. Fränzi bekam ein rotes T-Shirt, Manuela ein weißes. Als sie ihnen von ihrem Handeln im Laden berichteten, schauten sie die Männer ganz stolz an: „Ihr benehmt euch ja schon wie echte Türkinnen!" Sie hielten sich eine Weile im Wasser auf. Danach fragte sie plötzlich Mehmet, ob sie Lust hätten, mit ihm etwas weiter weg zu fahren. Seine Mutter (die Witwe war) hätte sich nämlich dort eine Wohnung gekauft. Der Wohnblock werde gerade jetzt gebaut. Ob es sie interessieren würde? Alle waren einverstanden, und so fuhren sie weiter. Sie fanden den Wohnblock schnell und bestiegen die Treppe in den 3. Stock. Dort befand sich die 5-Zimmer-Wohnung. Alles war noch im Rohbau. Stolz zeigte ihnen Mehmet die Zimmer. Wenn es mal fertig war, würde es sicher schön aussehen.

Besonders Fränzi schaute sich alles sehr genau an. Wer weiß, dachte sie, vielleicht werde ich mich in nicht allzu ferner Zukunft auch ab und zu dort aufhalten. Danach schauten sie sich noch etwas die Stadt an und aßen eine Kleinigkeit. Bald mussten sie aber wieder zurückfahren. Wieder in ihrem Zimmer, erfrischten sich die beiden. Komischerweise wirkten beide lustlos. „Ist dir eigentlich klar, dass unsere Woche hier in der Türkei bald vorbei ist?" Fränzi schaute ihre Cousine traurig an. Auch Manuela wirkte bedrückt. Zu ihrem Erstaunen gefiel es ihr in der Türkei immer besser. All ihre Vorurteile hatten sich in Luft aufgelöst. Die Menschen waren meist guter Laune und sehr entgegenkommend. Das Land gefiel ihr auch immer besser. Sie fühlte sich schon fast wie eine Einheimische hier. Das war bestimmt nicht das letzte Mal, dass sie in der Türkei weilte, dachte sie. Und sie sollte recht behalten. In den nächsten Jahren flog sie noch über ein halbes Dutzend mal dorthin.

„Ich weiß zwar nicht, wie es mit mir und Tarkan weitergehen wird. Es ist mir im Moment auch nicht so wichtig wie dir mit deinem Mehmet. Aber du hast recht. Ich kann mir noch gar nicht vorstellen, wieder in die kleine Schweiz zurückzufliegen." Beide hingen ihren Gedanken nach.

Den letzten Abend vor der Abreise hatten sich Mehmet und Tarkan freigenommen. Doch es wollte einfach keine gute Stimmung aufkommen. Sie waren zu einem kleinen romantischen Restaurant gefahren. Sie waren dort die einzigen Gäste. Nach dem Essen blieben Fränzi und Mehmet eng umschlungen am Tisch sitzen, während Manuela und Tarkan sich draußen ein Plätzchen suchten. Völlig überrascht stellte Manuela fest, dass Tarkan Tränen in den Augen hatte. „Wie soll es nur weitergehen ohne dich? Du weißt, ich habe keine guten Familienbande. Das Geld für meinen Job reicht kaum zum Essen. Den Pass habe ich schon vor einer Weile verloren. Und ohne den kann ich dich nicht mal in der Schweiz besuchen. Die Leute vom Militär haben gesagt, erst müsse ich meinen Militärdienst von 2 Jahren absolvieren. Erst dann bekäme ich einen neuen Pass. Aber als Kurde, der ich bin, wird es mir garantiert schlecht unter den Türken im Militär gehen. Ich habe solche Zukunftsangst."

Tarkan hatte seinen Kopf in Manuelas Schoß gelegt und vergoss weitere Tränen. Sie wusste erst gar nicht, was sagen. Sie strich ihm übers Haar und überlegte. Anscheinend erhoffte sich Tarkan Hilfe von ihr. Doch dazu war sie nicht bereit. Sie mochte ihn sehr, aber wenn er nicht selber sein Leben in den Griff bekam, war ihre Beziehung sowieso chancenlos. Auch wusste sie nicht, ob Tarkans Gefühlsausbruch echt war oder nur eine momentane Regung. Sie tröstete ihn und versuchte ihm Mut für die Zukunft zu machen.

Wie sich später herausstellen sollte, hatte Tarkan tatsächlich mehr als genug Gründe für seine Tränen gehabt. Er hatte eine sehr schwere Zeit.

Nachdem sich Tarkan etwas beruhigt hatte, u. a. deshalb, weil ihm Manuela versprochen hatte, ihn fleißig aus der Schweiz anzurufen, gingen sie wieder hinein ins Restaurant. Fränzi schaute mit glänzenden Augen auf und teilte ihnen mit, dass Mehmet ihr einen Heiratsantrag gemacht und sie diesen soeben angenommen hätte. Meine Cousine, dachte Manuela liebevoll und gratulierte. Tarkan bemühte sich, nicht schon wieder zu weinen. Seine Zukunft sah nicht so rosig aus wie die der beiden Verliebten. Sie fuhren weiter in das Hotel, wo sie schon mehr als einmal übernachtet hatten. Bei einer guten Gelegenheit nahm Manuela ihre

Cousine schnell zur Seite: „Du weißt, wir müssen morgens um 4.00 Uhr aufstehen und zurück zum Hotel gehen. Dort packen wir schnell, bevor wir vom Bus abgeholt werden. Tarkan ist derart traurig, dass ich denke, dass es besser ist, wenn ich ihn nicht wecke, wenn ich fortgehe. So kann er ausschlafen, und der Trennungsschmerz ist dann auch nicht so groß. Also weck' mich bitte ganz leise." Fränzi verstand sie und war einverstanden. Als dann der Wecker klingelte, weckte sie zuerst Mehmet, der versprochen hatte, sie zum Hotel zurückzubringen. Dann ging sie rüber ins andere Zimmer und stupste sachte ihre Cousine an, die sofort wach wurde. Leise zog sie sich an, schrieb ein paar Zeilen für Tarkan und verschwand mit Fränzi und Mehmet in die Nacht.

Der Abschied von Mehmet fiel beiden Frauen nicht sonderlich schwer. Beide wussten ja, dass er, sobald er das Visum von Fränzi erhalten hatte, in die Schweiz kommen würde und sie ihn wiedersehen konnten. Manuela hatte Tarkan seine Lieblingskassette geklaut, die sie während des ganzen Heimflugs hörte. Wieder in der Schweiz, fielen sich die beiden in die Arme und verdrückten ein paar Tränen. Beide hofften, dass alles nicht nur ein schöner Traum gewesen war, sondern noch eine Fortsetzung hatte …

Nachtrag: Es hatte eine Fortsetzung gegeben. Schon am nächsten Tag bekamen beide Anrufe von ihren Freunden. Sie wurden schrecklich vermisst. 3 Monate später kam Mehmet für ein paar Monate in die Schweiz. Weitere 2 Monate später folgte in Ankara die türkische Verlobung im Familienkreis von Mehmet. Selbstverständlich waren Manuela und Tarkan (als zukünftige Trauzeugen) auch eingeladen. 1 Jahr später heirateten Fränzi und Mehmet und bekamen in der Folge 2 Kinder. Zum selben Zeitpunkt gab es ein Missverständnis zwischen Tarkan und Manuela. Als dieses ein paar Monate später aufgeklärt wurde, war es allerdings schon zu spät.

Manuela hatte in der Schweiz einen Türken kennengelernt, der total in sie vernarrt war und mit dem sie sich kurze Zeit später einließ.

Ein kleiner Augenblick voller Seligkeit

Diese Augen! Es hatte sie fast umgehauen. Eigentlich wollte sie nur Tennis spielen. Mit ihrem Bruder. Was sie dann auch tat. Die Stunde war schnell vorüber. Sie verließen den Platz. Gingen Richtung Ausgangstür. Bevor sie diese öffnen konnten, wurde sie von der anderen Seite aufgetan. Ein Rudel Leute kam ihnen entgegen. Man wurschtelte sich aneinander vorbei. Ein Mann ging an ihr vorüber. Ihre Augen begegneten sich. Das genügte. Wie magnetisch angezogen drehten sich beide wieder um. Beide blieben einen winzigen Augenblick stehen, schauten sich einfach nur tief in die Augen. Dann gingen sie weiter. Er auf den Platz. Sie in den ersten Stock ins Restaurant. Von dort konnte sie direkt auf den Tennisplatz sehen. Gerade unter ihr der Mann. Bei jedem Schlag hob er den Kopf und schaute ihr direkt in die Augen. Und sie war immer bereit, den Blick zu empfangen. Eine ganze Stunde lang. Dann verließ er den Platz, sie ihren kalten Kaffee. Noch ein intensiver Blick als Abschied. Sie sahen sich nie mehr. Wie er ausgesehen hatte – keine Ahnung. Mit wem er dort gewesen war – keine Ahnung. Was um sie herum geschehen war – keine Ahnung. Aber diese Augen vergaß sie nie mehr.

Skiferien mit Tante

„Das letzte Mal war wirklich super! Und noch schöner wäre es, wenn du diesmal auch mitkommen würdest." Cornelia, genannt Connie, schaute Manuela eindringlich an. „Dir würde ein Skiurlaub auch gut tun. Und da dein Sohn im gleichen Alter ist wie mein Walterli, könntest du ihn doch mitnehmen. Deine Tochter ist ja sowieso bei ihrem Vater. Na komm, sei doch kein Frosch!" Manuela überlegte. Ihre Tante hatte recht. Warum eigentlich nicht? Und ihrem Sohn Albert konnte sie bei dieser Gelegenheit gleich das Skifahren beibringen. Es war ihr schon klar, dass es Connie auch darum ging, dass sie eine Gratisfahrgelegenheit fand. Denn weder konnte sie Auto fahren noch hatte sie ein Auto. Sie selber aber fuhr schon lange und besaß ein Auto. Aber sie liebte ihre Tante und wusste auch, dass es mit ihr nie langweilig würde. Sie hatten auch sonst die gleiche Wellenlänge und würden es bestimmt lustig haben. Sie lächelte. Sie nannte Connie ab und zu liebevoll „Tanti". Bevorzugt dann, wenn noch andere Leute um sie herum waren. Die guckten dann immer so konsterniert. Und sie und Connie konnten vergnügt über deren Mimik lachen.

Connie war die jüngste Schwester ihrer Mutter. Als Manuelas Mutter geheiratet hatte, war Connie erst 4 Jahre alt. 6 Jahre alt war sie, als sie selber geboren wurde. Und so wuchsen sie praktisch zusammen auf wie Schwestern. Manuela erlebte alle ihre Männerbeziehungen von Anfang an. Und als sie dann in das Alter kam, wo sie ihren ersten Liebeskummer hatte, holte sie Rat und Trost bei Connie. Sie übernachtete auch ab und zu bei ihr. Denn mit ihrer Mutter hatte sich Manuela nie besonders verstanden. So war

Connie für sie nicht nur die Tante, sondern vor allem die Schwester, Freundin und Ersatzmutter. Manuela heiratete vor Connie. Als sie das zweite Kind bekam, heiratete Connie, die mit ihrem ersten (und letzten) Kind schwanger war. Connie ließ sich später wieder scheiden. Manuela kurz danach auch. Sie besprachen alles miteinander, waren eine verschworene Gemeinschaft.

Sie besuchten sich häufig, machten Spiele und Ausflüge miteinander oder gingen mit Vorliebe und regelmäßig abends tanzen. Sie waren sich wirklich sehr ähnlich. Nur in einem Punkt unterschieden sie sich sehr. Während Connie am laufenden Band Affären hatte und ständig in irgendwelche Beziehungskisten verwickelt war, lief bei Manuela gar nichts außer mal ein Flirt mit 1 oder 2 Küssen. Aber auch das höchst selten. Connie sah sich deshalb als Vollblutfrau, während sie Manuela als spröde bezeichnete. Aber Manuela war sich halt mehr wert. Für eine billige Affäre war sie sich viel zu schade. Sie hatte keine Zweifel, dass irgendwann mal der richtige Mann bei ihr auftauchte. Sie konnte warten. Das alles hatte allerdings den Vorteil, dass sie sich auf diesem Gebiet nie in die Quere kamen.

Und nun wollte also Connie zusammen mit ihr in die Ferien gehen. Das Ziel war eine kleine Pension in Österreich mit einem kleinen, aber schönen Skigebiet. Manuela hatte den Verdacht, dass ihre Tante nicht nur wegen des Skifahrens dorthin wollte. Sie hatte ihr nämlich vom hübschen Pensionsbesitzer erzählt. Er war Ausländer, liebte angeblich seine österreichische Ehefrau, die er aber regelmäßig betrog. Und Connie stand schon immer auf Ausländertypen. Abgesehen davon, dass in 9 von 10 Fällen ihre Freunde jeweils schon anderweitig gebunden waren. Mit anderen Worten: Genau der Typ Mann, den Connie bevorzugte. „Gut. Du hast mich überredet. Ich und Albert kommen mit."

Es war schönes Wetter, als sie am Sonntagmorgen in die Ferien fuhren. Und es war immer noch schönes Wetter, als sie ein paar Stunden später dort ankamen. Doch leider sollte es der einzige schöne Tag bleiben für den Rest der ganzen Woche. Sie wurden vom Pensionsbesitzer Orlando nett empfangen. Auch seine Frau ließ sich kurz blicken. Alle waren guter Laune. Sie bezogen ihr Zimmer und packten aus. Es war ein Vierer-Zimmer mit einem französischen Bett und einem Kajütenbett. Oben sollte Walterli, unten Albert schlafen. Danach machten sie einen Rundgang durch den Ort. Manuela hatte sich vorgenommen, auch während der Ferien zu trainieren. Seit 1 ½ Jahren machte sie nämlich mindestens 3 x wöchentlich Bodybuilding. Deshalb hielt sie Ausschau nach einem Fitnesscenter.

Es gab tatsächlich eins, ganz in der Nähe ihrer Pension. „Ferien sind doch zum Genießen da. Wie kannst du dir bloß eine solch harte körperliche Betätigung antun", bemerkte Connie etwas abschätzig. Manuela lächelte in sich hinein. Anscheinend hatte ihre Tante im Moment nicht gerade ihre beste Zeit. Das kam zwar selten vor, aber wenn, dann musste man ihr aus dem Weg gehen. Manuela kannte das und wusste, wie damit umgehen. Connie war ausgesprochen unsportlich. Abgesehen vielleicht von ihrem Sexleben. Doch was das betraf, hatte Manuela schon lange den starken Verdacht, dass sie auch auf diesem Gebiet nicht so aktiv war, wie sie ihr immer weismachen wollte.

Sie selber hatte immer etwas Sport betrieben, mal mehr, mal weniger. Nur der wöchentlichen Gymnastik war sie treu geblieben, seit sie aus der Schule gekommen war. Und nun kam eben noch Bodybuilding dazu. Dass ihre Tante nur neidisch war, weil sie selber sich dazu aufraffen konnte, während Connie das nicht schaffte, war ihr klar. Sie atmete tief durch und bereitete sich auf eine etwas „angriffige" Woche mit Connie vor. Zum Abendessen fanden sie sich im kleinen Essraum der Pension ein. Es waren nur wenige Leute dort. Beim Dessert gesellte sich Orlando zu ihnen. Während Connie rote Ohren bekam und sich angeregt mit ihm unterhielt, hielt sich Manuela etwas zurück. Orlando war nicht ihr Typ. Sie schauten noch fern, danach ging's ab ins Bett. In der Nacht musste Manuela zu ihrem Leidwesen feststellen, dass Connie ganz schön schnarchte. „Auch das noch", stöhnte sie leise. Dann aber musste sie lachen. Ach, was soll's, dachte sie, das nehm' ich doch mit Humor, schließlich sind Ferien. Sie drehte sich um und schlief kurz danach wieder ein.

Am nächsten Morgen waren es die Buben, die zuerst aufwachten. Mit lautem Getöse sprangen sie aus dem Bett und rannten zum Fenster. „Huch, ist das aber lausiges Wetter!", schrien sie empört. „He, Mami, schau' mal, es regnet und schneit zugleich!" Albert rüttelte seine Mutter. Sie war sofort wach und bemerkte die Bescherung. „Ach, macht doch nichts. Gehen wir halt erst morgen Ski fahren. Machen wir es uns einfach so gemütlich. Ich wasche mich schnell, und dann gehen wir frühstücken." Manuela war schon im Badezimmer, als sie die missmutige Connie hörte: „Aber ohne mich. Lasst mich gefälligst noch etwas schlafen." Als sich auch ihr Sohn Walterli wieder ins Bett legte, schauten sich Albert und seine Mutter kurz an. Das konnte ja heiter werden!

Sie ließen es sich schmecken. Sie genossen die frischen Brötchen und all die Zutaten. Danach machten sie einen kleinen Spaziergang. Ein größerer Bach ging mitten durchs Dorf. An einem Kiosk kauften sie sich eine Zeitung bzw. ein Comic-Heftli und betraten danach ein gemütliches kleines Restaurant. Manuela bestellte sich einen weiteren Kaffee und ein Stück Kuchen, Albert genehmigte sich eine Cola. Dann vertieften sie sich in ihre Zeitung bzw. ins Heft. Die angenehme Atmosphäre behagte ihnen so, dass sie beschlossen, dies jeden Tag zu wiederholen. Was sie dann auch taten. Es war kalt draußen, windete und schneite. Sie kämpften sich durch den Schneematsch in die Pension zurück. Welch ein Wunder, Connie und Walterli hatten sich aufgerafft und warteten im Aufenthaltsraum auf sie. „Na, habt ihr euch amüsiert?", fragte Connie schnippisch. Mit zuckersüßer Honigstimme konterte Manuela: „Aber ja doch! Es war herrlich, frische Luft zu tanken. Das solltest du auch tun. Mit deinem Glimmstängel im Mund siehst du auch nicht gerade taufrisch aus." Und als Draufgabe flunkerte sie, sie hätte bereits gut aussehende Typen angetroffen, die sie nett gegrüßt hätten.

Connie riss die Augen auf. „Wirklich? Wo? Wie?" Albert schaute seine Mutter stirnrunzelnd an. Was sollte das? Das stimmte doch gar nicht. Sie aber zwinkerte ihm spitzbübisch zu. Schließlich wusste sie ganz genau, wie sie ihre Tante wach bekam. Und das Thema Männer zog immer. Connie verzog sich nach oben, wusch sich endlich und kam angekleidet wieder runter. „So, ich bin bereit." Fragend schaute Manuela sie an. „Na, zum Spazierengehen. Was denn sonst?" Manuela lachte heimlich, dann versetzte sie ihrer Tante einen weiteren „Stoß": „Albert und ich waren doch schon spazieren. Jetzt spielen wir eine Runde. Aber geht nur ruhig ohne uns, das macht uns nichts aus." Connis Augen funkelten böse. „Also allein macht's doch keinen Spaß. Jetzt habe ich mich extra fein gemacht, und du lässt mich im Stich. Nicht die feine Art!"

Manuela war die Ruhe selbst. „Aber liebes Tanti, am Morgen haben Albert und ich extra −und zwar auch alleine − einen Spaziergang gemacht, damit ihr euch noch etwas ausruhen könnt. Da war ich auch nicht beleidigt. Und jetzt wollen wir halt etwas ausspannen, was ist denn dabei? Ich kann mich doch nicht immer nach dir richten, nicht wahr? Das wäre doch nicht fair, das findest du doch sicher auch!" Connie schaute sie misstrauisch an. Bildete sie sich die Ironie in Manuelas Stimme nur ein, oder meinte sie es ernst? Connie war perplex und wusste nicht recht, was antworten. Da kam Orlando und lenkte sie gerade zum richtigen Zeitpunkt ab. Der Nachmittag verflog wie im Flug. Die beiden Buben spielten zusammen, während es sich Manuela mit einem Roman gemütlich gemacht hatte. Nach dem Nachtessen teilte sie Connie mit, dass sie sich zum Fitness-Training begebe. Sie packte ihre Turnsachen und ließ die drei im Aufenthaltsraum zurück.

Gut gelaunt betrat sie das Fitness-Studio. Ohne sich um die anderen zu kümmern, zog sie sich um und begann zu trainieren. Der Leiter des Studios kam auf sie zu und fragte freundlich, woher sie denn komme. Manuela gab bereitwillig Auskunft. Als er sie jedoch fragte, ob sie seine Hilfe brauche, schüttelte sie den Kopf. Sie käme ganz gut allein zurecht. Anscheinend glaubte er es ihr aber nicht so recht. Je länger er sie beobachtete, desto mehr erstaunt war er. Er pfiff anerkennend. Dafür, dass sie erst seit 1 ½ Jahren trainiere, stemme sie schon ganz gehörig Gewichte. Dann verließ er sie. Er hatte genug gesehen. Manuela brauchte ihn wirklich nicht. Locker zog sie ihr Programm durch. Die verschämten, aber neugierigen Blicke der anderen trainierenden Männer bemerkte sie zwar schon, doch sie tat, als hätte sie sie nicht gesehen.

Einer gefiel ihr besonders. Ein großer junger Mann mit schwarzen Haaren und einem schelmischen Blick. Trotzdem ließ sie sich nicht ablenken. Schließlich war sie ja zum Trainieren gekommen. Vom Flirten hielt sie sowieso nichts. Auch war sie es nicht gewohnt, dass Männer ihr nachstellten. Also warum sich Hoffnungen machen? Sie beendete ruhig ihr Programm, packte ihre Sachen zusammen und verließ das Studio. Wegen der Bezahlung hatte sie schon am Vortag mit jemandem gesprochen. Die körperliche Ertüchtigung hatte ihr gut getan. So ging sie entspannt durch die Nacht zur Pension zurück. Im Aufenthaltsraum saßen alle vor dem Fernseher. Sie begrüßte sie kurz und ging dann weiter ins Zimmer, um ausgiebig zu duschen. Dann cremte sie sich genüsslich ein und legte sich mit einem Schmöker ins Bett. Kurze Zeit später kamen dann die Buben. Sie alberten noch etwas rum, dann legten sie sich zu Bett. Sie alle schliefen schon eine Weile, als Connie nachkam.

Am nächsten Morgen mussten sie leider feststellen, dass es noch mehr schneite als am Vortag. Beim Frühstück versprach Manuela ihrem Sohn, dass sie es trotzdem wagen würden, etwas Ski zu fahren. Sie zogen sich warm an, holten ihre Skier und schritten mit den schweren Skischuhen langsam zum Lift. Dass Connie und Walterli etwas sauer reagierten, weil sie wieder allein die Zeit verbringen mussten, war ihnen egal. Schließlich waren sie ja nicht deren Babysitter und auch nicht von ihnen abhängig.

Mit dem Lift fuhren sie bis zum obersten Punkt. Es schneite wie verrückt. Sie konnten kaum ihre eigene Hand vor ihren Gesichtern sehen. Es hielten sich nur wenige Leute dort auf. Dazu noch ein Skilehrer mit ein paar Schützlingen. Übrigens wieder ein so hübscher junger Kerl. Ob das wohl an Österreich lag? Sie schüttelte die Gedanken ab und packte ihren Sohn.

Sie suchten sich in der Nähe einen kleinen ungefährlichen Hügel. Zu ihrer Freude war Albert mit Freude dabei. Zuerst nahm sie ihn zwischen ihre Skier. Etwas später ließ sie ihn jeweils die letzten Meter allein fahren. Und am Schluss schaute sie von oben zu, wie er den kleinen Hügel allein runterfuhr. Unten angekommen, rief er ihr zu, ob sie ihn nicht nach oben ziehen könne, es sei ihm zu anstrengend. Manuela lachte und schüttelte den Kopf. Auch der Skilehrer, der gerade in ihrer Nähe weilte, hatte Alberts Frage mitbekommen und grinste. Sie zwinkerten sich zu. So musste Albert in den sauren Apfel beißen und sich langsam wieder nach oben kämpfen. Er hatte Hunger. Sie begaben sich ins warme Restaurant und bestellten sich Suppe und Würstchen. Trotz des Hudelwetters hatte es ihnen Spaß gemacht.

Am Nachmittag gab Manuela ihrem Sohn noch ein paar Lektionen. Dann hatten sie genug und fuhren befriedigt wieder mit dem Lift nach unten. Mit roten Backen gesellten sie sich zu Connie und Walterli. Während das Nachtessen aufgetragen wurde, erzählte Albert begeistert vom Skiausflug. „Und was habt ihr denn so gemacht?" Manuela schaute fragend ihre Tante an. „Nichts. Bei diesem Sauwetter bleibe ich lieber im Zimmer. Aber es war mir langweilig. Du könntest dich ruhig etwas mehr um mich kümmern." Connie schmollte. „Liebes Tantchen, ich bin nicht zu deiner Unterhaltung hierhergekommen. Du kannst dich gerne uns anschließen. Aber wenn du nicht willst, ist das dein Problem. Abgesehen davon, dass ich glaube, dass du alt genug bist, zusammen mit deinem Sohn selber etwas zu unternehmen. Wenn du aber zu faul dazu bist, kann ich dir wirklich nicht helfen." Trotz ihres liebevollen Tons konnte sie Connie nicht zufriedenstellen. Manuela versuchte es noch einmal: „Komm, ich mache dir ein Friedensangebot. Auf dem Heimweg habe ich ein chinesisches Restaurant entdeckt. Das mögen wir doch alle. Gehen wir doch morgen Abend dorthin und leisten uns was. Wie findest du das?" Connies Gesicht hellte sich sofort auf. Sie fand, das wäre eine gute Idee. So fand dieser Abend doch noch einen guten Abschluss.

Auch am nächsten Tag war es mehr als trüb. Wie immer konnten sich Connie und ihr Sohn nicht so schnell aufraffen, um zu frühstücken. Manuela und Albert saßen deshalb in friedlicher Zweisamkeit am Tisch und genossen ihre frischen Brötchen. Danach spazierten sie etwas am Bach entlang und besuchten anschließend „ihr" Restaurant. Sie lasen, unterhielten sich und tranken etwas. Entspannt machten sie sich danach wieder auf Richtung Pension. Connie war bester Laune. Von Orlando hatte sie erfahren, dass im Kino um die Ecke ein guter Film lief, den man sich auch nachmittags ansehen konnte. Sie beschlossen daher, die Vorstellung zu besuchen. Es war ein lustiger Film. Sie lachten viel. Alle 4 hakten sich nach dem Ende unter und machten sich zum chinesischen Restaurant auf. Es war sehr gediegen dort. Es herrschte eine ruhige, fast andächtige Stille. Nur im Hintergrund konnte man leise Musik vernehmen. Sie genossen ihr Mahl und plauderten angeregt. Den Umgang mit den Stäbchen waren Connie und Manuela gewohnt. Nur den beiden Buben passierte es ab und zu, dass das Essen nicht dort blieb, wo es hätte bleiben müssen. Sie amüsierten sich köstlich. Ein weiterer Abend klang angenehm aus.

„Gehst du heute wieder trainieren?" Connie und Walterli hatten es zum ersten Mal geschafft, zusammen mit Manuela und ihrem Sohn zu frühstücken. „Ich denke schon. Aber diesmal gehe ich etwas früher, damit wir danach gemütlich zu Abend essen können." Da es nach wie vor abwechslungsweise regnete und schneite, beschlossen sie einmütig, einen kurzen Schaufensterbummel zu machen und sich danach mit Spielen die Zeit zu vertreiben.

Es herrschte eine angenehme Atmosphäre zwischen ihnen. Am späteren Nachmittag verabschiedete sich Manuela. Flotten Schrittes ging sie ins Fitnesscenter. Fast die gleichen Männer wie das letzte Mal waren wieder dort. Die meisten von ihnen nickten ihr sogar kurz zur Begrüßung zu. Das gefiel ihr. Noch mehr gefiel ihr, dass der junge Mann mit dem dunklen Haar auch wieder da war. Ihre Augen begegneten sich immer wieder, während sie trainierten. Doch mehr war nicht, wollte sie auch nicht.

Sie fühlte sich schon fast heimisch in diesem Raum. Beschwingt verließ sie am Ende den Raum, nicht ohne sich nochmals kurz umzudrehen und dem jungen Mann in die Augen zu sehen. Er erwiderte ihren Blick und hob kurz die Hand. Wieder zurück in der Pension, wurde gerade das Nachtessen aufgetischt. Sie setzte sich im Trainingsanzug an den Tisch zu den anderen. „Na, warum leuchten denn deine Augen so? In einem Fitnesscenter kann man sich doch bestimmt nicht amüsieren?" Connie schaute sie etwas giftig an. Das wäre ja noch schöner gewesen, wenn ihre Nichte zu einem Flirt gekommen wäre, während sie leer ausging. Das wäre das erste Mal gewesen und durfte einfach nicht sein.

Leicht provozierend, aber mit einem Lächeln im Gesicht antwortete ihr Manuela: „Da täuscht du dich aber gewaltig! Mmmmh, da war vielleicht ein süßer Typ! Wir flirteten heftig miteinander. Und weißt du was? Ich genoss es!" In dem Moment, als Connie eine spitzige Erwiderung auf den Lippen hatte, passierte es. Ihr Sohn, dessen Benehmen schon immer etwas zu wünschen übrig gelassen hatte, ließ einen gewaltigen Furz krachen. Augenblicklich wurde es still im kleinen Esssaal. Alle schauten peinlich berührt zu ihnen herüber. Doch Walterli grinste nur blöd, während Albert sich demonstrativ die Nase zuhielt. „Also wirklich, Cousin, das stinkt ja ganz erbärmlich!" Connie schämte sich fürchterlich für ihren Sohn. Sie schalt ihn heftig. Es war ihr höchst unangenehm, dass die Leute so missbilligend anschauten. Manuela biss sich auf die Lippen, um zu verhindern, dass sie laut loslachte. Wenn ihre Tante nicht bald einmal ein paar Dinge ändern würde in ihrem Leben, würde sie bestimmt immer wieder unangenehme Sachen erleben müssen. Hoffentlich war ihr das eine Lektion. Mit hochrotem Kopf packte diese ihren Sohn und verschwand im Zimmer. Manuela und Albert schauten sich noch eine gute Sendung an und folgten ihnen danach.

Am nächste Tag dasselbe wie immer: Trübes Wetter, trübe Stimmung bei Connie und Walterli. Manuela und Albert besuchten nach dem obligaten Spaziergang „ihr" Restaurant. Am Nachmittag waren sie zu viert unterwegs, als Manuela einen freudigen Schrei ausstieß: „Wie klein doch die Welt ist! Hallo Fritz und Miriam, was macht ihr denn hier?" Sie umarmte herzlich ein Paar, das etwa 10 Jahre älter als sie war. „Darf ich euch vorstellen? Das ist meine Tante mütterlicherseits, und das ist der Cousin meines Vaters und seine Frau." Manuela plauderte angeregt mit dem Paar, während die anderen ein paar Schritte davon auf sie warteten. Die beiden Buben alberten im Schnee herum. Connie verzog missmutig die Lippen.

Es passte ihr gar nicht, dass sich ihre sonst so zurückhaltende Nichte hier in den Ferien so gut amüsierte, während sie sich langweilte. Nicht mal der kleinste Flirt hatte sich für sie ergeben. Das war einfach ungerecht. Hätte sie doch Manuela nur nicht aufgefordert, mit ihr in die Ferien zu kommen. Die stahl ihr doch glatt die Schau! „Das hat mich jetzt wirklich gefreut! Wir treffen uns sonst immer nur zum jährlichen Familientreffen. Schön, sie auch mal zwischendurch zu sehen!" Manuela drehte sich nochmals um und winkte dem davonlaufenden Paar hinterher. „Komm, Tanti, schau nicht so trübselig drein. Ich spendier uns einen ‚Wiener Kaffee'. Du wirst sehen, dann bessert sich deine Laune im Nu!" Es stellte sich heraus, dass der „Wiener Kaffee" aus kaltem schwarzen Kaffee mit Vanilleglacékugeln bestand. Zuerst löffelte man das Glacé heraus, danach trank man den Kaffee (vermischt mit aufgelöstem Glacé) mit einem Strohhalm. Sogar Connie schmeckte es sichtlich. Ihre Laune besserte sich zusehends. Der Tag war gerettet und endete auch ohne weitere Zwischenfälle.

Schon war der Freitag angebrochen. Connie war ganz unruhig. Es war offensichtlich, dass das Wetter etwas gegen sie hatte. Das Skifahren konnten sie endgültig vergessen! Es musste einfach noch etwas Aufregendes passieren. Weswegen sonst hätte sie Ferien machen müssen? „Weißt du was? Ich starte mal eine Umfrage, wo es ein Dancing gibt. Dann könnten wir heute Abend mal tanzen gehen!" Manuela war sofort einverstanden.

Beide tanzten leidenschaftlich gern und gut. Auch sie sehnte sich nach Musik und Tanz. Schon bald kam Connie mit der guten Nachricht zurück, dass es ganz in der Nähe ein großes Hotel gäbe, wo ein neu angekommenes Musiker-Duo heute Abend seinen ersten Live-Auftritt hätte. Sie freuten sich beide darauf. Doch vorher wollte Manuela noch ihr 3. und letztes Fitness-Training absolvieren. So machte sie sich am späten Nachmittag wieder auf den Weg. „Ihre" Männer begrüßten sie diesmal noch eine Spur netter. Mit den Augen suchte sie den Raum nach „ihrem" jungen Mann ab, während sie mit dem Training begann. „Hallo! Auch wieder dabei?" Die Stimme aus dem Hintergrund, dachte Manuela spontan und drehte sich um.

Da war er ja! Sie freute sich riesig, dass er sie angesprochen hatte. „Ja. Aber heute leider zum letzten Mal. In 2 Tagen fahren wir wieder zurück in die Schweiz." Der junge Mann war sichtlich enttäuscht. „Schon wieder? Das ist aber schade." Er setzte sich zu ihr auf die Bank, wo sie gemeinsam Arm-Hantel-Training machten. Lebhaft plauderten sie miteinander und vergaßen die Zeit dabei. Manuela als Astrologin interessierte sich für seinen Geburtstag, den er ihr bereitwillig mitteilte. Er hatte prompt am selben Tag Geburtstag wie sie! Sie lachten herzlich darüber. Das musste doch einfach ein gutes Omen sein! Aber leider ging auch dieses Training einmal vorbei. Sie packte ihre Sachen, bezahlte den vereinbarten Betrag und stand dann verlegen vor ihm.

Auch der Leiter des Studios hatte sich zuvor noch von ihr verabschiedet und sie nochmals gelobt. „Würdest du mir deine Adresse geben? Du würdest mir eine große Freude machen. Ich ruf' dich bestimmt an." Eindringlich schaute Manuelas Schwarm sie an. Sie nickte und überreichte ihm schüchtern ihre Visitenkarte, die er mit einem strahlenden Lächeln entgegennahm. Noch ehe sie bewusst wahrnahm, was passierte, küsste er sie kurz auf den Mund und gab sie dann wieder frei. Verlegen drehte sie sich um und verließ das Studio. Solche Situationen hatte es in ihrem Leben fast noch nie gegeben. In Gedanken versunken trat sie den Rückweg an. Das darf ich Connie nie erzählen. Die platzt sonst vor Neid, ging es ihr durch den Kopf. Andererseits – soll sie es ruhig erfahren. Es schadet gar nicht, wenn sie merkt, dass auch ich eine Frau bin, die begehrt wird.

Als Manuela aufkreuzte, waren sie schon beim Nachtessen. „Du hast doch nicht wieder etwa einen Flirt mit diesem Typen gehabt?" Connies neidisches Herz hörte fast zu schlagen auf, als die prompte Antwort von Manuela kam: „Klar. Und nicht nur das! Er wollte unbedingt meine Telefonnummer haben. Und ich hab' sie ihm gegeben." Fast schon hatte Manuela Erbarmen mit ihrer Tante. Diese saß wie ein Häufchen Elend am Tisch und fühlte sich herabgesetzt. Manuela fragte sich, warum sich ihre Tante nicht einfach mit ihr freuen konnte. Sie selber freute sich doch auch immer, wenn es ihrer Tante gut ging.

„Connie, heute Abend wird es bestimmt aufregend im Dancing. Ich habe es ja selber immer wieder erlebt, dass du immer jemanden zum Flirten gefunden hast. Wir lassen es so richtig krachen. Du wirst schon sehen, auch du wirst noch auf deine Kosten kommen. Ganz bestimmt!" Connie hob den Kopf. „Meinst du? Aber du hast recht. Bestimmt werden wir heute Abend viel Spaß haben." Schon machte sie Pläne, welches Outfit ihr wohl am besten stände. Sie war wieder im Element. Gott sei Dank, das wäre geschafft, dachte Manuela und lächelte.

Gut gelaunt machten sie sich am späteren Abend auf den Weg ins Hotel. Beide hatten sich schön gemacht und freuten sich aufs Tanzen. Es war ein größeres Dancing mit einer angenehmen Atmosphäre. Auch die Tanzfläche war erfreulich groß. Manuela und Connie nahmen Platz und bestellten sich einen Drink. Entspannt hörten sie der Musik zu. Das Musiker-Duo bestand aus einem jung verheirateten Paar. Beide spielten ein Instrument und sangen abwechslungsweise gängige Pop-Hits. In der Pause wurden Songs vom Plattenspieler gespielt. Man konnte also durchgehend tanzen, wenn man wollte. Tja, wollen hätten sie schon, die beiden Damen. Aber sie wurden nicht aufgefordert. Es gab zwar etliche Männer, die sich immer wieder nach ihnen umdrehten. Doch keiner fand den Mut, sie anzusprechen. Manuela nahm es gelassen. Doch Connie war ziemlich wütend: „Diese Schlappschwänze! Gucken tun sie, aber das ist auch alles. Kein Feuer im Hintern, was sind das bloß für bescheuerte Typen!" „Komm, gehen wir tanzen. Erstens, weil wir das bestens auch allein können. Zweitens, weil dann diese Typen sehen, wie wir uns bewegen und sehen, dass wir wirklich tanzen wollen und auch können. Vielleicht holen sie uns dann." Connie fand, das wäre eine gute Idee. Und so gingen beide auf die Tanzfläche und tanzten, was das Zeug hielt.

Die Musik war toll. Es tat ihnen beiden gut, sich so intensiv zu bewegen. Wieder am Platz, mussten sie leider feststellen, dass es nicht viel genützt hatte. Die Männer schauten nur noch blöder. Plötzlich kicherte Connie: „Weißt du was? Haben wir es eigentlich nötig, so auf die Männer angewiesen zu sein? Die sind doch weit unter unserem Niveau. Wenn sie mit zwei so guten Frauen wie uns nicht tanzen wollen, sollen sie es halt bleiben lassen. Abgesehen davon, hast du bemerkt, dass wir beide die Hübschesten unter den Gästen sind? Komm', die sollen noch etwas von uns haben. Sollen sie uns nur anstarren. Kriegen tun sie uns so oder so nicht." Manuela stimmte in ihr Lachen ein und begleitete sie wieder auf die Bühne. Sie schwangen ihre Hintern noch heftiger als zuvor und amüsierten sich.

Ab und zu zwinkerte Connie dem männlichen Teil des Duos zu, der belustigt ihren Blick erwiderte. Etwas verschwitzt gingen sie später wieder an ihren Tisch. Sie setzten gerade ihr Trinkglas an ihre Lippen, als ein Mann mit einem Mikrofon auf die Bühne ging. „Guten Abend, liebe Gäste. Mein Name ist Otto, und ich bin der Geschäftsführer." Ein begeistertes Klatschen begleiteten seine Worte. Manuela und Connie schauten sich verblüfft an. „Was will der denn hier? Dieses armselige Männchen soll der Manager hier sein? Auweia", spottete Connie. Manuela musste ihr in Gedanken recht geben. Dieser Otto gab sich aufgeplustert wie ein Gockel. Als wäre er der Hahn im Korb. Dabei machte er sich doch nur lächerlich. Beide warteten gespannt auf das, was kommen sollte. „Die meisten von euch kennen mich ja bereits." Wieder wurde heftig geklatscht und gejohlt. „Und auf allgemeinen Wunsch werde ich wieder für euch ein paar Lieder singen."

Das durfte doch nicht wahr sein. Der und singen? Sie fielen fast vom Stuhl, als dieser Otto stümperhaft zu singen begann. Dass der sich nicht schämte! Manuela und Connie konnten sich nicht mehr beherrschen und prusteten laut los. So etwas Dämliches hatten sie selten gesehen. Als sie dann noch feststellen mussten, dass die anderen Gäste offensichtlich ganz anderer Meinung waren, als sie Otto immer wieder aufforderten, noch ein Lied zu singen, platzte ihnen beinahe der Kragen. „Du, sag mal, verarschen die uns? Sind die blöd oder wir? Es muss ihnen doch auffallen, sofern ihr Gehör einigermaßen funktioniert, dass dieser Typ grauenhaft singt! Sind denn alle bescheuert?" Connie war fassungslos. Auch Manuela konnte es nicht begreifen. Sie schauten sich wieder entgeistert an. Doch ihr Humor gewann die Oberhand. Sie gaben glucksende Geräusche von sich, beinahe hatten sie Tränen in den Augen vor lauter Lachen. Und als Otto endlich abtrat, klatschten auch sie begeistert. Schließlich hatte sein Auftritt dafür gesorgt, dass sie sich köstlich amüsierten! Irgendwie fanden sie danach alles zum Lachen.

Immer wieder beugten sie sich zueinander und tuschelten. Je einfältiger die Männer um sie herum dreinschauten, desto mehr spotteten sie. Sie kamen fast nicht mehr aus dem Lachen heraus.

Dabei hatten sie doch kaum etwas getrunken. Den ganzen Frust von der Woche konnten sie so herauslassen. Als das Dancing um 2.00 Uhr morgens Schluss machte, traten sie den Heimweg an. Eng aneinandergedrückt spaßten sie den ganzen Heimweg lang. Es war ihnen dabei nicht bewusst, dass ihr lautes Gelächter andere hätte stören können. Und prompt schaute ein Hotelgast, den sie in seiner Bettruhe gestört hatten, wütend aus dem Fenster und gebot ihnen lauthals Ruhe. Beide schauten kurz nach oben, dann schauten sie sich an – und lachten erst recht wieder los! War das ein Spaß! Es hatte zu schneien aufgehört. Der tiefe Schnee glitzerte im Mondschein. Es war so romantisch. Einträchtig bewältigten sie die letzten paar Meter, dann wuschen sie sich kurz, und ab ging es ins Bett. Beide schliefen mit einem Lächeln auf den Lippen sofort ein.

Manuela war früh wach. Sie hatte nämlich bei einem Schaufensterbummel gesehen, dass in einer Drogerie eine Kosmetikberaterin Damen gratis schminkte und Schmink-Tipps gab. Das wollte sie sich nicht entgehen lassen. Da ihr Sohn auch schon wach war, gingen sie zusammen frühstücken. Danach kam das obligate zweite Frühstück in „ihrem" Café. In der Drogerie gab es dann allerdings eine kleine Enttäuschung. Damit die Beraterin genügend Zeit für alle fand, musste man sich vorher für einen bestimmten Zeitpunkt anmelden. Sie bekam einen Termin für 15.00 Uhr. Auch gut, fand sie. Sie liefen in die Pension zurück. Gerade als Manuela die Eingangstür öffnen wollte, wurde diese von innen aufgemacht. Fast stieß sie mit einem Mann zusammen. Beide entschuldigten sich und sahen sich an. Den kannte sie doch! Das war doch der Mann des gestrigen Musiker-Duos. Auch er hatte sie erkannt. Er lächelte sie charmant an und antwortete mit „Ja" auf ihre diesbezügliche Frage, ob er mit seiner Frau auch in der Pension abgestiegen sei. Sie entfernten sich, drehten sich aber nach ein paar Metern wie magnetisch gleichzeitig wieder um und winkten sich nochmals zu. Also das muss an Österreich liegen, dass ich auch mal so in Sachen Flirten zum Zuge komme, dachte sie begeistert. Das muss ich sofort Connie erzählen.

Als sie das Zimmer betrat, sah Manuela als Erstes den Hintern von ihrer Tante. Sie hatte sich tief über die Badewanne gebeugt und wusch sich die Haare. Sie war so darin vertieft, dass sie nicht gehört hatte, dass die Tür geöffnet worden war. Und Manuela konnte einfach nicht widerstehen. Sie holte aus und schlug mit der flachen Hand auf Connies Hinterbacken. Diese richtete sich blitzartig auf und ging wie eine Furie auf Manuela los. „Sag' mal, spinnst du eigentlich? Erstens hast du mich zu Tode erschreckt, und zweitens hat mir dein Schlag sehr wehgetan! Hast du denn nichts Besseres zu tun, als mich zu ärgern?" Ihre nassen Haare hingen wirr am Kopf und tropften auf den Boden. Ihre Augen funkelten böse. „Ach, Tantchen, sei doch nicht böse. Bei deinem knackigen Hintern konnte ich einfach nicht widerstehen! Ich hab's doch nicht böse gemeint. Sei doch wieder gut." Dabei verkniff sich Manuela ein Lachen, sonst hätte ihr Connie die Entschuldigung nie abgenommen. Diese brummte etwas vor sich hin und widmete sich wieder ihrem Haar. „Du, Connie, ich muss dir noch unbedingt etwas erzählen. Weißt du, wer gestern in unserer Pension abgestiegen ist? Das Musiker-Duo, das gestern im Hotel gespielt hat. Stell dir vor, ich hab' ihn grad vorher getroffen. Er wirkte sehr sympathisch."

Inzwischen föhnte Connie ihr Haar. Schon wieder war ihr ihre Nichte zuvorgekommen. Es war nicht zu glauben! Es war wie verhext. Als wären alle Männer im Dorf auf Manuela fixiert statt auf sie, wie es doch sonst üblich war. Aber vielleicht würde ihr der Musikertyp auch noch über den Weg laufen. Dann konnte sie ihren Charme an ihm ausprobieren. Und dass er schon verheiratet war, störte sie nicht im Geringsten. Alle Männer sind doch gleich, dachte sie. „Übrigens, Orlando hat mir einen weiteren Tipp gegeben. Heute Abend spielt ein Musik-Quintett, das sehr gut sein soll, in einem anderen Hotel. Kommst du auch wieder mit zum Tanzen?" Klar war Manuela einverstanden. Warum nicht?, dachte sie. Schlimmer als gestern kann es ja nicht werden. Beide schauten sich an, und in Gedanken an Otto lachten sie gleichzeitig los.

Am Nachmittag machte sich Manuela auf den Weg zur Drogerie. Connie hatte sich zu einem kleinen Schläfchen niedergelegt, die Buben spielten miteinander. Sie wurde schon erwartet. Ein junges Fräulein begrüßte sie lächelnd und bat sie, sich zu setzen. Sie stellte ihr eine neue Kosmetiklinie vor, die aber erst in einem halben Jahr in der Schweiz zu kaufen sei (in Wahrheit waren es 2 Jahre, und sie verschwand auch kurze Zeit später wieder sangund klanglos). Das Fräulein trug ihr ein dezentes Make-up auf. Etwas zu dezent für meine Begriffe, dachte Manuela. Die Crème fühlte sich gut auf ihrer Haut an. Aber lieber ein dezentes Make-up als gar keines. Denn sie hatte ihre Schminkutensilien zu Hause gelassen. Das Fräulein gab ihr noch ein paar gute Schminktipps. Da ihr die Schminkfarben gefielen, kaufte sie ein Wangenrouge und einen Lippenstift. Sie bedankte sich für die Beratung und schaute sich danach noch etwas im Laden um. Sie entdeckte das neueste Parfüm von Jil Sander. Der Duft gefiel ihr ausgezeichnet, deshalb kaufte sie auch das Parfüm. Ein paar Tupfer hinter die Ohren würde ihr Make-up vervollständigen.

Beschwingt verließ sie die Drogerie. Wieder zurück, öffnete sie die Zimmertür: „He, Connie, schau’ mal! Sehe ich nicht gut aus?“ Erst da bemerkte sie, dass ihre Tante immer noch ein Schläfchen machte. Und aus Erfahrung wusste sie, dass Connie unausstehlich wurde, wenn man sie beim Schlafen weckte. Und genauso war es. Mürrisch hob diese kurz den Kopf: „Lass mich in Ruhe! Dein Gesicht interessiert mich jetzt wirklich nicht!“ Na, dann eben nicht, dachte Manuela und begab sich in den Aufenthaltsraum, wo die Buben fernsahen. Zum Nachtessen gesellte sich Connie dann wieder zu ihnen. Sie wirkte putzmunter und schien sich auf den Tanzabend zu freuen.

Und das mit gutem Grund. Diesmal kamen sie voll auf ihre Kosten. Das Tanzlokal wirkte heller, und die Gäste waren in jedem Alter. Da sie beide eher zu den Jüngeren gehörten, waren sie begehrte Tanzpartnerinnen. Kaum setzten sie sich wieder, wurden sie schon wieder aufgefordert. Auch die Live-Band, die aus

5 Männern aus 5 verschiedenen Ländern bestand, spielte gute und abwechslungsreiche Tanzmusik. Als die Band eine Pause machte, nutzten das Manuela und Connie aus, um sich zu setzen und etwas zu trinken. Auch die Band setzte sich, und das zufälligerweise genau an ihren Nebentisch. Connie gefiel das außerordentlich. Sie war in ihrem Element, konnte sie doch gleich mit 5 Männern ausgiebig flirten! Manuela gefiel es weniger. Sie hatte schon beim Tanzen gemerkt, dass speziell zwei der Männer ein Auge auf sie geworfen hatten. Doch sie war nicht am Flirten interessiert. Betont interessiert beobachtete sie die anderen Leute im Lokal und drehte dabei den Musikern den Rücken zu. Doch Connie machte ihr einen Strich durch die Rechnung. „He, Manuela, stell dir vor, Markus hat auch im April Geburtstag wie du!" Wohl oder übel musste sich nun Manuela umdrehen und die Musiker begrüßen. Markus strahlte sie an. Er kam aus Österreich und war einer der beiden Männer, die Manuela vorhin so angemacht hatten.

Er war kaum größer als sie, hatte blonde Haare, blaue Augen und einen Schnauz. Wahrlich, genau das Gegenteil von dem, was Manuela an einem Mann gefiel. Aber seine Augen bettelten sie derart treuherzig an, doch mit ihm zu sprechen, dass sie dem nicht widerstehen konnte. Der andere, der sie angemacht hatte, hieß Tibi und kam aus Holland. Er war beträchtlich älter als Markus und wirkte auf den ersten Blick etwas lüstern. Doch wenn man mit ihm sprach, legte sich das bald. Zwischen beiden herrschte eine leichte Rivalität wegen Manuela. Connie hatte von dem nichts mitbekommen. Sie hatte sich mit Martin, dem Schweizer, unterhalten. Auch Manuela gefiel er. Er war klein und rundlich und hatte eine Glatze. Er war nicht aufdringlich, hatte eine erstaunlich gute Stimme und war an allem interessiert. Jedes Mal, wenn Pause war, unterhielten sich die Musiker mit den beiden Frauen. Zwischendurch hatte Connie noch ein paar Fotos von der tanzenden Manuela und der Band geschossen (Wie sich später herausstellte, waren sämtliche Fotos verwackelt und unscharf.).

Als das Lokal schließen wollte, standen die Musiker und die beiden Frauen noch etwas zusammen. Connie stöhnte. Was hat sie denn jetzt wieder vor, dachte Manuela. Sie kannte ihre Tante gut genug, um zu wissen, dass sie etwas plante. Aber diesmal ging deren Schuss nach hinten los. „Meine Füße bringen mich noch um! Ich wurde derart viel zum Tanzen aufgefordert, dass meine Füße ganz aufgeschwollen sind. Ich glaube, bald platzen meine Schuhe!" Stolz schaute sie in die Runde. Diesmal war eindeutig sie im Mittelpunkt! Die anderen hatten peinlich berührt automatisch ihre geschwollenen Füße angeschaut und dann verlegen gelächelt. Manuela konnte an ihren betretenen Gesichtern ablesen, dass sie in Gedanken rochen, wie Connies dicke Füße nach Schweiß stanken.

Und Connie hatte immer noch nicht bemerkt, was für einen Schnitzer sie gelandet hatte. Manuela hielt sich krampfhaft die Hand vor den Mund, um nicht laut loszulachen. Die betretenen Mienen der Musiker und der eingebildete Triumpf in den Augen von Connie waren einfach zu komisch! Markus, der Manuela beobachtet hatte, blinzelte ihr vergnügt zu. Er hatte begriffen. Da hatte er eine Idee. „Hört mal, wir sind bald einmal in der Schweiz. Es wäre schön, wenn ihr beide uns besuchen würdet." Connie war begeistert und stimmte sofort zu. Ihr Auftritt hatte also bereits gewirkt. Dachte sie zumindest. Sie verabschiedeten sich mit Wangenküsschen und trennten sich. Connie war danach total aufgestellt und malte sich schon aus, wie es sein würde, wenn sie sich alle wieder treffen würden. Manuela ließ sie gewähren. Beide waren müde und überließen sich schnell einmal ihren süßen Träumen.

Der Abreisetag brach an. Sie frühstückten, als Orlando sich zu ihnen gesellte. „Ich hab' noch was für euch. Das Musiker-Duo, das bei mir abgestiegen ist, geht bald einmal in die Schweiz. Hier ist der Stationen-Plan, woraus ihr ersehen könnt, wo sie sich aufhalten werden." „Es wäre schön, wenn wir euch dort begrüßen dürften", tönte da die Stimme des Mannes vom Duo. „Klar, wir kommen gerne." Connie fing es jetzt langsam an, hier zu gefallen. Ausgerechnet jetzt, wo sie wieder abreisten! Sie verstauten ihr Gepäck, verabschiedeten sich und fuhren bei schönem (!) Wetter heim in die Schweiz.

Epilog: Einen Monat später suchten Connie und Manuela das Dancing auf, wo sich das Musiker-Duo aufhielt. Sie wurden sofort erkannt und freudig begrüßt. Sie verbrachten einen schönen Tanzabend. 2 Wochen später betraten sie dann das Lokal, worin die Band spielte. Martin erkannte sie zuerst und rief quer über die Tanzfläche: „Ahhhh, die zwei wunderschönen Damen Connie und Manuela!" Beide lachten und fühlten sich gleichzeitig geschmeichelt. Markus schaute ruckartig in ihre Richtung und bekam prompt einen roten Kopf, als er Manuela erblickte. Er war so aufgeregt, dass er kaum noch sein Keyboard bedienen konnte. Danach waren die Musiker den ganzen Abend mit den Frauen zusammen. Noch weitere 3-mal besuchten die Frauen jeweils das Dancing, wo sich das Quintett aufhielt. Doch beide ließen sich auf nichts ein, obwohl dies gewünscht worden wäre. Markus schickte später noch eine Geburtstagskarte an Manuela. Dann brach der Kontakt ab. Der junge Mann aus dem Fitnessstudio rief sie tatsächlich bald einmal an. Aber auch dieser Kontakt verlief irgendwann im Sand.

Verlorene Träume

Sie hatte das Inserat in der Tages-Zeitung gesehen. Ohne zu überlegen telefonierte sie. Und kam durch. Sie sollten nur vorbeikommen. Dann würde er schon sehen. Als ihre beiden Töchter nach Hause kamen, teilte sie es ihnen mit. Die eine war begeistert, die andere gar nicht. Aber der Mutter zuliebe machte sie mit.

Ein Choreograph suchte Darsteller für einen Tanzfilm. Sie mussten zwischen 12 und 16 Jahre alt sein. Und tanzen müssten sie vor allem können. Keiner hatte Tanz- oder Schauspielambitionen. Oder gar eine Karriere auf diesem Gebiet im Sinn. Die Mutter wusste nicht, warum sie so spontan auf das Inserat reagiert hatte. Alles in ihrem Leben war im Moment im Umbruch. Vielleicht deswegen. Mal etwas Verrücktes tun. Sie selber hatte schon immer leidenschaftlich gern getanzt. Einmal im Leben in einem Fernsehballett mitzumachen – das wäre schön gewesen.

Aber jetzt war sie vor allem Mutter und hatte beträchtlich Übergewicht. Sie fuhr mit den beiden Töchtern in die Stadt, suchte das Tanzstudio. Es wirkte sehr seriös. Etwa 15 Mädchen warteten schon. Am Vortag seien es 85 gewesen. Der Choreograph Mario sah aus, wie eben Künstler so aussehen. Schwarze enge Hose, breiter Gürtel, weißes offenes Hemd, rotes Halstüchlein, längeres Haar und Tanzschuhe. Er war schon älter. Offensichtlich ein Profi, international anerkannt. Während 2 Stunden studierte er mit den Mädchen Tanzeinlagen ein.

Die Mutter konnte kaum still sitzen. Am liebsten wäre sie aufgesprungen und hätte mitgetanzt. Nur die besten und schönsten Musical-Songs wurden gespielt. Dazu Musik von Michael Jackson. Ihre Beine zuckten. Sie sang heimlich mit. Ihre Füße wippten heftig. Ach, wenn sie diese Chance gehabt hätte, als sie im Alter der Mädchen gewesen war. Dann wäre alles anders gekommen. Aber was taten diese verflixten Mädchen? Das konnten unmöglich ihre Töchter sein! Selbst Watschel-Enten hätten eine bessere Figur gemacht.

Sie war fassungslos. Eine solche Chance nicht wahrnehmen – das konnte doch nicht sein. Aber es war ihr klar, dass es nicht deren Bedürfnissen entsprach. Sondern den ihren. Also begrub sie schweren Herzens ihre Träume. Die Mädchen waren nach den 2 Stunden k.o., aber auch wütend. Dass ihnen die Mutter solchen Stress zugemutet hatte. Gescheiter wären sie zu Hause geblieben, auf ihrem Bett, mit Kopfhörer und einem Heftli. Die Mutter schüttelte den Kopf. Und buchte einen Jazz-Tanz-Kurs bei Mario.

Ein fast perfekter Tanz

Sie waren zum ersten Mal in diesem Lokal. Es war voll. Eine Live-Band sorgte mit ihrer Musik für gute Laune. Sie hatten gerade getanzt und ruhten sich nun etwas aus. Beobachteten die Leute. „Sieh mal! Dort mitten unter den Tanzenden!" Ein Stups von ihrer Freundin folgte. Sie schaute angestrengt. Da! Jetzt hatte sie die beiden entdeckt. Und nicht nur sie. Ringsum war man auf die beiden aufmerksam geworden. Ihre Augen wurden immer größer. Da hatte eine ältere, sehr burschikose Frau einen Mann zum Tanzen aufgefordert. Ein Professor-Typ. Der es nicht gewagt hatte, der Frau einen Korb zu geben. Hätte er geahnt, was auf ihn zukommt, hätte er bestimmt fluchtartig den Raum verlassen. So war es zu spät.

Sein Pech war, dass just in jenem Moment Rock'n' Roll angesagt wurde. Die Frau packte ihn und begann ihn heftig herumzuschleudern. Sie gab ihm zu verstehen, dass sie führte und nicht er. Halbherzig versuchte er, von ihr loszukommen. Es wurde aber nur noch schlimmer. Sie bekam im letzten Moment seine Hand zu fassen – und ließ diese nicht mehr los.

Sie warf ihn von der einen Ecke in die andere. Prompt ging er zu Boden. Schon stand sie wieder vor ihm, zog ihn auf die Füße. Abwehrend hob er die Hände. Es nützte nichts. Resolut drückte sie ihn wieder an ihre mächtige Brust. Er hatte keine Chance. Die Leute um sie herum riss es beinahe von den Stühlen. Auch die beiden Freundinnen konnten sich nicht mehr beherrschen und lachten Tränen. Dieses Schauspiel war zu grandios. Sie hatten zwar Erbarmen mit ihm. Doch sie hofften trotzdem, dass es noch weiterging.

Und es ging weiter. Mit einem Tango. Der erbärmliche Gesichtsausdruck des Mannes sagte alles. Seine Partnerin nahm seine beiden Hände und drückte sie sich selber auf ihren Rücken. Dann fasste sie mit ihren Händen seine Schultern an und zwang ihn, ihr zu folgen. Er schämte sich fürchterlich. Er war sich bewusst, dass er der Grund des Gelächters war. Ein erneuter Versuch, zu verschwinden. Nichts da, schien sie zu sagen.

Wieder packte sie zu und ließ ihn im Kreise gehen. Ein schneller Ruck – und er landete wieder an ihrer Brust. Er verdrehte verzweifelt die Augen. Sie schien nichts zu bemerken. Dachte wohl, für ihn sei es eine Ehre, mit ihr zu tanzen. Endlich, endlich machte die Musik eine Pause. Der Mann floh an die Bar. Die Frau schritt an ihren Platz, setzte sich aber nicht. Gespannt warteten die Leute darauf, was jetzt kam. Gab sie auf? Klarer Fall, natürlich nicht. Sie nahm ihr Trinkglas und ihre Handtasche und begab sich schnurstracks zu ihm an die Bar. Er hatte ihr den Rücken zugekehrt und wischte sich erschöpft den Schweiß von der Stirn. Er drehte sich wieder um – und erstarrte. Mit einem Schrei entfloh er ihr endgültig in die dunkle Nacht hinaus. Die Frau zuckte mit den Schultern. Und schaute sich um. Schließlich gab es noch andere Männer. Eine halbe Minute später waren nur noch Frauen im Raum, von Männern keine Spur mehr …

Der Osterkuchen

Denise rang mit sich selber. Sie hatte ihr Wohnzimmer schon ein Dutzend Mal abgeschritten. Doch genützt hatte es nichts. Immer und immer wieder überlegte sie. Für wen sollte sie sich entscheiden? Wenn nur ihre Mutter nicht wäre. Zu gern wäre diese endlich Großmutter geworden. Und sie, Denise, musste dafür hinhalten. Kann ich denn etwas dafür, wenn es keine richtigen Männer mehr gibt?, dachte sie jammernd. Wenn sie ganz ehrlich war, ging es ja nicht nur um den Wunsch ihrer Mutter. Schließlich war sie schon 34 Jahre alt und konnte immer noch keinen Ehemann vorweisen. Dabei hätte sie doch so gerne eine eigene Familie gehabt.

Es gab zwar zwei Verehrer, die ihr ständig den Hof machten. Und beide waren sie ganz nett. Und mit beiden konnte sie sich irgendwie eine Zukunft vorstellen. Aber eben nur irgendwie. Sie hatte keine Schmetterlinge im Bauch, wenn sie einem von ihnen begegnete. Sie hörte keine Glocken, wenn sie einen Kuss bekam. Oder war dies alles nur Illusion und Wunschdenken? Konnte man auch ohne Schmetterlinge und Glocken eine gute Partnerschaft führen? Sie war hin und her gerissen. Wieder durchschritt sie händeringend ihr Wohnzimmer. Sie musste und wollte eine Entscheidung fällen. Welchen von beiden? Sie presste ihre Handflächen auf die Schläfen, setzte sich auf das Sofa und dachte angestrengt nach.

Plötzlich erinnerte sie sich an ihre Großmutter. Sie hatte sich stets bei ihr ausgeweint, wenn sie mal ein Problem hatte. Sie hatte ihr immer näher gestanden als ihre eigene Mutter. Und sie fehlte ihr sehr, seit sie im letzten Jahr gestorben war. Ach, Großmutter, was soll ich nur tun? Denise holte ein Fotoalbum hervor und suchte die Seite mit dem Bild ihrer Großmutter. Da war es. Sie hatte in ihrem Garten gestanden und gerade einen Blumenstrauß gepflückt. Sie sah so glücklich aus. Denise wurde ruhiger. Sie vertiefte sich in das Bild. Und es war ihr, als würde ihre Großmutter zu ihr sprechen: „Aber liebes Kind, warum machst du dir nur solche Sorgen? Dabei ist es doch ganz einfach. Das Schicksal wird dir schon zeigen, wer der Richtige für dich ist. Wart's nur ab."

Denise hob ruckartig den Kopf. Das Schicksal? Sie hatte plötzlich eine Idee. Warum eigentlich nicht dem Schicksal etwas nachhelfen, dachte sie. Sie war bekannt dafür, dass sie gerne kleine Partys mit lieben Bekannten veranstaltete. Ostern stand vor der Tür. Da ihre Wohnung eine Terrasse mit Garten hatte, war es für ihre Zwecke ideal. Sie würde eine Osterparty geben mit einer Überraschung. Frisch gestärkt und frohen Mutes ging sie ans Werk.

Sie hatte ein Dutzend Einladungskarten verschickt, darunter auch jeweils eine an ihre beiden Verehrer. Und als ihr Bruder telefonierte, lud sie ihn auch gleich ein. „Du kannst ruhig ein paar Kollegen mitbringen", ermunterte sie ihn. Sie hatten sich schon immer gut verstanden, und sie freute sich auf seinen Besuch. Dann ging sie ans kulinarische Werk. Sie kochte leidenschaftlich gern. Sie durchstöberte alle ihre Kochbücher, es sollte ein gelungenes Fest werden. Auch die Dekoration musste auf das Essen abgestimmt werden. Und der Höhepunkt sollte ihr Osterkuchen werden. Es war ein Riesending, das sie da gebacken hatte. So schwer, dass sie es kaum tragen konnte. Schließlich enthält er das Schicksal, dachte sie.

Als sie volljährig geworden war, hatte sie von ihrer Großmutter einen wunderschönen Ring bekommen, den sie bis jetzt immer getragen hatte. Er bedeutete ihr sehr viel. Und nun sollte er ihr Schicksal besiegeln. Sie hatte ihn nämlich abgenommen und in den Kuchenteig gelegt. Irgendwo lag er nun im Kuchen. Denise war gespannt. Sollte es das Schicksal wollen, dass einer der beiden Verehrer der Richtige war für sie, würde der Ring in dessen Kuchenstück sein. Den, der den Ring fand, würde sie heiraten. War der Ring nicht im Kuchenstück der Verehrer, würde sie gar nie heiraten und als alte Jungfer enden. Irgendwie aber war sie überzeugt, dass es schon den Richtigen treffen würde. Und sie nicht als Nonne im Kloster verkümmern musste.

Ostern kam. Nach und nach trafen ihre Gäste ein. Denise schüttelte fleißig Hände und geleitete ihre Gäste in den Garten, wo sie alles arrangiert hatte. Es gab genügend Stühle und Bänke. Alles war schön dekoriert. Jeder bediente sich, nahm ein Brötchen und etwas zu trinken. Alle waren bestens gelaunt, und das Wetter meinte es auch gut mit ihnen. Auch ihre beiden Verehrer waren gekommen. Von beiden hatte sie herrliche Blumen erhalten. Nur ihr Bruder fehlte noch. Sie war etwas enttäuscht. Sonst war er immer die Pünktlichkeit in Person gewesen. Na ja, es geht auch ohne ihn, dachte sie und widmete sich ihren Gästen. Es wurde viel gelacht, denn Denise hatte sich unterhaltsame Spiele ausgedacht. Sie war eine gute Gastgeberin, die ihre Gäste immer verwöhnte. Und nun wollte sie zu ihrem Höhepunkt kommen.

Sie schaute sich ein letztes Mal um. Ihr Bruder zeigte sich immer noch nicht. Selber schuld, dann kriegt er halt kein Stück von meinem wunderbaren Osterkuchen, schmollte Denise und schnitt diesen, vom Händeklatschen der Gäste begleitet, an. Alle waren um sie geschart und hatten ihre Hände ausgestreckt. Jeder wollte der Erste sein, der vom Kunstwerk kosten durfte. Denise hatte alle Hände voll zu tun, bis auch der Letzte der Gäste ein Stück Kuchen auf seinem Teller hatte.

Gerade hatte sie sich aufgerichtet und in ihr eigenes Stück beißen wollen, hörte sie die Stimme ihres Bruders: „Hallo Schwesterlein, ich hoffe doch sehr, du hast mir auch noch ein Stück übrig gelassen?" Denise drehte sich um und ging freudig ihrem Bruder entgegen. „Du hast dir aber ganz schön Zeit gelassen, Brüderchen", konterte sie und umarmte ihn kurz. „Ich weiß nicht, ob du es verdient hast, von meinem Wunderwerk kosten zu dürfen!" Sie lachte ihm jedoch zu und überließ ihm ihr Stück. Zu ihrer Überraschung drehte dieser sich jedoch um und reichte das Stück Kuchen weiter. Er hatte seinen neuen Arbeitskollegen mitgenommen, da dieser in seiner neuen Umgebung noch nicht viele Leute kannte. „Darf ich vorstellen? Das ist Kurt, und das ist meine Schwester Denise. Du musst unbedingt ihren Kuchen probieren. Sie ist eine wahre Meisterin im Backen!" Dabei zwickte er Denise liebevoll in die Wangen.

Diese stand mit offenem Munde da und starrte den Unbekannten an. Es war ihr gar nicht bewusst, dass es schon auffiel, wie seltsam sie sich benahm. Auch Kurt stand nur da und schaute Denise lächelnd an. Anscheinend störte es ihn nicht im Geringsten, so von ihr angestarrt zu werden. „He, Schwesterlein, was ist denn los mit dir? Hast du einen Geist gesehen?" Als würde Denise aufwachen, schüttelte sie leicht den Kopf und entschuldigte sich. Sie konnte es selber fast nicht glauben, aber sie hatte beim Anblick von Kurt doch tatsächlich Schmetterlinge im Bauch verspürt. Und jetzt fingen auch noch die Glocken an zu läuten! Sie war verwirrt und stand wie verloren da. Was sollte denn das bedeuten? Sie konnte sich einfach keinen Reim daraus machen. Doch das änderte sich schlagartig, als Kurt plötzlich „Autsch!" ausrief. Er hatte in den Kuchen gebissen und war prompt auf ihren Ring gestoßen! „Ach du meine Güte! Da ist ja mein Ring, den ich schon vermisst habe. Das tut mir aber leid, hoffentlich hat er ihren Zähnen nicht geschadet", stotterte Denise, die ganz rot im Gesicht geworden war. Ihre Gäste, die das Geschehen beobachtet hatten, brachen in Gelächter aus.

Doch irgendwie nahm das Denise gar nicht richtig war. Und auch ihr Gegenüber nicht. Beide schauten sich tief in die Augen, während Kurt Denise den Ring übergab. Schon fast symbolisch, dachte Denise. „Schon fast symbolisch", sagte Kurt leise. Ach, du Liebste und Beste aller Großmütter, du hast wie immer recht gehabt, dachte Denise, jetzt weiß ich, was tun. Das Schicksal hatte ihr den Weg gewiesen, sie brauchte nur noch zuzugreifen. Und das tat sie dann auch.

Bitte nicht bohren!

Sie hatte Angst. Fürchterliche Angst. Ausgerechnet ihr musste das passieren! Und ausgerechnet an Weihnachten! Jetzt, wo viele Festbesuche bevorstanden und köstliche Menüs auf dem Plan standen, hatte sie Zahnweh! Sie, die es nie versäumt hatte, jedes Jahr einmal zur zahnärztlichen Kontrolle zu gehen und auch nie irgendwelche Probleme gehabt hatte, ausgerechnet sie hatte jetzt Zahnweh! Und wie! Dabei hatte sie sich schon so auf das Weihnachtsessen bei ihren Eltern gefreut. Aber kaum wollte sie einen Bissen kauen, kam der unerträgliche Schmerz. Nicht einmal etwas Kaltes konnte sie trinken, auch das tat ihr weh. Sie hatte keine Ahnung, wie es dazu kommen konnte. Und die Zahnärzte machten ihre Praxen wahrscheinlich über Weihnachten zu. Sie ärgerte sich fürchterlich. Aber sie hatte auch Angst. Weder vom Bohren noch von Spritzen hielt sie etwas. Im Gegenteil. Aber sie hatte keine Alternative. Sie aß viel zu gern, als dass sie hätte nur für einen Tag darauf verzichten können.

Sie griff zum Telefonhörer, wählte die Nummer ihres Zahnarztes und wartete. Die Zahnarzthelferin hob ab und hörte ihr aufmerksam zu. „Es ist aber nur sein Assistent da. Wenn es ihnen trotzdem recht ist, können sie gleich morgen vorbeikommen." Es war ihr recht. Hauptsache, irgendjemand kümmerte sich um ihre Schmerzen. Wenn sie nicht bald wieder etwas essen konnte, würde sie noch abnehmen. Und das durfte doch nicht sein. Ihre üppigen Formen musste sie doch pflegen.

Am nächsten Tag fuhr sie zur Praxis. Mit wackligen Beinen meldete sie sich bei der Rezeption an. Wenn das nur gut ging! Sie musste nicht lange warten. Schon saß sie im Behandlungsstuhl. Sie kam sich vor wie ein Vieh kurz vor dem Schlachten, das ergeben auf seinen Tod wartete. „Guten Tag. Mein Name ist Dr. Wallner. Wo fehlt's denn?" Erschrocken hob sie den Kopf und blickte direkt in zwei tiefblaue Augen. Sie hatte ihn nicht kommen hören. Da war etwas in seinem Blick …

Immer noch freundlich blickend schaute er sie fragend an. „Ich habe Zahnweh", stotterte sie. Der Zahnarzt hob eine Augenbraue und zwinkerte ihr fröhlich zu. „Das habe ich fast vermutet." Was war nur los mit ihr? Sie nahm sich zusammen und zeigte ihm, wo es ihr wehtat. Er zog sich Gummihandschuhe und einen Mundschutz über und beugte sich über sie. Das Letzte, was sie sah, waren seine tiefblauen Augen. Dann schloss sie ihre eigenen und wartete auf sein Urteil. „Am besten ist, wenn wir noch schnell eine Röntgenaufnahme machen. Aber ich bin mir ziemlich sicher, dass eine Wurzelbehandlung nötig ist." „Tut das weh?" Wie aus der Pistole geschossen kam ihre Frage. Er beruhigte sie. „Wenn ich Ihnen eine Spritze gebe, merken Sie gar nichts, das verspreche ich Ihnen." „Eine Spritze?" Sie japste nach Luft. Lächelnd legte er leicht seine Hand auf die Schulter. Mit sanfter Stimme erklärte er ihr, was bei einer Wurzelbehandlung nötig war. Sie musste sich also wirklich keine Sorgen machen. Sie spürte seine Hand noch eine ganze Weile, obwohl er sich schon wieder abgewandt hatte, um die Röntgenaufnahme zu machen.

Diese bestätigte seine Vermutung. Also doch eine Spritze. Sie bekam feuchte Hände, hielt sich krampfhaft an den Sitzlehnen fest. Kniff ihre Augen ganz fest zu. Wieder legte sich seine Hand beruhigend auf ihre Schulter. Sie schaute ihn kurz an. Diese blauen Augen! Sie atmete tief durch, ließ es geschehen, dass er mit der Spritze drei Einstiche machte. Sie hatte es überstanden. Sie warteten ein paar Minuten. Dann begann er mit seiner Arbeit. Sie hielt die Augen geschlossen, träumte von Sonne, Strand und

Palmen. „So, fertig." „Schon?" Er lächelte. „Aber Sie müssen noch mal kommen. Vorläufig haben Sie nur ein Provisorium im Zahn. Und wenn es bei Ihnen keine Komplikationen gegeben hat, was ich nicht vermute, kommen Sie nächste Woche wieder, und ich mache Ihnen die definitive Füllung rein." „Tut das weh?"

Sein herzliches Lachen ging ihr direkt mitten ins Herz. Doch noch realisierte sie es nicht. „Aber nein, Sie werden ganz bestimmt nichts spüren." „Gott sei Dank", seufzte sie erleichtert. Sie erhob sich und stand nun neben ihm. Wie groß er war! Das war ihr vorher gar nicht aufgefallen. Mindestens einen Kopf größer als sie. Er begleitete sie nach draußen. Während er in der Agenda einen neuen Termin für sie notierte, betrachtete sie ihn näher. Schon hob er wieder den Kopf und schaute sie freundlich an. „Also, abgemacht, wir sehen uns in einer Woche wieder." Er streckte ihr die Hand entgegen, die sie dankend ergriff. Dann floh sie aus der Praxis.

Sie war glücklich. Sie konnte wieder essen. Wie herrlich! Der Zahnarzt hatte gute Arbeit geleistet. Sie genoss das Weihnachtsfest bei ihren Eltern und später bei lieben Freunden. Jetzt nur noch die definitive Füllung, und ihre Welt war wieder in Ordnung.

Diesmal hatte sie keine zittrigen Beine mehr. Schließlich hatte er ihr versprochen, dass sie keine Spritze geschweige denn Schmerzen haben würde. Wieder kam er herein, ohne dass sie es bemerkt hätte. „Na, wie geht es Ihnen?" Diese tiefblauen Augen! Es wurde ihr ganz mulmig im Magen. Sie verstand das gar nicht. Sie hatte doch gar keine Zahnschmerzen mehr!

Er untersuchte kurz ihre Zähne und war zufrieden, als sie ihm bestätigte, dass sie wieder ohne Schmerzen essen konnte. Die definitive Füllung war schnell drin. Ganz ohne Schmerzen, wie er es ihr versprochen hatte. Warum nur wollte sie am liebsten auf dem Behandlungsstuhl sitzen bleiben? Sie zwang sich aufzustehen. Sie kam sich ganz klein neben ihm vor. Sie bedankte sich bei ihm und riskierte nochmals einen letzten Blick in seine Augen. Hatte sie es sich nur eingebildet, oder hatte er tatsächlich ein wenig zu lang in ihre Augen geblickt? Sie verscheuchte ihren Gedanken und verabschiedete sich.

Am Abend telefonierte sie mit ihrer besten Freundin. Diese wollte wissen, ob jetzt wieder alles in Ordnung mit ihren Zähnen sei. „Klar, alles bestens." Von den blauen Augen erzählte sie nichts. Warum auch? Ihre Freundin lud sie für den nächsten Abend ein. In einem nahen Dancing spielte eine neue Live-Band. „Du kannst dich doch nicht ewig in deinen vier Wänden verstecken. So bleibst du das graue Mäuschen, das nie einen Mann bekommt!" „Ich will gar keinen Mann!" „Natürlich willst du einen. Jede Frau will das!" Diese Logik brachte beide spontan zum Lachen.

Sie sagte zu. Warum, wusste sie nicht. Sie hatte noch nie viel vom Ausgehen gehalten. Lieber las sie ein Buch. Trotzdem hatte sie sich immer sehr gut mit ihrer besten Freundin verstanden, die das pure Gegenteil von ihr war. Ständig wechselte diese ihre Liebhaber, war bekannt in der ganzen Stadt und war in jeder Bar zu Hause. Nur sie kannte auch die andere Seite ihrer Freundin. Diese war immer zur Stelle, wenn sie eine Schulter zum Ausweinen gebraucht hatte. Und ihre philosophischen Gespräche waren ihnen heilig. Beide waren sie einiges über 30 Jahre und ledig. Wenn auch aus verschiedenen Gründen.

Sie hatte sich schön gemacht. Wohlig hatte sie sich in einem aromatischen Schaumbad geräkelt. Danach hatte sie sich ein raffiniertes Make-up aufgelegt, sich etwas Parfüm hinter die Ohren getupft und ihr schönstes Kleid hervorgenommen. Es betonte ihre schönen Beine und kaschierte zusätzlich diskret ihre üppigen Formen. Sie war bereit. Zusammen mit ihrer Freundin fuhr sie zum Dancing.

Schon viele Leute hatten Platz genommen. Die Live-Band war wirklich gut. Sie hatten einen Tisch ergattert und sich gerade etwas zu trinken bestellt, als jemand hinter sie trat und mit sanfter Stimme fragte: „Guten Abend. Darf ich Sie um einen Tanz bitten? Ich werde auch bestimmt nicht bohren!" Tiefblaue Augen schauten sie liebevoll an. Sie konnte gar nicht anders. Ohne zu antworten legte sie ihre Hand in die seine und folgte ihm auf die Tanzfläche. Ihre Freundin schaute ihr mit offenem Mund sprachlos hinterher ...

Mutter macht Diät

Sie stand nackt vor dem Spiegel und betrachtete kritisch ihre Figur. Von oben langsam nach unten. Sie hatten ja recht. Ihre üppigen Formen waren wirklich mehr als üppig. Sogar sie musste das zugeben. Sie musste etwas dagegen tun.

„Müsli?" Ihre beiden Kinder schauten sie am nächsten Morgen entsetzt an. „Was soll denn das? Wo bleibt das Fleisch, der Käse und der Schoggiaufstrich?" Die Mutter setzte sich ihnen gegenüber und teilte ihnen ruhig mit, dass sie von nun an Diät mache und es gar nicht schade, wenn auch sie mal eine Weile weniger Kalorien zu sich nehmen würden. Ihre beiden Kinder wehrten empört ab. „Wer hat dir denn den Floh ins Ohr gesetzt? Du bist doch nicht dick, nur ein wenig mollig." Die Mutter wusste sehr wohl, dass sie ihr nur schmeicheln wollten, damit sie wieder zu ihrem ausgiebigen Frühstück kamen. Aber sie ließ sich nicht erweichen. Sie wollte abnehmen, und damit basta! Betretene Gesichter waren die Folge. Auch ihr Mann, der gerade ihre üppigen Formen an ihr so anziehend fand, konnte sie nicht umstimmen. Von jetzt an würde ein anderer Wind wehen, und ihre Familie musste selber schauen, wo sie blieb.

Und sie hielt durch. Eisern joggte sie jeden Morgen eine Stunde im nahen Wäldchen, danach gab es ein karges Frühstück in Form von Knäckebrot und Selleriestange. Zum Mittagessen tischte sie jeweils irgendeinen Salat auf. Später am Tag war wieder Sport angesagt. Am Montag war es Tennis, am Mittwoch Aerobic und am Freitag Handball. Zum Abendessen gab es Gemüse und als Dessert eine frische Frucht. Der ganze Haushalt litt darunter. Aber alles Rebellieren nützte nichts. Die Mutter war fast nie zu Hause, kümmerte sich nur noch um ihre Figur, und das Essen war gräßlich. Wenn sie es nicht mehr aushielten, fuhr der Vater mit seinen beiden hungrigen Kindern in den nahen McDonalds.

Eines Abends, als die Kinder im Bett lagen, nahm er seine Frau liebevoll in den Arm. Er wollte nochmals versuchen, ihr begreiflich zu machen, wie sehr alle unter ihrer Diät litten. „Hör zu, Schatz. Wenn du unbedingt abnehmen willst, dann ist das deine Sache. Aber die Kinder und ich leiden darunter, dass du für uns fast keine Zeit mehr hast. Du bist immer unterwegs, hast uns schon lange nichts Köstliches mehr zubereitet, und deine Laune ist auch nicht gerade erfreulich. Du weißt doch ganz genau, wie sehr ich dich liebe so, wie du bist. Gerade dass du nicht so mager bist wie viele andere Frauen, mag ich doch so sehr an dir. Muss denn deine Diät wirklich sein? Früher hat dich dein Gewicht doch auch nicht gestört. Warum denn jetzt?" Seine Frau hatte sich dicht an ihn geschmiegt und ihm zugehört.

Etwas verlegen gestand sie ihm, dass ihre drei besten Freundinnen sie zu einem Kurzurlaub nach Spanien eingeladen hatten. Schlagartig wurde ihm alles klar. Sie waren ja sonst ganz passabel, doch alle 3 hatten einen Schlankheitsfimmel. Und wenn sie dann zu viert einen Frauenurlaub verbringen würden, käme sich seine Frau wahrscheinlich erst recht dick neben ihnen vor. „Ich verstehe dich. Machen wir doch einen Kompromiss: Du machst Diät, aber nur bis zu diesem Urlaub. Danach hört die ganze Quälerei auf. Und bis dahin kochst du uns wieder sättigende Mahlzeiten. Auf dein Gemüse und die Selleriestangen musst du ja nicht verzichten. Und ab und zu begleite ich dich zum Sport, damit ich auch wieder etwas mehr von dir habe. Einverstanden?" Sie nickte nur, dann packte er sie, und beide verschwanden verliebt unter der Bettdecke.

Sie hatte es geschafft. In 3 Monaten war sie um 10 Kilo leichter geworden. Der Urlaub konnte beginnen. Sie hatte sich extra einen neuen Bikini gekauft. Sie probierte ihn vor den Augen ihres Mannes an. „Na, steht er mir nicht prima?" Er grinste, kam langsam näher und begutachtete sie von allen Seiten. Dann nahm er sie in die Arme und flüsterte ihr betont lasziv ins Ohr: „Du weißt doch ganz genau, alles an dir gefällt mir. Dein neuer Bikini ist zwar recht hübsch, aber lieber wäre es mir, du würdest ihn mehr ausfüllen." Mit Schwung hob er seine Frau auf die Arme und trug sie zum Bett.

Eine Woche ohne die Mutter, und es wurde ihnen allen klar, wie sehr sie sie vermissten. Am Flughafen warteten sie ungeduldig darauf, sie wieder zu begrüßen. „Sie kommen! Schau' nur, Vater, wie braun sie sind!" Sie flogen der Mutter entgegen, die sie herzlich in die Arme schloss. Nach dem allgemeinen Begrüßungszeremoniell verließen alle den Flughafen. Die Frauen umarmten sich noch kurz, dann ging jeder seiner Wege. Im Auto fiel allen auf, dass die Mutter ungewohnt wortkarg war. „Was ist den los, Mutter? Hat es dir nicht gefallen? Dabei siehst du so schön braun gebrannt aus." Diese verzog zwar den Mund, aber eine Antwort bekamen sie nicht.

Zu Hause gab es dann kein Halten mehr. Alle hatten sich um die Mutter geschart und warteten gespannt auf ihre Erzählungen. Sie wand sich sichtlich, dann sagte sie etwas, was die Familie fast von den Stühlen riss: „Ich habe Hunger. Habt ihr denn nichts Rechtes im Kühlschrank? Wie wäre es mit einer riesigen Pizza?" Entgeistert schauten sie sie an. Was war bloß passiert? Mit großen Augen hörten sie zu, wie die Mutter von ihrem Erlebnis berichtete: „Da gab es im Hotel eines Abends einen Wettbewerb. Ihr wisst doch, wie sehr ich Wettbewerbe liebe. Wir gingen also auch hin, obwohl wir nicht wussten, um was es ging. Es stellte sich heraus, dass man ein Auto gewinnen konnte. Und ihr wisst doch, dass ich mir schon lange ein eigenes gewünscht habe. Als zweiten Preis gab es eine Reise für 4 Personen und als dritten einen Möbelgutschein zu gewinnen." Hier machte die Mutter eine Pause. „Was ist, erzähl weiter", forderten die Kinder sie ungeduldig auf. „Um was ging es dabei?" Drei Augenpaare schauten sie gebannt an.

Kleinlaut schilderte sie, was dann passierte: „Es war einfach unglaublich. Die Veranstalter hatten sich etwas ganz Spezielles ausgedacht. Sie sagten, sie hätten es schon immer ungerecht gefunden, dass nur Frauen, die schlank sind, so beachtet werden. Sie hätten sich darum etwas für Mollige ausgedacht. Sie würden jetzt bei jeder Frau den Taillenumfang messen. Und die Frau, die den größten Taillenumfang hätte, bekäme den ersten Preis!" Wieder schwieg die Mutter. Sie war den Tränen nah. „Dabei hätte ich so gern dieses Auto gewonnen", schniefte sie und schnäuzte kräftig ins Taschentuch. „Ja, hast du denn nicht gewonnen?" „Eben nicht! Das ist ja das Tragische! Hätte ich nicht diese blöde Diät gemacht, besäße ich nun mein eigenes Auto!" Wieder schnäuzte sie sich. „Hat es wenigstens zum zweiten Preis gereicht?" Neugierig schauten sie die Mutter an. „Nicht einmal das", gestand sie, „es reichte nur gerade zu einem Trostpreis in Form von einem T-Shirt mit dem Aufdruck: Ich bin die Schönste!" Betreten musste sie das Gelächter ihrer Kinder und ihres Mannes über sich ergehen lassen. „Du Arme", konnte ihr Mann gerade noch so stammeln, bevor er wieder laut losprustete.

Als sich alle wieder beruhigt hatten, beschlossen sie, ins beste Restaurant der Stadt zu gehen und es sich so richtig schmecken zu lassen. Die Mutter versprach, nie mehr Diät zu machen, was die Kinder mit einem Jubelschrei quittierten. Und in der Nacht, mitten beim Schmusen, versprach ihr Mann, ihr zum nächsten Geburtstag einen Kleinwagen zu schenken. Diesmal war sie es, die einen Jubelschrei von sich gab.

Das Wiedersehen

Es war Ferienzeit. Ferien für ihre Kinder, nicht für sie. 3 Kinder für 2 Wochen zu Hause, wahrlich keine Erholung für sie als Mutter. Sie kannte es zur Genüge, wie schnell sie ihre Bücher satt, alle ihre Kollegen besucht und die neuesten CDs per Walkman x-mal abgehört hatten. Danach kam die Langeweile und dann das Streiten. „Hast du keinen Tipp, was wir unternehmen könnten?", hiess es dann. Oder: „Mir ist sooo langweilig, wenn doch nur schon wieder die Schule beginnen würde, da ist wenigstens etwas los."

Doch diesmal hatte sie vorgesorgt. Sie hatte schon seit Wochen auf einem Zettel notiert, was sie zusammen unternehmen könnten. Und heute stand ein Besuch in einem Vergnügungspark auf dem Programm. Alle freuten sich riesig darauf, selbst sie fühlte sich unbeschwert wie ein Kind. Es war halt eine eigene kleine Traumwelt, wo es keine Sorgen gab, sondern nur lebende Comicfiguren, Achterbahnen und Pommes frites vorherrschten. Sie fuhren früh los. Die Autofahrt dauerte 1 Stunde, also keine große Sache. Parkplätze hatte es mehr als genug. Freudig erregt gingen sie Richtung Kasse. Der Eintrittspreis war hoch, dafür war – außer dem Essen – alles inbegriffen.

Schon stürmten sie auf die erste Attraktion zu. Sie mussten nicht lange anstehen, wie das sonst während der Sommerzeit der Fall war. Die Mini-Zugbahn fuhr einmal rund um den Park. Man konnte sich den Fahrwind um die Nase wehen lassen und sich gleichzeitig einprägen, wo sich welche Attraktion befand. Die zwei größeren Kinder zogen alleine los, da sie die schnellen Bahnen vorzogen. Ihnen konnte es nicht verrückt und turbulent genug zugehen. Sie selber liebte es gemächlicher. Deshalb erkundigte sie mit dem jüngsten Kind nacheinander diejenigen Schiffe oder Schiffchen, die ruhig in irgendeinem Gewässer dahingondelten.

Sie hatten einen Treffpunkt abgemacht. Sie wollten sich 2 Stunden später in einem Restaurant zum Mittagessen treffen. Vorsorglich hatte sie den größeren Kindern jedoch etwas Geld fürs Trinken mitgegeben. Die ersten wärmeren Sonnenstrahlen drückten durch die Wolken, als sie sich mit ihrer Tochter auf ein Mäuerchen vor dem Restaurant setzte, um auf die anderen zu warten. 10 Minuten später waren sie immer noch nicht da. Langsam bekam sie Hunger. Sie hielt Ausschau – nichts zu sehen. „Oh, Entschuldigung, das wollte ich nicht." Ein kleines Mädchen stand verlegen vor ihr. Es hatte ein Glacée in der Hand, als es gestolpert war. Dummerweise landete sein Glacée direkt in ihrem Schoß. Beschämt senkte das Mädchen den Kopf und wartete ergeben auf ein Donnerwetter.

Erstaunt, aber auch erleichtert hob es diesen wieder, als die Frau wider Erwarten lächelte. „Das kann jedem passieren. Ich habe auch Kinder und weiß, wie schnell so was geht. Mach' dir keine Sorgen, das kann ich schnell wieder in Ordnung bringen." Sie nahm ein Taschentuch hervor und reinigte provisorisch den Glacée-Schaden.

„Was hast du denn wieder angestellt? Schämst du dich nicht? Hast du dich entschuldigt?" Ungeduldig kam ein Mann näher und kniete sich zum Mädchen nieder. „Was ist denn passiert?" Noch ehe das Mädchen nur einen Ton sagen konnte, wandte sich der Fremde zu ihr um: „Es tut mir leid, dass meine ..." Sie starrten sich an. Sie war automatisch aufgestanden und blickte ihn sprachlos an. Das konnte doch nicht sein! Stumm standen sie da und schauten sich in die Augen. Sie bemerkte gar nicht, dass inzwischen ihre größeren Kinder, denen der Fremde seltsam vertraut vorkam, angekommen waren. Sie sah nur noch ihn. „Paul", flüsterte sie beinahe panikartig. Er hingegen stand unbeweglich da, gab keine Antwort. „He, Mami, was ist los?" Als würden sie plötzlich aufwachen, bewegten sie sich aufeinander zu und gaben sich zögernd die Hand. „Schön, dich wiederzusehen." „Freut mich, wie geht es dir?" Wieder standen sie nur da und schauten sich an. Die Kinder wurden ungeduldig und zupften der Mutter am Ärmel. Sie löste sich gewaltsam aus ihrer Starre, zwang sich, unbeschwert und locker zu wirken.

„Wir gehen was essen. Willst du dich uns mit deiner Tochter anschließen?" Fragend schaute sie ihn an. Sie wusste nicht, was ihr lieber gewesen wäre, ein Nein oder Ja. Irgendwie wirkte auch er verloren. Als wüsste er nicht, was tun. Das Mädchen schlang die Arme um seine Beine und bemerkte, es hätte auch Hunger. Damit war die Sache besiegelt. Sie betraten gemeinsam das Restaurant, reservierten Plätze und holten sich danach das Essen an den Tisch. Es hatte sich ergeben, dass alle 4 Kinder an einem großen runden Tisch saßen, herzhaft in ihren Hamburger bissen und sich lachend unterhielten, während sie beide an einem kleineren Tisch, der daneben stand, Platz genommen hatten.

Ihr Schädel brummte. So viele Gedanken schwirrten ihr durch den Kopf. Was sie sich 10 Jahre erhofft, aber nie geglaubt hatte, war eingetreten. Und anstatt sich einfach zu freuen, zerbrach sie sich den Kopf darüber, was sie sagen sollte. Alles fiel ihr wieder ein. Wie ein Film lief es vor ihrem inneren Auge ab. Wie sie sich damals, kurz nach ihrer Scheidung, in einem Dancing kennengelernt hatten. Beide leidenschaftliche Tänzer, hatte es sich wie von selbst ergeben, dass sie aufeinander zugegangen und im Gleichschritt über das Parkett geschwebt waren. Zuerst hatten sie nicht viel geredet, danach umso mehr. Er war mit einem Kollegen, sie mit einer Freundin dort gewesen. Schon nach dem ersten Tanz vergaßen sie ihre Begleiter, sahen nur noch sich und spürten ihre Körper, die perfekt zusammen harmonierten. Zumindest im Tanz. Irgendwann hatten sich ihre Begleiter verabschiedet.

Sie tanzten stundenlang, dazwischen tranken sie etwas, erzählten sich gegenseitig von ihrem Leben. Als das Dancing schloss, tauschten sie ihre Adressen aus und fuhren getrennt nach Hause. Er mit seinen 26 Jahren zu seinen Eltern, wo er nach einem kurzen Abstecher wieder eingezogen war, sie mit ihren 29 Jahren zurück zu ihren drei kleinen Kindern.

Erst viel später realisierte sie, dass sie wie auf Wolke 7 dahingeschwebt war und deshalb erst nach zwei Stunden und auf vielen Umwegen nach Hause gefunden hatte. Jeden Tag wartete sie auf seinen Anruf, ohne aber zu ahnen, wie es um sie stand.

Sie hatte später geheiratet und die 3 Kinder bekommen. Doch schon bald hatte sie gespürt, dass irgendetwas in ihrer Ehe fehlte. Was es war, wusste sie nicht. Sie wusste nur, dass sie mit ihrem Ehemann nicht alt werden wollte. Und so hatten sie sich freundschaftlich getrennt. Doch nachdem sie unverhofft Paul begegnet war, veränderte sich kaum merklich etwas in ihr. Sie war unruhig, fühlte sich verloren und weinte ohne Grund. Als dann Paul eine Woche später anrief und sie zu einem Chilbi-Markt einlud, jauchzte sie vor Freude. Langsam dämmerte es ihr, dass sie wohl verliebt war. Der Abend war dann nicht ganz so verlaufen, wie sie es sich gewünscht hatte. Paul war ihr zu zurückhaltend. Auch begegneten ihm ständig irgendwelche Kollegen und, leider, Kolleginnen. Sie waren dann spätnachts noch zu ihm nach Hause gegangen, wo es sich wieder wie selbstverständlich ergab, dass sie sich küssten. Sie konnten gar nicht genug davon kriegen. So was hatte sie noch nie erlebt. Sie taumelte vor Glück. Ihm schien es nicht anders zu gehen. Zumindest hatte sie das geglaubt. Erst als die Sonne aufgegangen war, hatten sie sich getrennt.

Der Rest war Vergangenheit. Er hatte sie 2 Wochen später besucht, mit ihren Kindern gespielt und bei ihnen zu Nacht gegessen. Als sie später miteinander telefonierten, hatte er ihr klargemacht, dass ihm alles zu schnell gehe und er noch einige Zeit benötige, um herauszufinden, ob er sich mit ihr einlassen wolle oder nicht. Sie war verzweifelt. Ihre Gefühle waren zu stark, als dass sie nur seine Kollegin sein wollte. Deshalb bat sie ihn, sich nicht mehr zu melden, damit sie schneller darüber hinwegkomme. Und er hatte sich daran gehalten. Der Liebeskummer brachte sie schier um. Zwei Jahre später wusste sie keinen anderen Ausweg, als zum Arzt zu gehen und Beruhigungstabletten zu verlangen. Sie hätte sonst für nichts mehr garantiert. Paul war in ihrem Blut, und sie konnte nichts dagegen machen. Das Ganze schien so lächerlich. Doch für sie waren es schwere Jahre. Erst jetzt, nach zehn Jahren, war der Schmerz weg, und sie dachte nur noch ab und zu kurz an ihn.

Und nun saß sie ihm gegenüber, konnte es nicht fassen und fühlte, dass sich ihr Herz schon wieder für ihn öffnete. Verflixt! Das hatte ihr gerade noch gefehlt. In bewusst kühlem Ton fing sie ein banales Gespräch an, auf das er aber nicht groß einging. Im Gegenteil, etwas genervt unterbrach er sie mit einer Handbewegung: „Hör auf, in diesem Ton mit mir zu sprechen. Ich weiß, dass du nicht so bist. Und ich weiß heute auch, dass ich dir damals sehr wehgetan habe. Aber glaube mir, noch mehr habe ich mir selbst wehgetan. Ich hatte noch niemals zuvor so starke Gefühle für eine Frau gehabt. Und das machte mir Angst. Hättest du mehr Geduld mit mir gehabt, wir hätten bestimmt zueinander gefunden. Was meine Tochter anbelangt, sie ist meine Nichte, ich bin ihr Pate. Ich selber habe nie geheiratet und habe leider auch noch keine Kinder. Irgendwie habe ich wohl jede Frau, die ich nach dir kennengelernt hatte, mit dir verglichen. Doch nie mehr habe ich das Gefühl verspürt wie bei dir. Und jetzt, wo ich dir unverhofft wieder begegnet bin, bin ich ganz durcheinander. Ich muss zuerst wieder Ordnung in mein Gefühlschaos bringen. Was sagst du zu unserer Begegnung?" Erwartungsvoll schaute er ihr in die Augen. Völlig überrascht hatte sie seinen ungewohnten Redeschwall über sich ergehen lassen. Auch sie fühlte ein Gefühlschaos und wusste nicht recht, wie reagieren. Diese Situation war zu unglaublich.

Die Kinder waren fertig mit essen und wollten weiter. Zusammen besuchten sie die verschiedenen Attraktionen. Sie sprachen nicht mehr viel. Doch ihr war seine Nähe mehr als bewusst. Als sie den Park verließen, mussten sie zwangsläufig Abschied nehmen. Wieder standen sie sich hilflos gegenüber, ihre Hand lag warm und beschützt in seiner Hand. „Ich rufe dich an", versprach er leise. „Ich warte darauf", erwiderte sie mit sanfter Stimme.

Scheidung – was nun?

Sie hatte die Scheidung gewollt, er nicht. Doch er war es, der kurz nach der Trennung bereits wieder eine Freundin hatte. Sie, die ihn schon lange nicht mehr liebte, hätte das nie gekonnt. Sich sofort wieder mit einem Mann einlassen, das widerstrebte ihr. Zu viel war in ihrer Beziehung geschehen. Es war eine intensive Zeit gewesen, mehr schlechte als gute Zeiten, und trotzdem. Sie hatte viel über sich selbst gelernt. Das war das Positive. Wieder war sie allein. Und er schon wieder zu zweit. Das fand sie gemein. Das war einfach nicht fair. Dabei war sie doch die Gute und er der Böse gewesen. Hatte sie einer guten Freundin gegenüber etwas ironisch bemerkt. Eigentlich sollte es ihm und nicht ihr schlecht gehen. Leider war es umgekehrt. Zumindest für zwei Tage. Dann ging es ihr wieder besser. Sie nahm sich zusammen, wollte das Gelernte auch umsetzen. Zum Beispiel mit viel Zuversicht in die Zukunft schauen. Sich vermehrt um ihre eigenen Bedürfnisse kümmern.

Sie kannte ihren Exmann in spe gut genug. Die Leute um ihn herum sowie seine neue Freundin würden ihn auch noch kennenlernen. Er selber würde unbewusst dafür sorgen, dass es ihm irgendwann schlecht geht. Und ihr würde es dann gut gehen. Nicht, weil es ihm schlecht ging, sondern weil sie über ihn hinweggekommen war, ihm nichts mehr nachtrug. Wie hieß es doch so schön: Jeder ist seines Glückes Schmied. Eine leise Bemerkung, die er bei ihrem letzten Zusammentreffen machte, gab ihr recht: Kann ich denn etwas dafür, wenn es im Geschäft nicht mehr so gut läuft? Dabei hätten sie doch so viel Gewinn gemacht dank ihm, hatte er zumindest vor Kurzem behauptet. Oder doch nicht? Na, also.

Sie war allein ins Kino gegangen. Entgegen ihren Gewohnheiten ein Film mit Tiefgang. Die Hauptdarstellerin hatte nach 16 Jahren kinderloser Ehe die Scheidung eingereicht. Dank dem Liftboy, der ihr half, sich auf ihre eigenen Bedürfnisse zurück- zubesinnen, lernte sie wieder zu leben, wirklich zu leben. Sie selber würde es nicht auf die Weise, wie es die Hauptdarstellerin getan hatte, tun. Aber anders. Getrost und so heiter wie möglich in die Zukunft schauen, das tun, was ihr möglich war und was ihr zusagte. Sie glaubte fest daran, dass sie eines Tages wieder Vertrauen zum anderen Geschlecht finden würde. Sich vielleicht sogar wieder heftig verlieben könnte. Na, also.

Die Briefträgerin

Es war immer das Gleiche! Trug die Briefträgerin Nr. 1 die Post aus, konnte sie noch vor 9.00 Uhr morgens zum Briefkasten laufen. War jedoch die Briefträgerin Nr. 2 an der Reihe, war der Teufel los. Was tat sie bloß unterwegs? Kaffee trinken und Schwätzchen halten? Wie viele Male hatte sie diese „Dame" schon verflucht, wie viele Male war sie wieder vergebens nach vorne zum Briefkasten gelaufen! Auch noch nach Jahren konnte sie sich nicht damit abfinden, dass sie bei der Briefträgerin Nr. 2 meist bis um 10.30 Uhr warten musste. Ging sie mal vorher einkaufen, fand sie bestimmt danach wieder einen gelben Abholzettel im Briefkasten. Was bedeutete, dass sie nochmals aus dem Haus musste, um die wichtige Post abzuholen. Wartete sie aber, war bestimmt keine wichtige Post darunter, und sie hätte vorher einkaufen gehen können. Sie war wirklich kein Morgenmuffel. Doch wenn sie ihre Zeitungen beim Kaffee nicht lesen konnte, weil sie noch nicht im Briefkasten waren, wurde sie ungenießbar.

Da kam ihr das Gespräch auf der Post gerade recht. Während sie wieder mal mit einem gelben Abholzettel in der Hand darauf wartete, dass sie an die Reihe kam, wurde sie ungewollt Zeugin des Gesprächs, das die beiden Damen hinter ihr führten. Anscheinend war die Briefträgerin Nr. 2 das Hauptthema. Diese hätte unwahrscheinlich Angst vor Hunden, weil sie vor vielen Jahren von einem gebissen worden sei.

Die Idee war zwar gemein. Doch wie sagt man so schön: Der Zweck heiligt die Mittel. Ihre beste Freundin hatte eine Riesendogge. Und wollte soeben in die Ferien verreisen. Ohne Hund. Sie bot sich unverzüglich als Hunde-Sitterin an. Die Freundin war begeistert. Sie auch. Die Briefträgerin Nr. 2 weniger. Wann immer diese später als 9.00 Uhr morgens beim Briefkasten ankam, stand sie mit der Dogge schon wartend dort. Kam die Briefträgerin Nr. 2 vor 9.00 Uhr, erwartete sie keine Dogge. Die Briefträgerin Nr. 2 war schlau. Sie kam nie mehr nach 9.00 Uhr …

Der 40. Geburtstag

Sie fuhr mit ihrer Tochter zu einem Kur- und Heilbad. Es war bereits früher Abend. Sie mussten sich beeilen, sonst würde es nicht mehr zu den 1½ Std. reichen, die sie zum Baden Zeit hatten, bevor das Heilbad schloss. Während Miranda noch etwas aufs Gas drückte, waren ihre Gedanken ganz woanders. Übermorgen war ihr 40. Geburtstag. Frisch geschieden, waren die Jahre nur so dahingeeilt. Was war nicht alles passiert! Sie könnte ein ganzes Buch mit ihren Erlebnissen füllen.

Als sie 33 Jahre alt war, hatte sie ihren Ehemann kennengelernt. Ein Ausländer. Mit Asylantenstatus, obwohl er schon seit 5 Jahren in der Schweiz wohnte und immer gearbeitet hatte. Von Anfang an hatten sie große Probleme. Erst nach vier Jahren war es ihnen möglich gewesen, zu heiraten. Aber schon zu diesem Zeitpunkt war ihr klar, dass diese Ehe nicht lange halten würde. Doch die Heirat war ihr aus verschiedenen Gründen wichtig gewesen. Und als ihr Mann dann endlich den Schweizer Pass erhalten hatte, ließen sie sich – friedlich – scheiden.

Sie hatte verschiedene Schulen und Kurse besucht, etliche Kurzreisen gemacht, endlich rigoros mit ihrer lieben Verwandtschaft und sogenannten guten Freundinnen aufgeräumt und herausgefunden, dass sie eigentlich eine ganz gute Frau war. Ihr Leben hatte noch viel vor mit ihr, davon war sie überzeugt. Sie fühlte sich auf eine Art jung, wie sie sich mit 20 Jahren nicht gefühlt hatte. Doch wenn sie in den Spiegel sah und ihre grauen Haare (die sie regelmäßig dunkel nachfärbte) und ihr ziemliches Übergewicht betrachtete, spürte sie einen Anflug von Melancholie. Die Zeit war nicht spurlos an ihr vorübergegangen.

Und jetzt? Was erwartete sie von ihrem weiteren Leben? Eigentlich noch viel, überlegte Miranda. Von Männern hatte sie im Moment die Nase voll, sie träumte zum ersten Mal im Leben vor allem von Geld. Nie hatte sie genügend davon gehabt. Das musste sich ändern! So war sie auf der Suche nach einem guten Job, der sie ausfüllen und ihr gutes Geld einbringen würde. Sie hatte noch andere Pläne, doch das Geld stand momentan an erster Stelle.

Inzwischen waren sie und ihre Tochter angekommen. Sie packten ihre Badesachen und begaben sich an die Kasse. Danach zogen sie sich um und ließen sich genießerisch ins warme Wasser gleiten.

Als Erstes benutzten sie die 12 Massier-Düsen, die in unterschiedlicher Höhe an der Wand befestigt waren. Hm, das tat gut! Entspannt schwammen sie danach nach draußen. Obwohl die Luft kalt war, war es ihnen angenehm warm im Wasser. Auch dort befanden sich an den Wänden solche Massier-Düsen, dazu gab es ein Flussbad, welches sie, ohne dass sie sich bewegen mussten, immer im Kreis herumdrehte. Verschiedene Whirlpools und Stangen, auf die man sich wie auf einen Liegestuhl legen und das sprudelnde Wasser um den ganzen Körper genießen konnte, rundeten die ganze Sache ab. Sie waren überrascht, dass es am Sonntagabend derart viele Leute hatte. Praktisch alle waren ein Pärchen. Rund um sie herum knutschten junge Leute, alle im Alter von ihrer Tochter. Das störte Miranda schon etwas. Egal wo sie hinschaute, nur küssende Pärchen!

Sie fanden lange kein Plätzchen, wo sie das stark sprudelnde Wasser genießen konnten. Sie lehnten sich deshalb an eine der Düsen und ließen sich massieren. Miranda ließ ihre Augen müßig in die Umgebung schweifen. Betrachtete das angrenzende Hotel, die Liegewiesen und das hell erleuchtete Restaurant im ersten Stock.

Ihr Blick glitt zurück auf das Wasser vor ihr. Da schwamm doch tatsächlich mal kein Pärchen. Es waren zwei junge Männer, ca. 25 Jahre alt, die sich im Flussbad dahintreiben ließen. Auch sie ließen ihre Blicke umherschweifen. Mirandas Augen und die des blonden Mannes trafen sich, trennten sich und fanden sich wieder. Nicht schlecht, dachte Manuela spontan. Dann vergaß sie ihn wieder. Endlich hatten sich zwei Pärchen aus dem Whirlpool entfernt. Miranda und ihre Tochter schwammen schnell darauf zu. Aber noch schneller waren die beiden jungen Männer, die sie vorhin beobachtet hatte. Prompt stieß Miranda mit dem einen von ihnen, dem Dunkelhaarigen, zusammen. Sie entschuldigte sich bei ihm – und stieß gerade nochmals mit ihm zusammen. Sie hatte sich dem Sog des Wassers nicht rasch genug entziehen können.

Sie lachten alle zusammen. „Nicht, dass sie dann wie ein Fisch zum Wasser rausspringen", schäkerte der Dunkelhaarige mit Miranda. „Das würde Ihnen beiden so passen", konterte sie, „fällt mir ja gar nicht ein. Ich habe keine Lust, dass sie sich beide lustig über mich machen!" Beide Männer hoben ihre Hände und wehrten lächelnd ab. „Das würden wir doch nie tun!" Der Blonde und Manuela schauten sich kurz, aber intensiv in die Augen. Offensichtlich war er der Ruhigere von beiden. Der andere war auch ganz nett, man konnte gut mit ihm plaudern. Halt, Miranda, mokierte sie sich über sich selber, du könntest die Mutter der beiden sein. Und wenn du aus dem Wasser kommst und sie dein Übergewicht sehen, wird dich selbst der Blonde nicht mehr ansehen. Lass die Flirterei.

Sie seufzte. Sie musste sich damit abfinden, dass sie eine „Mami" war, die sich bestimmt nie mehr mit einem jungen Mann einlassen würde. Die wollten schlanke „Tüpfi", die noch unbekümmert im Leben standen. Für sie kam nur noch ein Mann ihres Alters infrage. Bei diesem Gedanken lief ihr ein kalter Schauer über den Rücken, und sie schüttelte sich. Nein danke, dann doch lieber gar keinen Mann mehr! Sie lächelte in sich hinein. Kommt Zeit, kommt Rat …

Sie hatte sich an ihrem Geburtstag am Abend schön gemacht. Sie war von ihrer besten Freundin Renate zu einem gediegenen Nachtessen in ein Hotel eingeladen worden. Zu diesem Zweck hatte sie sich ein schwarzes Kostüm gekauft, das ihre überflüssigen Pfunde raffiniert kaschierte. Mit ihren eleganten Pumps und dem gut gemachten Make-up konnte sie sich durchaus sehen lassen. Sie drehte sich zufrieden vor dem Spiegel. Renate holte sie pünktlich ab. Sie parkten vor dem Hotel und begaben sich anschließend zum Eingang, wo sie vom Oberkellner begrüßt wurden. Gerade wollte sie dieser zu ihrem Tisch führen, als Miranda aus irgendeinem Grund das Gleichgewicht verlor und einen unkontrollierten Schritt nach hinten machte. Sie stieß prompt mit jemandem zusammen, drehte sich um und riss erstaunt die Augen auf. „Sie schon wieder", entfuhr es ihr. Beide Männer vom Baden in der Kuranstalt standen vor ihr. „Sie haben es erfasst. Wir sind es schon wieder. Was für ein schöner Zufall!" Alle drei lachten.

Der Blick, den Miranda und der Blonde austauschten, schien eine Spur zu lange zu dauern. Renate stupste sie an und zog sie zu ihrem Tisch. Während Miranda ihr folgte, schaute sie in Richtung der Männer, denen sie kurz zuwinkte. Sie drehte sich wieder um und wollte sich setzen. Doch was war das? Renate kannte ihre Vorliebe für Ballons und hatte extra ein paar von diesen farbigen Dingern geordert. Miranda freute sich riesig, aber gleichzeitig war es ihr auch ein bisschen peinlich, da alle Gäste nun in ihre Richtung schauten. Und weil auf allen Ballons groß die Zahl „40" stand, war ja wohl klar, welchen Geburtstag sie heute feierte. „Na warte, Renate, das zahl' ich dir noch heim", flüsterte sie ihrer Freundin zu. Diese lachte nur. Aus den Augenwinkeln heraus konnte Miranda beobachten, wie die beiden Männer am Nebentisch Platz genommen hatten. Sie gab sich einen Ruck und wandte sich betont locker dem nun folgenden Nachtessen zu.

Drei Vorspeisen waren angesagt, zwei Hauptspeisen plus Dessert und Kaffee. Also verhungern würden sie bestimmt nicht! Der Oberkellner war sehr gewandt und bediente sie vorzüglich. Als

Erstes bekamen sie jedoch eine Champagnerschale zum Anstoßen. Gerade als sich die beiden Frauen zuprosten wollten, beugten sich die Männer am Nebentisch zu ihnen herüber: „Dürfen wir Ihnen auch gratulieren? Wir wünschen Ihnen alles Gute und einen schönen Abend." Schon hatten sie zu viert angestoßen. Die beiden Männer stellten sich als Reto und Marcel vor. Und ehe sich die Frauen versahen, waren sie in eine angeregte Unterhaltung vertieft. Die beiden Tische wurden zusammengerückt, sodass sie sich besser verständigen konnten.

Miranda erzählte Renate kurz, wie sie die beiden Männer kennengelernt hatte. Vergnügt redeten sie miteinander, während sie das Essen genossen. Manuela fiel es dabei überhaupt nicht auf, dass sich Renate ganz gut mit dem dunkelhaarigen Reto verstand. Zu sehr konzentrierte sie sich auf den blonden Marcel. Er war sehr charmant und machte ihr so viele Komplimente, bis sie allmählich selber glaubte, noch jung und attraktiv zu sein. Sie fühlte sich rundherum wohl. Nur kurz ging es ihr einmal durch den Kopf, dass sie doch vorläufig von Männern eigentlich nichts wollte. Ach was, winkte sie innerlich ab, ein bisschen flirten tut immer gut. Da ist doch nichts dabei.

Sie waren beim Dessert angelangt. Der Speisesaal hatte sich geleert, außer ihnen und dem Personal war niemand mehr da. „Was, schon 23.15 Uhr? Die Zeit ist aber schnell vergangen!", rief Renate überrascht aus. Reto und Marcel wechselten schnell einen Blick und luden daraufhin die beiden Frauen ins Dancing vom Hotel, das sich im Keller befand, ein. Die Frauen zögerten zuerst, konnten dann jedoch nicht widerstehen. Beide tanzten leidenschaftlich gern. Was gibt es Schöneres zum Abschluss des Geburtstages als schöne Musik, tanzen und nette Partner? Sie bezahlten noch schnell und machten sich danach auf zum Dancing. Dort suchten sie sich ein freies Tischchen und bestellten einen Drink. Schon stand Marcel auf, nahm wie selbstverständlich die Hand von Miranda und zog sie auf die Tanzfläche. Renate und Reto folgten sogleich. Und als ob Gott persönlich die Hand im Spiel gehabt hätte, legte der DJ mehrere langsame Schmusesongs auf. Miranda schaltete ihren Verstand aus, schmiegte sich genießerisch an die Wange von Marcel, spürte seine Arme fest und sicher um sich – und vergaß die Welt. Sie hätte ewig so tanzen können!

Nur verschwommen konnte sie sich noch erinnern, dass es noch gar nicht lange her war, da sie gedacht hatte, mit 40 Jahren sei sie als Frau nicht mehr begehrenswert …

Das verspätete Hochzeitsgeschenk

Man hatte sie in seiner Familie nie gemocht. Doch er hatte sich stets zu ihr bekannt und sie gegen den Willen seiner Eltern und seines Bruders geheiratet. Wie verliebt waren sie gewesen! Die Widerstände seiner Familie hatte sie beide nur noch näher zueinander gebracht. Woher er das wunderschöne Brautkleid für sie hatte, wusste sie nicht. Sie fragte auch nicht danach. In seinem neuen schwarzen Anzug mit violetter Fliege sah er einfach umwerfend aus. Sie hätte die ganze Welt umarmen können. Sie waren ganz allein in der Kirche. Nur ihre Trauzeugen hatten sie begleitet. Der vornehmen Familie war sie nicht gut genug gewesen. Eine arme Schneiderin, wie konnte er nur! Dabei hätte er weltgewandte und reiche Erbinnen haben können. Sollte er doch schauen, wo er blieb.

Ihre Hochzeitsnacht verbrachten sie in einer Pension, die zwar klein, aber sehr anheimelnd und behaglich wirkte. Er hatte sie begehrlich an sich gezogen und ihr geschworen, dass es ihr nie an etwas fehlen würde. Sie hatte es allerdings nie ernst genommen, als er etwas von einem Schatz, den er sicher versteckt hätte, erzählte. Damit würden sie sich einmal ein schönes Leben machen. Und sie wäre finanziell abgesichert, falls ihm mal etwas passieren sollte. Doch sie hatte sich nur noch enger an ihn geschmiegt, ihm mit einem Kuss den Mund versiegelt und seine Worte gleich wieder vergessen. Hätte sie geahnt, was das Schicksal mit ihr vorhatte, wäre sie aufmerksamer gewesen.

Eine Woche später war ihr Glück vorbei. Ihr Mann hatte seine Eltern um eine Aussprache gebeten. Zu diesem Zweck hatte er sich in einem nahe gelegenen Restaurant mit ihnen getroffen. Auf dem Nachhauseweg wurden sie von einem zu schnell fahrenden Auto brüsk überholt, verloren die Kontrolle über das eigene Auto und stürzten einen Abhang hinunter. Alle drei waren sofort tot. Ihre Welt war aus den Fugen geworfen. Sie brach zusammen und wachte ihm Krankenhaus wieder auf. Mit vom Weinen verquollenen Augen nahm sie ihr Umfeld kaum wahr. Apathisch ließ sie alles über sich ergehen. Ihr Schwager hatte resolut alles in die Hände genommen. Nur kurz kam es ihr in den Sinn, dass eigentlich auch sie etwas hätte erben müssen. Doch ihr Herz war zu schwer. Und so ließ sie es geschehen, dass ihr Schwager das schöne große Haus der Eltern in Besitz nahm.

Wohl oder übel mussten er und seine Frau das größere Gartenhäuschen ihr überlassen. Sonst hätten sich die Leute ihre Mäuler zerrissen. Aber beachtet wurde sie fortan von ihnen nicht mehr. Ohne Mann geschweige denn Kind musste sie nun ihr Leben wieder in den Griff bekommen. Sie besann sich auf ihren Beruf und begann, anderen Leuten Kleider zu schneidern oder diese auszubessern. Mit dem Gehalt konnte sie sich gerade so über Wasser halten. Das Gartenhäuschen hatte sie mit den Jahren ausgebessert und verschönert. Sie hatte nie mehr geheiratet. Als einziges Andenken hatte sie ihre beiden Hochzeitskleider in einem Schrank aufbewahrt.

Ihre einzige Freude war ihre Nichte. Sie liebte Daniela fast wie ihr eigenes Kind, hätte sie eine Tochter gehabt. Sie waren eng miteinander verbunden. Ihr Schwager hatte Karriere als Anwalt gemacht. Auch seine Frau hatte sich einen Namen als Galleristin gemacht und war hoch angesehen. Beide hatten deshalb keine Zeit, sich um ihr einziges Kind zu kümmern. Da hatte sie sich anerboten, auf ihre Tochter aufzupassen. Und sie hatte es gern getan. Daniela war ihr Sonnenschein, brachte sie wieder zum Lachen und gab ihr den Mut weiterzuleben. Das Kind war mehr bei ihr als bei ihren Eltern zu Hause.

Eines Tages war Daniela tränenüberströmt bei ihr angekommen. Ihre Tante hatte sie ganz fest in die Arme genommen und hin und her gewiegt. Daniela, inzwischen 20 Jahre alt, hatte sich verliebt und wollte heiraten. Doch ihre Eltern hatten ihr ihren Segen verweigert. Empört hatten ihr die Eltern klargemacht: Wenn sie tatsächlich gedenke, einen Gärtner zu heiraten, würde sie enterbt und müsse schauen, wo sie bliebe. Alles wiederholt sich, dachte sie und tröstete Daniela. Sie überlegten beide, wie es weitergehen sollte. Daniela kannte die Geschichte ihrer Tante und war darum fest entschlossen, ebenso zu handeln. Lieber würde sie am Hungertuch nagen als ihren geliebten Gärtner zu verlassen! Noch am selben Abend wurde sie von ihren Eltern aus dem Haus geworfen. So wohnte sie bis zur Hochzeit bei ihrer Tante.

Miranda hatte eine Überraschung für Daniela. Liebevoll nahm sie diese an die Hand und führte sie zum Schrank. „Schau, ich schenke dir mein Hochzeitskleid von damals. Ich habe es bereits auf deine Größe abgeändert. Ich hoffe, es gefällt dir." Daniela stand mit offenem Mund vor dem Schrank. So ein schönes Kleid hatte sie noch nie gesehen. Überwältigt vor Glück umarmte sie ihre Tante. „Und den schwarzen Anzug deines Onkels schenke ich deinem zukünftigen Ehemann. Ihr werdet bestimmt ein schönes Paar abgeben." Beide Kleider waren an speziellen Kleiderbügeln aufgehängt.

Daniela war aufgefallen, dass diese etwas größer waren als die üblichen Kleiderbügel. Sie waren mit dem gleichen Stoff wie das Brautkleid eingesäumt und mit Perlen bestickt. Sie schienen auch schwerer zu sein. Vorsichtig hob sie das Kleid und den Anzug mit den beiden Bügeln zum Schrank heraus. Doch sie hatte das Gewicht der Kleider unterschätzt. Prompt fiel sie hin, begraben unter der Seidenpracht. Sie hatte sich nicht wehgetan. Tante und Nichte prusteten wie auf Kommando los. Zu komisch hatte ihr Sturz ausgesehen! Daniela wollte sich erheben, machte einen Schritt nach hinten – und trat direkt auf einen der Kleiderbügel. Es knirschte verdächtig. Sie drehte sich um und wollte sich die

Bescherung näher ansehen. Auch ihre Tante war neugierig geworden. Beide bückten sich und betrachteten konzentriert den kaputten Kleiderbügel.

„Goldnuggets, richtige Goldnuggets", jubelte Daniela. Wie konnte das sein? Ihre Tante überlegte fieberhaft. Was hatte ihr Mann in der Hochzeitsnacht gesagt? Er hätte finanziell für sie vorgesorgt. Und er würde ihr zu gegebener Zeit mitteilen, was er damit meinte. Aber woher kam das Gold? Verwirrt schaute sie Daniela an. Diese hatte kurz ihre Stirn in Falten gelegt und angestrengt nachgedacht. Als kleines Kind hatte einmal ihr Vater zu einer guten Stunde davon geprahlt, er wäre als junger Bursche zusammen mit seinem Bruder für ein Jahr in den Westen gereist. Sie hatten dort nach Gold geschürft. Doch nur er hätte etwas gefunden. Sein Bruder hätte jedoch kein Glück gehabt. Schon damals hätte er gedacht, dass die Welt nicht für Versager, wie sein Bruder einer war, gemacht wäre. Dabei hatte er laut gelacht. Doch er hatte sich gründlich getäuscht. Sein Bruder hatte sehr wohl Gold gefunden, ihm aber aus Sicherheitsgründen nichts mitgeteilt. Und zu einem späteren Zeitpunkt, als er seine liebe Frau kennenlernte, hatte er die Goldnuggets offensichtlich in die speziellen Kleiderbügel eingenäht. Leider hatte er dies seiner Frau wegen seines tödlichen Autounfalls nicht mehr mitteilen können.

Auch im zweiten Kleiderbügel befanden sich Goldnuggets. Daniela hatte das Gold aufgehoben und liebevoll in die Hände ihrer Tante gelegt. „Jetzt wird alles gut, liebe Tante", flüsterte sie beinahe andächtig. „Jetzt kannst du alles nachholen, was du dir bisher nicht leisten konntest. Ich freue mich ja so für dich!" Die beiden Frauen fielen sich in die Arme und verdrückten ein paar Freudentränen. Sprachlos mussten Danielas Eltern mit ansehen, wie ihre offensichtlich verrückt gewordene Schwägerin ein rauschendes Fest für ihre Nichte gab. In einem wunderschönen Brautkleid fuhr ihre Tochter in einem großen Rolls-Royce an ihrer Villa vorbei und winkte ihnen aufreizend zu. Und am nächsten Tag konnten sie sogar ein paar schöne Bilder ihrer Tochter mit Ehemann in der Tageszeitung erblicken. Sie schüttelten irritiert den Kopf.

Nach den Flitterwochen besuchte Daniela ihre Tante. Diese war in ihrem gemütlichen Gartenhäuschen geblieben. Was sie mit ihrem Geld machen würde, wusste sie noch nicht genau. So alt war sie ja auch noch nicht. Mit ihren 44 Jahren war sie noch jung genug, um sich die Welt etwas näher anzusehen. Beide Frauen hatten es sich im Garten bequem gemacht und plauderten angeregt bei Kaffee und Kuchen. Plötzlich hatte Daniela ihre Handtasche hervorgeholt und darin gekramt. „Als ich die Geburtsurkunde für unsere Heirat in den Dokumenten meines Vaters gesucht habe, fiel mir auch dieses Papier in die Hände. Vielleicht siehst du daraus, um was es sich handelt." Ihre Tante beäugte misstrauisch das Dokument. Doch je länger sie las, umso aufgeregter wurde sie. So also war es damals gewesen! Kurz entschlossen und ohne viel zu sagen verabschiedete sie sich von Daniela und machte sich auf den Weg.

Sie hatte ihren Anwalt aufgesucht. Der bestätigte ihren Verdacht und unterstützte sie in ihrem Vorhaben. Als alles vorbereitet war, bat sie Daniela telefonisch, sich am nächsten Tag pünktlich um 10.00 Uhr morgens bei ihren Eltern einzufinden. Auf ihre diesbezüglichen Fragen gab sie keine Antwort. Am nächsten Tag hatten sich alle eingefunden, Daniela und ihr Mann, ihre Tante mit Anwalt und ihre Eltern. Den Letzteren war es nicht mehr geheuer. Es lag eine unangenehme Spannung in der Luft. Sie hatten sich alle gesetzt. Nur die Tante war stehen geblieben.

Langsam hatte sie das Dokument, das ihr Daniela übergeben hatte, hervorgeholt. Nun stand sie vor ihrem Schwager, schwenkte das Papier drohend vor dessen Nase. Dieser griff sich wie in Panik an den Hals, als er begriff, um was es sich dabei handelte. „Woher hast du das?", wollte er mit beinahe röchelnder Stimme wissen. „Das tut nichts zur Sache. Ich weiß jetzt, dass du dir das Haus deiner Eltern zu Unrecht angeeignet hast. Ich habe alle

Beweise, dass du damals den Notar bestochen hast, damit du die Villa allein erhältst und nicht mit mir teilen musstest."

„Und nun hör' gut zu: Ich verzichte auf eine Anklage gegen dich und den damaligen Notar, wenn du den Vertrag, den mein Anwalt mitgebracht hat, unterzeichnest. Darin übergibst du deiner Tochter per sofort dieses Haus. Und ihr müsst euch eine neue Bleibe suchen." Ihre Schwägerin war mit weißem Gesicht aufgesprungen und aus dem Raum geflohen. Ihr Schwager saß in seinem Sessel und atmete schwer. Als Anwalt wusste er sofort, was zu tun war. Es gab keine Alternative, wenn er nicht seinen guten Ruf verlieren wollte. Daniela und ihr Mann hatten nur die Hälfte verstanden. Doch ihre strahlenden Augen sagten alles. Sie wusste ja, dass ihre Eltern reich genug waren, um sich anderweitig nach einem anderen Haus umsehen zu können. Ob es allerdings so prunkvoll sein würde wie dieses, durfte bezweifelt werden.

Es war ein Jahr später. Die Tante war bei ihnen eingezogen. Sie blühte richtig auf und nahm wieder aktiv am gesellschaftlichen Leben teil. Und als der kleine Jens geboren wurde, schien ihr Glück perfekt. Es gab ein großes Tauffest, zu dem Daniela auch ihre Eltern eingeladen hatte. Und sie waren gekommen. Auch der Vater ihres Ehemannes (die Mutter war Jahre zuvor verstorben) war gekommen. Für sein Alter sah er sehr gut aus – das fand auch ihre Tante. Schmunzelnd beobachtete Daniela die beiden. Sie würde es ihnen gönnen, wenn sie nochmals etwas vom Glück einer Partnerschaft kosten dürften. Sie schaute glücklich auf ihren Sohn hinab und begann, ein Wiegenlied zu summen.

Ein besonderes Dessert

Sie hatte es sofort entdeckt. Als sie die Tür zum Restaurant geöffnet hatte und sich einen Tisch suchte, hatte sie eine Dame gesehen, die genüsslich ein Dessert aß. Mit ihrem geübten Auge als Tiramisu-Liebhaberin war ihr sofort klar gewesen, um was für ein Dessert es sich gehandelt hatte. Sie setzte sich an den Nebentisch. Eine Karte brauchte sie nicht, sie wusste ja, was sie bestellen wollte. Während sie auf den Kellner wartete, schielte sie so unauffällig wie möglich zum Tisch hinüber. So ein Tiramisu hatte sie noch nie gesehen. Es war von allen Seiten mit frischen halbierten Erdbeeren bestückt. Sah irgendwie fast wie ein Igel aus. Der Dame schien es sichtlich zu schmecken. So eins musste sie einfach auch haben!

Endlich kam der Kellner, und sie bestellte. Sie konnte es kaum erwarten. Immer wieder beobachtete sie die Dame am Nebentisch und das Tiramisu, das immer kleiner wurde. Ungeduldig schaute sie zu, wie sich der Kellner mit dem Dessert ihr näherte. Wie er es vor sie hinstellte und sich wieder entfernte. Doch was war das? Ohne Erdbeeren? Nur ein ganz einfaches, wenn auch sicher gut schmeckendes Tiramisu. Sie verstand die Welt nicht mehr. Nun schaute sie der Dame am Nebentisch offen in die Augen, blickte dann zum kleinen Rest vom Dessert, dann wieder zurück zum Gesicht. Die Dame lächelte amüsiert und beantwortete ihre unausgesprochene Frage. „Wie man zu diesem Kunstwerk eines Tiramisu kommt? Ganz einfach – indem man die Ehefrau des Küchenchefs ist …"

Ein unheilvoller Besuch

Greta hatte ihre Tante schon immer mehr gemocht als ihre eigene Mutter. Tante Vroni war sehr lebhaft, an allem interessiert, meist gut gelaunt und immer für einen Spaß zu haben. Und sie hatte für alles Verständnis. Zu viel war in ihrem Leben passiert, zu viel hatte sie erdulden müssen, als dass sie nicht begriffen hätte, wie das Leben so spielte. Nun war sie seit 15 Jahren zum dritten Mal verheiratet und war mit ihrem Mann Karl gerade von der Stadt in ein Dorf umgezogen. Dort war sie früher zur Schule gegangen, dort hatte sie zum ersten Mal geheiratet, und dort erblickte ihr erstes und einziges Kind, ein Sohn namens Franz, das Licht der Welt. Greta kannte ihren Cousin nicht so gut, war er doch früh zu Hause ausgezogen, um die Welt zu erobern. Tante Vroni hörte nur von ihm, wenn er wieder mal Geld brauchte.

Greta hatte so ihre Bedenken, was den Umzug aufs Land betraf. Sie konnte sich einfach nicht vorstellen, dass sich Tante Vroni in einem Dorf wohlfühlte. Hatte sie doch gut 30 Jahre in der großen Stadt gelebt und gearbeitet. Da Karl jetzt in Pension gegangen war, wollten sie es etwas langsamer angehen. Ausgerechnet Tante Vroni wollte plötzlich nur noch spazieren gehen und Velo fahren! Greta schüttelte konsterniert den Kopf. Das konnte doch nicht gutgehen! Da sie ihre Tante vermisste, machte sie bald einmal einen Besuchstermin mit ihr ab. Onkel und Tante freuten sich, Greta und ihren kleinen Sohn zu empfangen. Ihre Tante erklärte ihr kurz den Weg. Es schien nicht so schwer zu sein, ihre neue Behausung, eine Zweieinhalbzimmerwohnung im ersten Stock, zu finden.

Greta machte sich frühzeitig auf den Weg. Sicher ist sicher, dachte sie, sollte ich mich etwas verfahren, kann ich trotzdem pünktlich sein. Hätte sie geahnt, was auf sie zukommen sollte, wäre sie schon am frühen Morgen losgefahren – oder überhaupt nicht. Die größte Strecke konnte sie auf der Autobahn zurücklegen. Mehrere Baustellen verhinderten, dass sie konstant das Tempolimit einhalten konnte. Sie, die doch so gerne etwas schneller fuhr als erlaubt! Schon wieder gab es eine Baustelle. Diesmal hatte sie die Wahl: Wollte sie auf der inneren (langsameren) Spur bleiben, oder wollte sie auf der äußeren Spur nach links auf die Gegenfahrbahn ausweichen? Sie entschied sich für die Gegenfahrbahn in der Hoffnung, etwas schneller vorwärtszukommen. Kurz danach meldete sich ihr Sohn. Er musste dringend aufs WC und hielt seine Hand verzweifelt zwischen seine Beine. Da sie das Mittagessen ausgelassen hatten und sich somit auch noch ein Hungergefühl bemerkbar machte, beschloss Greta, bei der nächsten Ausfahrt in ein Autobahnrestaurant abzuzweigen.

Sie hatten Glück. Bald einmal kam das ersehnte Schild, das ein Restaurant nach 1000 m anzeigte. Erst da realisierte Greta mit Entsetzen, dass sie gar nicht abbiegen konnte, da sie sich ja auf der linken Fahrspur befand! Ohne Rücksicht auf ihren Sohn begann sie herzhaft zu fluchen. Was nun? Beide hatten sie Hunger, zudem jammerte ihr Sohn immer mehr wegen seines Drangs aufs WC. Sie gab Vollgas. 10 Min. später musste sie sowieso von der Autobahn runter. Beim erst- besten Restaurant hielt sie an und stieg aus. Soeben war eine ältere, dickere Frau zur Tür hinausgekommen. Greta wurde von ihr misstrauisch beäugt. Dann kam sie humpelnd auf sie zu: „Wollen sie etwas essen? Wenn ja, muss ich Ihnen gleich sagen, dass ich absolut keine Lust mehr habe, zu kochen. Deshalb habe ich das Restaurant jetzt geschlossen." Auch das noch! Greta kochte innerlich vor Wut. Dabei war es doch erst 12.45 Uhr. Und ihr Sohn machte ein herzerweichendes, leidendes Gesicht. Er konnte es kaum mehr aushalten.

Schnell stieg sie wieder ein und brauste los. Da! Ein kleines Ein-kaufszentrum, Gott sei Dank! Doch kein Parkplatz weit und breit. Verzweifelt stellte sie das Auto gegenüber auf dem Parkplatz eines feudalen Hotels ab. Sie stieg aus, packte ihren Sohn, überquerte die Straße bei strömendem Regen in Richtung des Zentrums. Aber halt! Sie hatte vergessen, Geld auf der Bank abzuheben. Also zuerst noch schnell zum Bancomat, den sie gleich daneben erblickt hatte. Sie steckte die Karte ein und wartete danach auf die Geldausgabe. Das klappte soweit ganz gut, doch wo blieb die Karte? Verflixt! Heimlich begann sie zu schimpfen. Das konnte doch nicht wahr sein, behielt dieser blöde Bancomat doch ein-fach ihre Kreditkarte.

Wutentbrannt nahm sie das Geld, notierte sich die Bank, bei der sie später anrufen wollte, und marschierte ins Zentrum. In-zwischen waren sie schon ganz durchnässt vom Regen. Doch was war das? Erstens hatte dieses Zentrum kein Restaurant ge-schweige denn ein WC, und zweitens war es gerade im Umbau. Das durfte einfach nicht wahr sein! Greta drehte sich um – und erblickte das feudale Hotel, bei dem sie geparkt hatte. Ach, was soll's, dachte sie, gehen wir halt heute einmal ganz vornehm etwas essen.

Wieder überquerten sie die Straße. Danach betraten sie das wär-mende Foyer. Von dort aus entdeckte Greta ein Gourmet-Bist-ro. Im Laufschritt betraten sie das Bistro und suchten sich einen Tisch aus. Schon näherte sich ein Kellner. „Wo, bitte, geht's zur Toilette? Mein Sohn hält es kaum mehr aus." Schon fast flehent-lich schaute Greta den Kellner fragend an. Dieser lächelte ihr zu-vorkommend zu: „Ganz einfach. Sie gehen wieder ins Foyer zu-rück, dann geht links eine lange Treppe hinauf. Dann wieder rechts, und sie können die Toilette sehen." Greta bedankte sich und seufzte. Auch noch Treppen steigen! Sie legte ihren Man-tel ab und machte sich mit ihrem Sohn auf den Weg. Beinahe rannten sie die steile, aber breite Treppe hinauf. Noch ein paar Schritte – und sie hatten es geschafft. Ihr Sohn strahlte erleichtert. Wieder zurück am Tisch, bestellte Greta eine Portion Pommes frites für ihren Sohn und für sich eine Suppe. Sie genossen in Ruhe ihre kleine Mahlzeit.

Nach dem Bezahlen ging's zurück zum Auto. Es regnete immer noch. Nun musste sie nur noch die neue Wohnung ihrer Tante finden. Eine Stunde später gab sie völlig entnervt auf. Mit der Beschreibung ihrer Tante hatte sie nicht viel anfangen können. Weder die Kioskfrau noch andere Leute hatten ihr beim Suchen helfen können. Langsam fragte sie sich, ob sie überhaupt im richtigen Dorf war. Am liebsten wäre sie wieder nach Hause gefahren. Doch hatte ihre Tante nicht gesagt, dass bei ihr in der Nähe ein Coop sei? Und hier war doch einer! Doch wo war die Parkgarage? 3 x fuhr Greta um das Gebäude herum, bis sie die Einfahrt entdeckte. Wieder parkte sie, ließ ihren Sohn kurz im Auto und hastete zum Lift. Sie hoffte, dass sich eine Telefonkabine beim Restaurant im oberen Stock befand. Der Mann neben ihr hatte den Knopf fürs Erdgeschoss gedrückt, sie für den oberen Stock. Unruhig trat sie von einem Fuß auf den anderen. Nervös schaute sie auf die Anzeige. Endlich ging die Türauf, und der Mann verließ den Lift. Die Türe schloss sich wieder – und fuhr doch tatsächlich erneut ins untere Parkgeschoss.

Himmel! Verzweifelt hob Greta den Blick gen Himmel. Konnte denn heute gar nichts richtig geschehen? Wieder traten Leute ein, wieder hielt der Lift zuerst im Erdgeschoss. Danach klappte es endlich. Kaum im oberen Stock angekommen, entdeckte Greta sofort die Telefonkabine gegenüber. Wenigstens das! Schnell hastete sie hinüber, während sie bereits nach Münzen in ihrem Portemonnaie kramte. Da, ein Zweifränkler (was am Schluss zu einem Verlust von 1.20 Fr. führte, da das folgende Gespräch lediglich 80 Rp. kostete). Mit fahrigen Fingern wählte sie die Nummer, die sie sich in weiser Voraussicht noch schnell vor der Abfahrt notiert hatte. Ihre Tante hatte anscheinend bereits ihren Anruf erwartet und hob unverzüglich ab. Aber noch bevor sie „Hallo" sagen konnte, sprudelte Greta aufgeregt hervor: „Ja, sag' mal, liebe Tante, was für eine Wegbeschreibung hast du mir denn gegeben? Seit über einer Stunde suche ich eure Straße, aber leider vergeblich. Wenn du nicht meine Lieblingstante wärst, wäre ich schon lange umkehrt und wieder nach Hause gefahren!"

Tante Vroni kicherte. „Mein liebes Kind, du bist vielleicht ein ganz Armes! Könnte es nicht auch sein, dass du meinen Erklärungen nicht ganz richtig zugehört hast? Aber tröste dich: Du bist nicht die Erste, die unser neues Heim nicht gefunden hat." Greta schnaubte. Dann holte sie tief Luft: „Also ich mache jetzt keinen Schritt mehr von hier weg. Entweder du holst mich, oder ich fahre zurück nach Hause!" Tante Vroni kannte ihre Nichte zu gut und lachte laut. „Beruhige dich, Liebes. Leider habe ich eine starke Erkältung und verspüre deswegen nicht die geringste Lust, bei diesem Sauwetter auf die Straße zu gehen. Aber ich mache dir einen Gegenvorschlag. Ich erkläre dir nochmals den Weg, und ich komme dafür zur Hauptstraße, wo ich auf dich warten werde. Einverstanden?" Greta nahm ihren Vorschlag an und hängte den Hörer ein. Im Laufschritt ging sie wieder Richtung Garage und Auto. Schnell stieg sie ein und verließ das Parkhaus.

Unglaublich, aber wahr: Es vergingen kaum 2 Minuten, und sie parke vor dem Wohnhaus ihrer Tante. Überglücklich stiegen sie und ihr Sohn aus. Schon standen sie vor der Haustür und läuteten. Ihr überraschter Onkel öffnete die Tür und begrüßte sie. „Und wo ist Vroni?" Du meine Güte, dachte Greta erschrocken, die hatte sie ja ganz vergessen! Schon hatte sich ihr Onkel einen Mantel geschnappt und war draußen. Verblüfft stand nun Greta mit ihrem Sohn endlich im Trockenen und Warmen – aber wo waren die Gastgeber? Sie seufzte.

Dass auch alles schieflaufen musste! Sie befreite sich und ihren Sohn von den Jacken und Schuhen. Da öffnete sich die Tür, und ihr Onkel kam wieder herein. Allerdings nur für ein paar Sekunden. Er schnappte sich die Autoschlüssel, murmelte etwas von „ich kann sie einfach nicht finden, ich gehe sie mit dem Auto suchen" und war wieder fort. Greta konnte nur noch den Kopf schütteln. Sie sah sich interessiert in der Wohnung um. Soweit gefiel es ihr ganz gut. In der Küche fand sie einen liebevoll gedeckten Tisch mit Kaffee und Kuchen vor. Die gute Tante Vroni, dachte sie, bei ihr verhungert niemand! Sie öffnete die Tür zum Balkon und trat hinaus. Es war ruhig, nur die Vögel zwitscherten.

Sie wollte sich gerade umdrehen und wieder hineingehen, als die Tür temperamentvoll geöffnet wurde und ihre durchnässte Tante hereinplatzte. „Hatschi! Das hat mir gerade noch gefehlt! Schau' dir mein Haar an – ich sehe ja wie ein Struwwelpeter aus. Hatschi!" „Gesundheit, liebe Tante! Schön, dich endlich zu sehen!" Liebevoll umarmten sie sich. Sie sahen sich beide an und lachten wie auf Kommando los. „Na, bei dir wird es einem wenigstens nie langweilig! Ist dir schon einmal aufgefallen, dass es immer regnet, wenn ich dich besuchen komme?" Ihre Tante gluckste: „Genau dasselbe habe ich auch soeben gedacht! Der liebe Petrus scheint von dir wirklich nicht gerade angetan zu sein." Nun tauchte Onkel Karl auf, der zuvor das Auto geparkt hatte. „So, meine lieben Damen, setzt euch. Ich schenke euch gleich den Kaffee ein." Greta und Tante Vroni zwinkerten sich zu.

Onkel Karl wollte wohl wieder mal seine hausfraulichen Qualitäten präsentieren. Ihr Sohn hatte es sich auf dem Teppich bequem gemacht und zeichnete fleißig auf dem mitgebrachten Schreibblock. Der würde eine Weile beschäftigt sein. Onkel Karl wusste genau, was nun kam. Seine Erfahrung sagte ihm, dass es Zeit war, zu „verschwinden". Denn wenn die beiden Frau mal anfingen zu plaudern, würde es mindestens drei Stunden dauern, bis sie wieder ansprechbar waren durch Dritte. Er begab sich in den Nebenraum, wo sein geliebtes Klavier stand. Schon fing er an zu spielen. Ihr Sohn hatte sich zu ihm gesellt und hörte ihm fasziniert zu.

Greta und Tante Vroni legten los. Keine Sekunde stand ihr Mund still, so viel hatten sie sich zu erzählen. Gleichzeitig aßen sie genießerisch ein paar Stück Kuchen und tranken mehrere Tassen

Kaffee. Plaudern kostete schließlich Energie, und die musste immer wieder mal aufgetankt werden. Um sich die Beine zu vertreten, begaben sie sich später ins Wohnzimmer, wo sich der zweite Balkon befand. Sie atmeten tief die frische Luft ein. Gerade wollte Tante Vroni ihrer Nichte zeigen, was für Pflanzen sich in den Balkonkistchen befanden, als etwas haarscharf an ihnen vorbei zu Boden fiel. Alle guten Dinge kommen von oben, dachte Greta, oder auch nicht, und schaute neugierig nach oben. „Oh, liebe Frau, hm, Winkelried, das tut mir aber leid! Der Blumentopf ist mir einfach so aus der Hand gefallen." Eine alte verhunzelte Frau mit vielen Zahnlücken schaute hinab und winkte entschuldigend. „Schon gut", brummte Tante Vroni und begann, die Scherben aufzulesen. „Diese dumme Gans! Das letzte Mal bewässerte sie die Blumen, brachte es aber nicht fertig, ins Kistchen zu gießen. Das Wasser landete auf meinem Kopf. Manchmal denke ich, das macht sie extra!"

Ärgerlich wischte sie die Erde vom Balkon. „Sag mal, liebe Tante, in was für einem Haus wohnst du denn da? Sind alle Mitbewohner so freundlich?" „Also ehrlich gesagt, wenn ich gewusst hätte, in was für ein ‚Altersheim' ich hier komme, hätte ich diese Wohnung nie gemietet. Nur Vorschriften gibt es hier. Ab 22.00 Uhr muss völlige Ruhe herrschen, und wenn ich die Wäsche gemacht und den Schlüssel für den Raum weitergegeben habe, sieht die alte, schon fast senile Hausabwartin doch tatsächlich nach, ob ich die Maschine genügend geputzt habe. Überhaupt, seit ich hier wohne, werde ich bei allem, was ich tue, so beäugt, als wäre ich eine Aussätzige. Es geht wohl über den Verstand dieser alten Leute, dass man auch noch in meinem Alter sehr aktiv und lebensfreudig sein kann. Also ich weiß nicht, aber wenn es nach mir ginge, ist dies bestimmt nicht unsere letzte Wohnung."

Inzwischen hatten sie sich wieder in die Küche zurückgezogen. Ihr Sohn tanzte um Onkel Karl herum, der gerade mit Inbrunst eine lüpfige Melodie spielte. In diesem Augenblick hob Karl empört den Kopf und hörte auf zu spielen. „Schon wieder! Diese Hexe! Mich fragt sie schließlich auch nicht, ob ich ihre laute Volks- und Jodelmusik hören will oder nicht." Frustriert griff er zum Ohrhörer und steckte den Stöpsel in eine Buchse im Klavier. Ihr Sohn schaute Onkel Karl zuerst erstaunt an und rannte dann in die Küche. Tante Vroni war sofort klar, was passiert war. „Wahrscheinlich hat die alte Hexe oben wieder mit ihrem Besen auf den Boden geklopft, weil ihr das Klavierspielen zu laut war. Der arme Karl! Jetzt muss er wieder mit den Ohrhörern spielen." Greta war aufgestanden und wollte währenddessen nochmals Kaffee aufbrühen.

„Tante Vroni, mir scheint, ihr seid hier nicht ganz glücklich. Und jetzt muss ich dir gleich noch etwas sagen. Aber bitte reg' dich nicht auf!" Fragend wurde sie von ihrer Tante angeschaut. Für Greta war dies alles einfach zu fiel. Sie fing prustend an zu lachen, während sie versuchte, so schonend wie möglich ihrer Tante mitzuteilen, dass wohl das Wasser ausgegangen war. Es kam nämlich kein Tropfen mehr aus dem Hahn. „Was?" Blitzschnell war ihre Tante aufgesprungen. „Jetzt habe ich aber endgültig genug. Na, die kann was erleben!" Schon stürmte sie das Treppenhaus hinauf. „Ist das ein Tollhaus oder was?" Greta setzte sich wieder, und während sie darauf wartete, dass ihre Tante wieder auftauchte, nahm sie ihren Sohn auf den Schoß und malte mit ihm.

„Oh, bitte entschuldigen Sie, ich hatte ganz vergessen Ihnen mitzuteilen, dass das Wasser wegen eines Defekts im Abwassersystem kurz abgedreht wurde." Missmutig äffte Tante Vroni ihre Hausabwartin nach, als sie zurückkehrte. „Na, das sind vielleicht schöne Zustände hier! Tut mir leid, Liebes, so hatte ich mir unseren Nachmittag nicht vorgestellt." „Ach, ist doch egal. Mach' dir keine Sorgen, das sind vielleicht nur Anfangsschwierigkeiten. Du wirst sehen, alles wird sich noch einpendeln. Und am Schluss seid ihr die besten Freundinnen."

„Übrigens, ihr habt schöne Bäume vor dem Haus. Die Blüten daran glänzen so herrlich!" Anscheinend traf sie damit aber schon wieder einen wunden Punkt ihrer Tante. „Von wegen herrlich! Wir haben hier leider keine Garage und müssen unser Auto direkt unter den Bäumen parken. Denkst du wirklich, wir genießen es, wenn jeden Morgen unser Auto derart gesprenkelt aussieht und wir es schon wieder waschen müssen? Am liebsten würde ich diese Bäume absägen!" Aufgebracht schaute sie ihre Nichte an. Diese hielt sich die Hand vor den Mund, um nicht wieder laut loszulachen. Da verzogen sich Tante Vronis Lippen zu einem vergnügten Lächeln. „Gell, ich benehme mich schon wie dieser Altershaufen hier! Nur meckern und nörgeln. Nein, ich will mich nicht anstecken lassen. Schau', es hat aufgehört zu regnen. Wollen wir einen Spaziergang machen?" Greta war einverstanden.

Ganz in der Nähe hatte es einen kleinen hübschen See. Gemütlich schritten sie am Ufer entlang bis zu einem netten Restaurant. Nur schon wegen ihres Sohns, der unruhig nach etwas Flüssigem verlangte, betraten sie den rustikalen Raum. Sie wurden auch sofort bedient. Frisch gestärkt machten sie sich danach auf den Rückweg. Als Greta auf die Uhr schaute, erschrak sie. „Wie die Zeit doch vergeht, wenn wir plaudern! Jetzt komme ich doch genau mitten in den Abendverkehrsstau. Ach, was soll's. Dich zu sehen, war es mir wert!" Tante Vroni hakte sich lächelnd bei ihr unter. Bevor sie die Haustür öffnete, schaute Tante Vroni gespannt in ihren Briefkasten. „Hab' ich mir's doch gedacht! Wieder kein Waschmaschinenraum-Schlüssel in meinem Briefkasten, dabei wäre dieser seit zwei Tagen fällig!"

Sie schaute so finster drein, dass sich Greta ein Lachen verkneifen musste. Tröstend legte sie ihr den Arm um den Hals. „Der kommt bestimmt noch", sagte sie beschwichtigend. Sie betraten die Wohnung. Greta packte die Malsachen ihres Sohnes ein, während dieser vorsichtshalber nochmals auf die Toilette ging. Tante Vroni schob ihr noch schnell eine Tafel Schokolade und eine Schachtel Pralinen unter. „Damit ihr nicht verhungert", bemerkte sie verschmitzt. Greta schaute kritisch an ihrer Figur hinunter und meinte dann lakonisch: „Wohl kaum." Dann lachten sie beide. Liebevoll umarmten sie sich. „Gell, du kommst bald wieder?" „Aber ja, liebste Tante Vroni, du weißt doch, mich wirst du nie los!"

Onkel Karl begleitete sie noch zum Auto, während die Tante auf dem Balkon stand und winkte. Als Greta den Wagen anließ und startete, sah sie im Rückspiegel die winkende Tante und Onkel Karl, der ihr noch etwas zurief. Trotz leicht offenem Fenster konnte sie nur noch „... nicht rechts abbiegen, weil ..." hören. Sie zuckte mit den Schultern und bog rechts in die Straße, wo sie auch hergekommen war, ein. Nach ein paar Metern war ihre Fahrt bereits wieder vorbei. Als sie das Einbahn-Schild realisierte, war es aber schon zu spät. Bei ihrem Pech war es wohl völlig klar, dass dort ein Polizist stand, als hätte er nur auf sie gewartet. Missmutig stellte sie den Motor ab und öffnete das Fenster: „Tut mir leid, ich kenne mich hier überhaupt nicht aus. Das Schild habe ich leider zu spät gesehen." „So, so. Das sagen alle. Zeigen Sie mir mal Ihre Papiere, bitte." Ganz genau sah er sich den Führerschein und den Autoausweis an. „Sie haben Glück, junge Dame", sprach er dann augenzwinkernd zu ihr. Überrascht hob Greta den Kopf. Der Blick, den der Polizist ihr zuwarf, war ihr nicht geheuer. Du alter Lüstling, dachte sie.

Allerdings war dies auch ihre Chance. Und die wollte sie nutzen. „Warum denn?", flötete sie mit zuckersüßer Stimme. Dazu klimperte sie mit ihren Augenwimpern, was das Zeug hielt. Offensichtlich hatte sie ihn richtig eingeschätzt. Auch er zwinkerte ihr erneut zu und erwiderte: „Wenn ich solchen schönen Damen begegne, kann ich einfach nicht widerstehen. Wenn Sie mir hübsch versprechen, dass Sie in Zukunft besser aufpassen, will ich es diesmal bei einer Verwarnung bleiben lassen." „Oh, vielen Dank, Sie sind ein Schatz!" Greta legte sich jetzt so richtig ins Zeug. „Das werde ich Ihnen nie vergessen." „Na, hoffentlich nicht!" Seine gierigen Augen blickten sie durchdringend an. Greta hatte genug. Sie winkte ihm kurz zu – und weg war sie.

Im Rückspiegel konnte sie gerade noch seinen verblüfften Gesichtsausdruck erblicken. „Puh", stöhnte sie und strich sich mit einer Hand über die heiße Wange. „Also dieses Dorf hat es in sich! Nicht gerade mustergültig. Ich bin froh, wenn ich hier raus bin!" Ihr Sohn war zu müde, als die Selbstgespräche seiner Mutter anzuhören. Er schmiegte seine Wange an den Sicherheitssitz und war ein paar Sekunden danach fest eingeschlafen. Greta lächelte und legte eine Musikkassette mit klassischer Musik ein. Das würde sie entspannen und ihrem Sohn hoffentlich süße Träume bescheren.

Sie legte die Heimfahrt in erstaunlich kurzer Zeit und erst noch ohne Zwischenfälle zurück. Schnell hob sie ihren Sohn vorsichtig aus dem Auto direkt ins Bett. „Mein Goldschatz", flüsterte sie und streichelte ihm fürsorglich übers Haar. Sie duschte und machte es sich nachher mit einer Tasse Kaffee vor dem Fernseher bequem. Sie stellte gerade ein, als ein Film begann. Sie blätterte im Fernsehprogramm nach dem Titel des Filmes: „Ein unheilvoller Besuch" – ausgerechnet! Greta schlug sich an den Kopf. Nein, das musste jetzt wirklich nicht sein, dachte sie. Schnell erhob sie sich und ging zu Bett. Da kann wenigstens nichts passieren, dachte sie und dehnte sich genießerisch – und schon vernahm sie ein verdächtiges Knarren. Das Bett fiel auseinander, und sie lag am Boden.

Die Klassenzusammenkunft

Komisch, dachte Ramona. Nachdenklich betrachtete sie den Brief, den sie soeben aus dem Briefkasten genommen hatte. Als Absender einen Namen, den sie nicht kannte. Die Ortschaft hingegen kam ihr mehr als bekannt vor. Dort hatte sie ihre Kindheit verbracht, dort war sie in die Schule gegangen, und dort wohnten noch immer ihre Eltern. Doch diesen Namen? Sie drehte und wendete nachdenklich das Kuvert, während sie zurück in ihre Wohnung lief. Irgendwie kam ihr der ledige Nachname bekannt vor. Sie schloss die Tür hinter sich und suchte nach dem Brieföffner. Schon hatte sie ihn in der Hand – da fiel es ihr plötzlich ein. Das konnte doch wohl nicht – nein, unmöglich! Ungeduldig riss sie den Briefumschlag mit einem Finger auf. Sie war es tatsächlich! Sie war immer Klassenbeste gewesen, allseits beliebt, sehr gut aussehend und im Turnen ein As! Tanja war das krasse Gegenteil von ihr, dem Mauerblümchen, das nie jemand beachtet hatte. Immer ein Pfündchen zu viel auf den Rippen, farblos, durchschnittlich, einzig im Turnen sehr gut, aber eben nur die Zweitbeste, die Beste war ja Tanja gewesen. Und ausgerechnet von ihr bekam sie einen Brief!

Neugierig begann sie zu lesen. Tanja hatte per Zufall eine andere ehemalige Schulkollegin, Edith, getroffen. Zusammen hatten sie beschlossen, eine Klassenzusammenkunft zu organisieren. Ausgerechnet zu diesem Zeitpunkt meldete sich der frühere Lehrer bei ihnen. Es ging um eine Mega-Giga-Riesen-Klassenfete, allerdings im Zusammenhang mit dem 25-jährigen Jubiläum des Schulhauses. Alle Schüler, die je in diesem Schulhaus zur Schule gegangen waren, wurden zu einer Riesenparty eingeladen. Ramona unterbrach das Briefelesen und klatschte begeistert in die Hände. Schon lange hatte sie sich eine Klassenzusammenkunft gewünscht. Schließlich waren es etliche Jahre her, seit sie alle die Schule verlassen hatten. Alle feierten dieses Jahr ihren 40. Geburtstag. Das würde ein Mordsspaß werden!

Ramona griff erneut nach dem Brief. Es wurden mehr als 3000 Ehemalige erwartet. Die Vorbereitungen waren in vollem Gange. Die große Turnhalle würde in eine Oldie-Disco verwandelt werden, wo man nach den Songs der damaligen Zeit tanzen konnte. Wieder klatschte Ramona hell jauchzend in die Hände. Endlich wieder mal zu anständiger Musik tanzen – welch ein Vergnügen! Sie beugte den Kopf und las weiter. Man hatte ein Riesenzelt organisiert, in dem man sich treffen und essen konnte. Der Eintrittspreis würde Fr. 10.- betragen. Ramona hätte auch mehr bezahlt. Jede Schulklasse bekam einen Tisch zugeteilt, sozusagen als Treffpunkt. Von dort aus konnte man dann, wenn man wollte, auf die Runde gehen. Tanja schrieb weiter, dass es aber trotzdem noch eine Klassenzusammenkunft nur für ihre Klasse allein geben würde, aber ein paar Monate später. Man müsse sich jetzt direkt beim Lehrer anmelden, damit die Riesenparty auch gut über die Bühne ging.

Schon hatte Ramona ihren Stift hervorgeholt und die Anmeldung ausgefüllt. Den Brief noch schnell auf die Post bringen – fertig. Sie freute sich riesig darauf. Was wohl aus den anderen geworden war? Sie hatte es sich auf der Couch bequem gemacht und den Fernseher eingestellt. Doch sie achtete nicht aufs Programm. Zu viele Gedanken gingen ihr durch den Kopf. Wen würde sie alles wiedertreffen, wie sah ihr Lehrer jetzt aus, war jeder verheiratet oder auch geschieden wie sie selber? Was sollte sie nur anziehen? Ach, du meine Güte, fuhr es ihr plötzlich durch den Kopf. Ihre Haare waren seit dem 30. Lebensjahr ziemlich grau, sodass sie gezwungen war, mit künstlichen Mitteln nachzuhelfen. Und erst ihre Figur! Ihr Übergewicht machte ihr selber zwar keine Mühe, doch gegen all die hübschen Mädchen von damals konnte sie wohl nicht gerade konkurrieren! Ramona war noch nie eitel gewesen. Doch irgendwie wollte sie den anderen zeigen, dass sie nicht mehr das Mauerblümchen von damals war.

„Und wenn eine der Zuschauerinnen am Fernseher von uns Tipps bekommen möchte, kann sie mir schreiben. Wir laden sie ein und verwöhnen sie mit einem neuen Haarschnitt, einem Make-up und kleiden sie auch neu ein." Ramona richtete sich ruckartig auf. Hatte sie richtig gehört? Konzentriert schaute sie auf den Bildschirm. Eine Adresse wurde eingeblendet. Laut las sie vor, während sie zum Schreibtisch hastete, um Block und Bleistift zu holen. So schnell hatte sie noch nie geschrieben. Sie setzte sich wieder vor den Fernseher. Den Mann, der vorhin gesprochen hatte, kannte sie. Natürlich! Das war ein ehemaliger Nachrichtensprecher, der sich später als Visagist selbstständig gemacht hatte. Und eben dieser hatte eine Zuschauerin eingeladen, sich von ihm und seinem Team verschönern zu lassen. Das ließ sich Ramona nicht zweimal sagen. Das war ihre Chance! Sie sah sich in Gedanken bereits wie eine Prinzessin auf die Klassenzusammenkunft gehen, allseits bewundert ob ihrer Schönheit! Ramona lachte laut. Quatsch! Aber etwas Pepp in ihrem Äußeren konnte ihr wahrlich nicht schaden! Schon hatte sie vor dem Computer Platz genommen und schrieb einen Brief an diesen Visagisten, worin sie die Riesenparty erwähnte. Dann legte sie ein Bild von sich dazu – und ab ging's zur Post. Sie freute sich jetzt doppelt. Das würde ein Spaß werden!

„Hallo? Wer ist da? Ehrlich, das kann ich ja kaum glauben! Ha, wenn das kein gutes Omen ist!" Es hatte tatsächlich geklappt. Sie wurde zu einer Verschönerung eingeladen. Einen Tag vor der Riesenfete würde sie sich mit dem Kosmetik-Team treffen. Einen ganzen Tag lang würde sie verwöhnt werden – herrlich! Ramona konnte es kaum abwarten. Endlich kam der Tag. Sie machte sich auf den Weg. Voller Hoffnung auf ein gutes Gelingen und mit großen Erwartungen. Freundlich wurde sie begrüßt und ins Studio geleitet. Sie sah sich neugierig um. „Bitte setzen Sie sich doch. Möchten Sie etwas trinken?" Sie wollte. Während sie ihren ersten Kaffee an diesem Morgen genießerisch trank, wurde sie von allen Seiten begutachtet. Beinahe kam sie sich wie im Zoo vor – so ausgestellt. „Tja, das wird nicht einfach werden."

Ramona traute kaum ihren Ohren. „Mit diesem Haar, diesem Gesicht – und dann noch d i e s e Figur!" Der Sprecher dieser Worte schüttelte bedauernd den Kopf. Ramona sank beinahe in sich zusammen. So schlimm sah sie aus? Trotzig hob sie ihr Gesicht und wollte gerade zu einer Schimpftirade ansetzen, da sah sie das spitzbübische Funkeln in den Augen des Kosmetikexperten. Erleichtert stieß sie die angehaltene Luft wieder aus und lächelte befreit. „Nennen Sie mich ruhig Roland. Die Frau möchte ich kennenlernen, die ich mit meinen Künsten nicht verschönern könnte", lächelte er zurück. „Und Sie brauchen sich wirklich nicht zu verstecken. Ihr dichtes Haar und Ihre reine Haut ist das pure Vergnügen. Ich werde Sie so schön machen, dass sie es kaum glauben werden." Ramona schaute ihn misstrauisch an. „Das ist ein Versprechen, meine Liebe! Entspannen Sie sich jetzt, genießen Sie, was auf Sie zukommt."

Kaum hatte sich Ramona zurückgelehnt, umschlossen zwei warme Hände ihr Gesicht von hinten. Eine angenehme Frauenstimme erklärte ihr, dass sie als Erstes eine Gesichtsmassage bekommen würde. Ramona schloss die Augen. „Mmh", murmelte sie. In Gedanken sah sie sich an einem Strand, liegend unter Palmen, mit einem Drink in der Hand und Wellen, die gegen die Felsen schlugen. „Hallo! Aufwachen!" Hatte sie geträumt? Sie öffnete die Augen. Roland stand vor ihr und grinste. „Na, angenehme Träume gehabt? Tut mir leid, wenn ich störe, aber die Massage ist vorbei. Jetzt kommt eine Gesichtsmaske mit anschließendem Auftragen einer passenden Tagescrème. Danach verpassen wir Ihnen einen neuen Haarschnitt mit einer flotten neuen Haarfarbe. Lassen Sie sich überraschen." Ramona hatte sich wieder aufgesetzt. Im Spiegel vor ihr beobachtete sie genau, was mit ihrem Haar geschah. Und es gefiel ihr. Sie hatte gar nicht gewusst, wie sehr eine andere Frisur ihr Gesicht verändern konnte. Sie drehte sich zuerst nach rechts, dann nach links. Nicht schlecht!

Fragend schaute sie Roland an. „Sind Sie bereit zum Schminken?", erkundigte dieser sich. „Aber klar!" Wie aus der Pistole geschossen kam ihre Antwort. Roland schmunzelte, während er die Kosmetiksachen hervorholte. Im Handumdrehen hatte er ihr Gesicht professionell geschminkt. Kritisch beäugte er sein Werk. „Doch, ja, ich glaube, es ist mir gelungen. Was meinen Sie?" Er trat einen Schritt zurück, sodass sich Ramona im Spiegel anschauen konnte. „Gelungen? Das kann doch unmöglich ich sein! So hübsch kann ich doch gar nicht sein!" Fassungslos schaute Ramona ihr Gegenbild an. Roland legte seinen Kopf schief und schaute sie intensiv an: „Wie kommen Sie nur auf die Idee, Sie seien nicht hübsch? Hat Ihnen denn noch nie jemand gesagt, dass Sie alles andere als ein Mauerblümchen sind? Mit meiner Schminkerei kann ich nur betonen, was schon vorhanden ist. Natürlich sind Sie hübsch!" Ramona wurde knallrot im Gesicht. Verlegen nahm sie schnell einen Schluck Mineralwasser, das man ihr inzwischen gebracht hatte.

Eine elegante Dame hatte sich ihnen genähert. „Hallo. Mein Name ist Wichert. Ich habe in der Nähe eine größere Boutique und würde Sie gerne einkleiden. Wollen wir gehen?" Ramona stand hastig auf. Immer noch stand Roland vor ihr und schaute sie charmant an. Dann streckte er seine Hand aus und wünschte ihr für das morgige Fest viel Freude. Sie bedankte sich und entfernte sich zusammen mit der eleganten Dame. Nachdem sie die Straße überquert hatten, standen sie schon vor der Eingangstür. So groß hatte sie sich die Boutique nicht vorgestellt. Staunend betrat Ramona den Laden. So viele schöne Sachen – sie würde sich nie nur für ein Kleid entscheiden können. Als hätte die Dame ihre Gedanken erraten, lachte sie laut auf und sagte mit einem Augenzwinkern: „Nur keine Panik. Schauen Sie sich ruhig um, lassen Sie sich Zeit. Wir probieren dann so einiges an. Das schönste Kleid dürfen Sie behalten. Und wenn Ihnen sonst noch eins gefällt, sagen Sie es mir ruhig. Ich werde Ihnen einen Preis machen, der auch Ihnen zusagt."

Ramona war glücklich. Erlebte sie das wirklich, oder war alles nur ein schöner Traum? Verspielt zwickte sie sich in den Arm. Es tat weh. Also doch real? Langsam ging sie von Kleiderständer zu Kleiderständer. Mit ihrer Hand strich sie an den Kleidern entlang. So schöne Stoffe, so weiches Material – sie würde sich nie entscheiden können! „Hilfe", wisperte sie. Schon stand Frau Wichert wieder neben ihr. „Kommen Sie, Ramona. Während Sie sich umgeschaut haben, legte ich für Sie ein paar Kleider zur Seite. Wenn ich richtig verstanden habe, gehen Sie morgen auf eine Riesenfete. Ich glaube, ich habe das Passende für Sie. Probieren Sie doch einfach mal die Cocktailkleider an." Frau Wichert öffnete den Vorhang der Umkleidekabine und überreichte ihr ein erstes Kleid. Wunderschön, dachte Ramona. Es passte genau. Anscheinend hatte Frau Wichert ein geübtes Auge. Und es stand ihr ausgezeichnet. Vor einem großen Spiegel drehte sich Ramona um sich selber. Sie fühlte sich ausgezeichnet.

Nach 10 weiteren Anproben stieß sie einen verzweifelten Seufzer aus. „Ich sagte ja, dass ich mich nie entscheiden könnte", jammerte sie. Bittend schaute sie Frau Wichert an. „Hilfe", wisperte sie wiederum. Frau Wichert lachte. „Na, Ihre Probleme hätte ich gern!" Mit sicherer Hand holte sie das erste Kleid, das Ramona anprobiert hatte, hervor. „Ich muss gestehen, alle Kleider stehen Ihnen gut. Doch das Erste, das würde ich, wenn ich Sie wäre, für die Party nehmen. Damit machen Sie jeder Frau Konkurrenz!" Wieder schlüpfte Ramona in das erste Kleid hinein. Frau Wichert hatte recht. Die lila Töne schmeichelten ihrem Teint, der weich fließende Stoff umschlang ihre Beine und kaschierte geschickt die paar Pfündchen, die sie zu viel hatte. Ramona nickte. Dieses Kleid war einfach perfekt!

Den Preis bekam sie nicht zu sehen, als es von Frau Wichert sorgfältig eingepackt wurde. Ist wahrscheinlich auch besser so, dachte Ramona, sonst bekäme ich glatt noch einen Herzinfarkt, was die Höhe anbelangt. Erstaunt bemerkte sie, wie ihr Frau Wichert noch zwei weitere Päckchen in die Hand drückte. „Ich hatte so viel Spass mit Ihnen, und Sie sind mir so sympathisch, ich möchte Ihnen diese beiden Sachen schenken. Bitte, machen Sie mir die Freude und nehmen Sie mein Geschenk an!" Ramona war überwältigt. Sie bedankte sich überschwänglich und begab sich danach auf den Heimweg.

Kaum hatte sie ihre Haustür geöffnet, begann sie schon, die zwei Pakete auszupacken. „Au! Verflixt!" Sie hatte sich in ihrer Hast in den Finger geschnitten. Während sie am verletzten Finger lutschte, machte sie mit der anderen Hand das erste Paket auf. Sie öffnete überrascht den Mund. Ohne sich weiter um ihren verletzten Finger zu kümmern, griff sie hinein. Ein passender Schal und eine farblich abgestimmte kleine Handtasche kamen zum Vorschein. „Ach, wie schön", stotterte sie aufgeregt. Noch schöner kann es doch kaum mehr werden, dachte sie, während sie schnell das zweite Paket öffnete. Frau Wichert hatte es wirklich gut mit ihr gemeint! Ein weiteres Kleid kam zum Vorschein. Kleid war allerdings nicht das richtige Wort dafür. Es handelte sich um einen beigen Seiden-Hosenanzug. Noch nie hatte sie so etwas sündhaft Teures und Schönes besessen. Ramona musste sich setzen. Das war einfach des Guten zu viel. Schon fast hysterisch begann sie zu lachen. Dabei glitt das Paket zu Boden. Verdutzt sah Ramona, dass sich noch etwas darin befunden hatte. Sie bückte sich – und hob mit roten Ohren den rosa Slip und BH auf. Genau ihre Größe! Sie konnte nicht mehr anders. Sie holte ihre Lieblingskassette hervor, legte diese in die Stereo-Anlage und begann jubelnd zu tanzen. Das Fest konnte beginnen!

Ein komisches Gefühl war es ja schon. Sie war extra früh losgefahren, um ja pünktlich erscheinen zu können. Sie hatte in der Nähe des Schulhauses geparkt und war jetzt unterwegs dorthin.

Gemächlich ging sie die Straße entlang. Sie schaute sich neugierig um, wollte wissen, was sich seither verändert hatte. Sie war überrascht. Alles sah immer noch gleich aus, die Umgebung, die Straßen, die Häuser und das Einkaufszentrum, das sich gerade neben dem Schulhaus befand. Etwas nostalgische Gefühle kamen auf. Aber es waren gute Empfindungen. Sie war sich nicht sicher gewesen, ob sie mit ihrer Aufmachung nicht doch ein wenig übertrieben hatte. Aber sie musste sich nur umschauen, um zu sehen, dass sich jeder so hübsch wie möglich gemacht hatte. Von allen Seiten kamen die Menschen, reihten sich fast wie in einer Kolonne ein. Und alle kannten nur eine Richtung.

Vor und hinter ihr, sogar neben ihr, liefen die Menschen alle zum gleichen Ziel: ihr ehemaliges Schulhaus. Ramona lachte heimlich. Es kam ihr beinahe vor wie Ratten, die aus allen Löchern schlüpften. Diskret beobachtete sie die Leute. Vielleicht konnte sie bereits jemanden erkennen? Von rechts näherte sich ihr eine Dame. Konnte das wohl …? Nein, sie hatte sich geirrt. Es war nicht ihre ehemalige beste Freundin. Schade. Schon überquerte sie den Platz vor dem Einkaufszentrum. Dann noch ein paar Meter – und sie stand vor „ihrem" Schulhaus. Sie blieb stehen und ließ das Bild auf sich wirken. Es war viel Grün darum, mehr als damals. Es gefiel ihr. Sie hatte ihren Fotoapparat mitgenommen und machte jetzt die erste Aufnahme. Ramona setzte sich wieder in Bewegung. Überall Leute, allein, suchend oder in kleinen Gruppen. Auf dem Pausenplatz blieb sie kurz stehen, drehte sich einmal um die eigene Achse, betrachtete die Turnhalle und das große Zelt, das wegen des Fests aufgestellt worden war. Noch immer war ihr niemand bekannt vorgekommen. Was hatte einer ihrer ehemaligen Lehrer im Rundschreiben mitgeteilt? Sie träfen sich in ihrem ehemaligen Klassenzimmer?

Ramona überlegte fieberhaft. Welche Nummer hatte ihr Zimmer gehabt? Verflixt, es fiel ihr einfach nicht mehr ein! Nachdenklich ging sie von Zimmer zu Zimmer. Da kam ihr eine Frau entgegen, die offensichtlich auch nach der richtigen Tür suchte.

Ramona erkannte sie sofort, obwohl sie damals kaum Kontakt miteinander hatten. Es war Pia, die „Intellektuelle", wie sie sie immer heimlich genannt hatte. Auch Pia schien sie sofort wiederzuerkennen. Herzlich gingen sie aufeinander zu und begrüßten sich. Sie verstanden sich auf Anhieb und begannen, lebhaft von ihren vergangenen Jahren zu berichten. Da Pia sich an das Klassenzimmer erinnerte, begaben sie sich dorthin. Sie waren die Ersten. Sie machten es sich auf den Stühlen bequem und gruben lachend in Erinnerung. „Adrian!" Ramona stand spontan auf und ging ihrem ehemaligen Schulkollegen entgegen. Der schaute kurz auf ihr Namensschildchen und erwiderte strahlend: „Ramona! Schön, dich zu sehen!" Danach begrüßte er auch Pia. Es stellte sich heraus, dass die jeweiligen Kinder von Pia und Adrian in den gleichen Turnverein gingen. Sie lachten alle drei und unterhielten sich angeregt.

Ein ältere Dame kam herein und fragte kurz, ob sie zur Klasse des Herrn Waldorf gehörten. Als Ramona dies bejahte, erklärte ihnen die Dame, dass sich dieser unglücklicherweise das Bein gebrochen hätte und noch im Spital läge. „Oh, wie schade", entfuhr es allen drei gleichzeitig. Ausgerechnet Herr Waldorf, der doch das Ganze eingeleitet hatte! Er würde sich wahrscheinlich ebenso ärgern, wie sie es taten. Nur eine Minute später sprang Ramona wieder spontan auf und lief einem älteren Herrn entgegen. „Erstaunlich, wie schnell Ramona alle sofort wiedererkennt", grinste Pia. „Sie muss bestimmt noch ein paar Mal aufstehen und ehemaligen Mitschülern entgegengehen." Währenddessen begrüsste Ramona ihren zweiten ehemaligen Lehrer, Herrn Klingler. Dieser erkannte sie aber erst, als er auf ihr Namensschildchen schielte. Kräftig schüttelte er ihr die Hand. Er freute sich sichtlich, seine ehemaligen Schüler wiederzusehen. Er stand bereits bei Pia und Adrian und tauschte alte Erinnerungen aus.

Schon wieder betrat jemand das Klassenzimmer. Nun ging es Schlag auf Schlag. Innerhalb von fünf Minuten betraten fast alle, die sich angemeldet hatten, den Raum. Man begrüßte sich freudig. Bald hörte man nur noch lebhafte Gespräche, begleitet von viel Gelächter. „Was? Du bist Ramona? Bist du dick geworden!" Die ungalanten Worte kamen von Erwin. Ramona schaute ihm kühl ins Gesicht und antwortete leicht: „Tja, ich habe zwar ein paar Pfündchen zugelegt, doch gerade schöner bist du auch nicht geworden!" Sprach's und wandte sich jemand anderem zu. Erwin schaute ihr verblüfft hinterher. Aus dem Mauerblümchen war eine selbstbewusste Frau geworden. Anerkennend hob er eine Augenbraue.

Ramona hatte sich zu Edith gesellt. Was für eine Powerfrau war doch aus ihr geworden! Wer hätte gedacht, dass aus dem unscheinbaren Mädchen, das ununterbrochen Liebesromane gelesen hatte, eine solch erfolgreiche Frau geworden war. Edith war damals im Handarbeitsfach mit Abstand die Beste gewesen. Sie strickte so schnell, dass sie schon längst am nächsten Stück war, während die anderen noch nicht mal die Hälfte der letzten Handarbeit geleistet hatten. Ihre Strickerei hatte dazu geführt, dass sie ein paar Jahre später ihr Handgelenk operieren musste wegen Überanstrengung. Stricken war fortan verboten. Zuerst hätte sie das Handarbeiten schon ziemlich vermisst, erzählte Edith. Doch danach hätte sie sich voll auf ihre Karriere konzentriert und sowieso keine Zeit mehr dafür gehabt. Sie hatte sich auf einer Großbank emporgearbeitet und sei schließlich bei der Börse gelandet. „Und dort verdiene ich gutes Geld", lachte sie spitzbübisch. Edith hatte abgenommen und sich einen flotten Kurzhaarschnitt zugelegt. Statt einer Brille trug sie Kontaktlinsen, zu kleiden wusste sie sich auch. Offensichtlich war aus ihr eine Frohnatur geworden. Ihr perlendes Lachen zog alle magisch an. Es ging nicht lange, und sie war umringt von ihren ehemaligen Schulkollegen.

Irgendwie war es fast selbstverständlich, dass alle Edith wie eine Schar Hühner folgten, als sie sich Richtung Festzelt bewegte. Am Eingang musste man 10.- bezahlen. Dafür erhielt man ein Plastikbändchen, das man am Handgelenk befestigen musste. Da sie die Ältesten waren, hatten sie das Privileg, sich ganz vorne neben der Bühne zu platzieren. Eine Musikband spielte lüpfige Popmusik. Ramona schaute, dass sie genau gegenüber von Edith zu sitzen kam. Edith zwinkerte ihr zu. „Hast du das Kuchenbuffet gesehen?" „Klar", antwortete Romana schlagfertig, „ich habe nur darauf gewartet, dass du es entdeckst und du mir ein Stück Torte holst." Beide lachten. Sie verstanden sich.

Gemeinsam suchten sie sich einen Weg durch das Gedränge nach vorne. Ramona sank mit ihren Pumps in der weichen Erde ein, doch es war ihr egal. Sie fühlte sich wohl. Immer wieder musste sie ein paar Sekunden warten, weil Edith wieder jemanden erkannt hatte und schnell begrüßte. Einmal war es die Schwester, dann wieder der Schwager oder eine Cousine. Ramona stupste Edith liebevoll. „Augen zu und durch! Sonst gibt es keinen Kuchen mehr, bis wir am Buffet sind!" Diese machte kurz einen Schmollmund, was aber schnell wieder zu einem Lachen wurde. Diese Frau muss einen einfach mit ihrer guten Laune anstecken, dachte Ramona lächelnd. Das Kuchenbuffet war riesig. Die Entscheidung fiel schwer. Sie hätten am liebsten von jedem Dessert gekostet. Schließlich entschlossen sie sich, einen Teller voll mit ein paar Stücken zu nehmen.

Auf dem Rückweg sprachen sie über alles Mögliche. Darüber, dass sie beide Hausputz-Muffel waren oder dass sich Edith kürzlich 40 Fische zugetan hatte. Ramona staunte, und Edith grinste. „Nur eines gefällt mir nicht so daran. Wenn ich sehe, dass es mit einem Fisch zu Ende geht, muss ich ihm den Kopf abhauen." Ramona wäre vor Schreck beinahe gestolpert. „Das meinst du doch nicht im Ernst", fragte sie erschrocken. „Doch, natürlich. Oder soll ich ihn etwa im heißen Wasser baden oder einfach ins Klo schütten, wie dies andere so tun? Das wäre doch Tierquälerei!" Ramona schluckte. Ihr hatte es die Sprache verschlagen. Wieder am großen Tisch angekommen, nahm Ramona ihre Kamera hervor und schoss ein paar Fotos. Sie war jetzt schon gespannt, was daraus wurde. Während sich die beiden Frauen über ihre Kuchen hermachten, schlug Eva, die links von Edith saß, vor, dass alle auf einer Serviette ihren Namen schreiben könnten. Sie würde dann zu Hause einen Brief an Herrn Waldorf verfassen, worin sie ihm alle eine gute Besserung wünschten. Der Vorschlag wurde mit Begeisterung aufgenommen. Schnell machte die Serviette die Runde.

Währenddessen erzählte Eva, dass sie und ihr Mann zusammen mit ihren zwei Töchtern und vielen, vielen Tieren auf einem Bauernhof lebten. Da ihre Kinder nun schon größer waren, wollte sie wieder etwas arbeiten. Deshalb habe sie beschlossen, in ihrem Dorf eine Stelle als Hilfspfarrerin anzunehmen. Erwin konnte es natürlich nicht lassen, er grölte aus voller Kehle: „Ha, ha, Eva als Pfarrerin …!" Ramona hob den Kopf und schaute mit zusammengekniffenen Augen zu Erwin. „Gefällt dir etwas nicht daran", fragte sie gefährlich leise. Erwin zuckte zusammen. „Nein, nein, alles in Ordnung", stotterte er. Eva, Edith und Pia grinsten. „Nicht schlecht, Ramona, wie du es ihm gegeben hast. Erwin war ja schon früher ein Angeber gewesen. Du hast ihm jetzt eine Lektion erteilt. Bravo!" Ramona selber war am meisten erstaunt. Sie war doch sonst nicht so direkt. Das muss wohl an meiner neuen Aufmachung liegen, überlegte sie.

Eben tauchten Tanja und Günther auf. Auch Tanja hatte sich ihre tolle Figur von damals erhalten, genauso wie alle anderen der Mädchen. Etwas neidisch war Ramona schon. Nur sie war aufgegangen wie ein Ofenküchlein! Und Günther? Er war nie ihr Typ gewesen – doch eines hatte sie nie vergessen. Bei ihm hatte sie zum ersten Mal eine körperliche Reaktion an sich selber erlebt. Man hatte ein Klassenlager gehabt, hoch oben in den Bergen, auf einer richtigen uralten Burg. Am letzten Tag hatten sie von den Lehrern die Erlaubnis erhalten, eine Disco zu veranstalten. Am Schluss waren nur es noch ein paar Wenige, die es bis nach Mitternacht ausgehalten hatten. Darunter war sie gewesen.

Als zum Ausklang ein paar langsame Schmusesongs gespielt wurden, ergab es sich irgendwie, dass Ramona plötzlich in den Armen von Günther lag. Eng, sehr eng, hatten sie langsam zur Musik getanzt. Ramona hatte alles um sich herum vergessen, spürte nur noch den warmen Körper von Günther. Ihr wurde plötzlich ganz anders. Da ihr solche körperlichen Reaktionen damals nicht bekannt waren und sie diese noch nicht einordnen konnte, war sie fürchterlich erschrocken. So schnell sie damals konnte, hatte sie sich den Armen von Günther entzogen und war fortgelaufen in den sicheren Schlafraum der Mädchen. Danach machte sie immer einen weiten Bogen um ihn. Günther selbst hatte sie nie auf ihr komisches Benehmen in der Disconacht angesprochen. Er hatte anscheinend nichts gemerkt.

Nachdenklich betrachtete sie Günther jetzt. Er hatte sich gemacht. Auch er war immer noch schlank, ohne graues Haar und richtig gut angezogen. Er gefiel ihr. Schon war er bei ihr angekommen und streckte ihr seine Hand entgegen. Doch statt sie zu begrüßen, kam ihm spontan eine Frage über die Lippen: „Also, jetzt nimmt es mich doch Wunder! Du hattest dir doch eine ganze Fußball-Mannschaft als Kinder gewünscht. Na, wie viele hast du denn?" Neugierig, aber freundlich schaute er Ramona an. Noch im gleichen Augenblick bemerkte er seinen Fehler. Ramonas Mimik hatte sich schlagartig verändert. „Es hat sich herausgestellt, dass ich keine Kinder bekommen kann", antwortete sie so leise, dass es die anderen nicht hören konnten.

Doch Günther hatte es verstanden. Er setzte sich zu ihrer Linken. Spontan nahm er ihre Hände in die seinen und schaute ihr liebevoll in die Augen: „Arme Ramona! Das muss ja ein riesiger Schlag für dich gewesen sein! Aber man kann sich doch sein Leben auch ohne Kinder einrichten." „Mein Exmann war da ganz anderer Meinung", antwortete Ramona zynisch. „Das muss aber ein ganz schöner Idiot gewesen sein", entfuhr es Günther. Ramona schaute überrascht auf. Und wurde prompt rot, als sie sein Lächeln sah. Immer noch lagen ihre Hände in den seinen. Verlegen löste sie sich daraus. „Nimm es nicht so schwer, Ramona. Es gibt so viel Schönes auf dieser

Welt. Ich hoffe, du weißt das." Sie nickte. Ohne sich dessen bewusst zu sein, war sie näher zu ihm gerückt und erzählte aus ihrem Leben.

„Seid ihr die Klasse von Herrn Waldorf?" Ruckartig bewegten sich die Köpfe in Richtung des Fragenden. Alle reagierten gleich: Mit geöffnetem Mund rissen sie erstaunt die Augen auf und betrachteten sprachlos den Mann im Bettler-Look. Das konnte unmöglich einer von ihnen sein. Ramona schaute fragend zu Edith hinüber. Die hätte es bestimmt gewusst, wenn es einer von ihnen gewesen wäre. Doch auch sie war ratlos. Sie fasste sich jedoch als Erste und fragte etwas schnippisch: „Stimmt. Aber wer bist denn du?" Komischerweise schien dieser es zu genießen, so viel Beachtung zu finden. Über sein gealtertes Gesicht huschte ein etwas spöttisches Lächeln. Er war es offensichtlich gewohnt, dass er abschätzig behandelt wurde. Seine alten Klamotten, sein dürrer Körper, seine nachlässige Haltung, der Helm in seiner Linken und die Töff-Stiefel führten meist zur gleichen Reaktion der Leute. „Ich? Ich bin …" Provozierend schaute er in die Runde. Alle hingen wie gebannt an seinen Lippen. Er lächelte. „Ich bin Alfons."

Allerseits ein erstaunter Ausruf. „Das ist doch nicht möglich! Also dich hätte ich niemals wiedererkannt!" Entgeistert schaute ihn Edith an. Was war nur aus dem kleinen, dicken und schüchternen Jungen von damals geworden? Ramona rückte ein wenig zur Seite, sodass Alfons zu ihrer Rechten sitzen konnte. Mehrere Augenpaare forderten ihn auf, seine Geschichte zu erzählen. Und er tat ihnen diesen Gefallen. „Na ja, meine Geschichte kann man in wenigen Sätzen schildern. Seit meiner Scheidung bin ich etwas außer Kontrolle geraten. Als ich dann auch noch meine Arbeitsstelle verlor, hing ich nur noch herum, sah keinen Sinn mehr im Leben und trank viel. Ein guter Freund holte mich wieder aus dem Sumpf heraus. Ich versuche jetzt, mein Leben wieder in Ordnung zu bringen. Ich trinke nicht mehr. Und mein Freund, bei dem ich zurzeit wohne, hilft mir bei der Arbeitssuche."

Mitleidig hatten ihm alle zugehört. Wieder war es Edith, die sich als Erste meldete. Resolut antwortete sie ihm: „Da bist du gerade an der richtigen Stelle. Ich habe gute Beziehungen, ich würde dir gerne helfen!" Hoffnung schimmerte in Alfons Augen. „Das wäre schön", erwiderte er nur. Und ehe er sich versah, war er in ein ernstes Gespräch mit seiner ehemaligen Schulkollegin vertieft.

Inzwischen war es auf der Bühne unruhig geworden. Die Musikband hatte aufgehört zu spielen. Der Schulhausleiter war hinter das Mikrofon getreten. Aber niemand beachtete ihn. Verzweifelt versuchte er, sich Gehör zu verschaffen. Vergeblich! 2000 Leute plauderten und lachten und schienen an einer Rede überhaupt nicht interessiert zu sein. Ramona schaute kurz auf. Als sie aber kein Wort verstehen konnte, widmete sie sich wieder ihren ehemaligen Schulkollegen. Nur aus den Augenwinkeln konnte sie erkennen, dass ein paar Wenige vorne bei der Bühne dem Schulhausleiter Beachtung schenkten. Irgendjemand musste aufs Podest und bekam Blumen. Weshalb wohl? Wieder schüttelte Ramona den Kopf. Auch Eva hatte es registriert und lächelte. „Ich glaube, es ging darum, ob jemand von diesem Schulhaus seinen Schulschatz auch geheiratet hat. Aber ich bin nicht sicher." Bald waren alle wieder in eine Unterhaltung vertieft. Keiner merkte es, als der Schulhausleiter kleinlaut die Bühne verließ und verschwand. Die Musiker hatten wieder zu spielen begonnen.

Abermals wurde es unruhig. Herr Klingler hatte sich erhoben. Die Leute strömten dem Ausgang des Zeltes zu. Barbara, die ehe- und kinderlos geblieben war und dafür Karriere als Direktorin einer kleinen Firma gemacht hatte, erhob sich als Zweite. „Kommt schon. Oder habt ihr das Feuerwerk, das gleich gezündet wird, vergessen?" Ramona schaute auf ihre Uhr. Tatsächlich! Es war beinahe Mitternacht. Wie die Zeit doch schnell vorbeigegangen war. Alle erhoben sich von den Bänken. Auch Ramona hatte schon die ersten Schritte in Richtung Ausgang gemacht, als sie plötzlich Günther und Alfons rechts und links von sich bemerkte. Beide boten ihr galant den Arm an. Wie selbstverständlich hängte sie sich bei beiden ein, und so schritten sie zu dritt – hinter den anderen – nach draußen. Ramona fühlte sich einfach göttlich. Beschützt von einem Mann an jeder Seite – daran hätte sie sich gewöhnen können! Kaum unter freiem Himmel, begann auch schon das Feuerwerk. Immer wieder wurde begeistert in die Hände geklatscht. Das Finale kam für alle viel zu früh. Danach drehten sich viele wieder um und gingen zurück ins Zelt. Darunter auch ein paar aus Ramonas Klasse. Fragend schaute sie sich um. Edith grinste. „Nur keine Panik. Jetzt geht es doch erst richtig los! Komm, wir gehen mit den anderen hinüber in die Turnhalle, die zu einer Disco umgebaut wurde. Dort können wir beweisen, dass wir noch nicht alt sind!"

Es war randvoll. Sie waren nicht die Einzigen, die das Tanzbein schwingen wollten. Und schon legten sie los. Es wurde „ihre" Musik von damals gespielt. Alle tanzten wie wild. Als ausnahmsweise einmal ein Schmusesong aufgelegt wurde, nahm Günther spontan Ramona in den Arm. „Weißt du noch?" Ramona schaute ihm fragend in die Augen. „Als wir im Klassenlager zusammen getanzt hatten? Ich glaube fast, du bist erschrocken, weil wir etwas zu nah beieinander gewesen waren." Also hatte er es damals doch gemerkt! Ramona nickte nur stumm. Und Günther stupste liebevoll mit seinem Finger an ihre Nase. Beide genossen ihre gegenseitige Wärme. Nach zwei Stunden wurde auch Ramona etwas müde und vor allem durstig. Schon hatte Günther ein Mineralwasser für sie organisiert, das sie in einem Zug leerte. Danach ging's weiter mit dem Tanzen. Eine Stunde später hatten sich fast alle von Ramona verabschiedet und waren gegangen. Auch Edith hatte ihr die Hand geschüttelt. Nicht aber ohne vorher zu versprechen, bald einmal ein Rundschreiben zwecks einer Zusammenkunft ihrer Klasse in ein paar Monaten zu verschicken.

Es war bereits 3.30 Uhr in der Frühe. Nur noch Ramona, Günther, Erwin und Barbara waren übrig geblieben. Sie beschlossen, nach draußen zu gehen und sich einen Kaffee zu genehmigen. Die kühle Luft tat gut. Sie setzten sich auf eine Steinbank vor dem Zelt. Günther und Erwin hatten sich anerboten, den Kaffee zu holen. Barbara erzählte von ihrem interessanten Job, der es ihr auch ermöglichte, in der ganzen Welt herumzureisen. Interessiert hörte ihr Ramona zu. Ein wenig beneidete sie Barbara um ihr aufregendes Leben. Überhaupt schienen alle bisher ein wesentlich interessanteres Leben geführt zu haben als sie. Nachdenklich nahm sie den Kaffeebecher aus Günthers Hand entgegen. „Danke." „Was hast du denn? Was gibt dir so zu denken?" Günther schaute sie fragend an. Sie teilte ihm ihre Gedanken mit. Offensichtlich war auch Erwin schon an denselben Orten gewesen wie Barbara.

Gegenseitig erkundigten sie sich, in welchen Hotels sie schon gewesen waren. Günther blinzelte vergnügt: „Ach, komm, wir sind doch noch jung. Jetzt fängt das Leben doch erst an. Du kannst noch die ganze Welt erobern!" Und etwas verlegen fügte er dazu: „Wenn du erlaubst, dann rufe ich dich in ein paar Tagen an, und wir verabreden uns für einen gemeinsamen Ausflug. Aber natürlich nur, wenn du willst." Ramona schluckte. Genau das hatte sie ihm auch vorschlagen wollen, hatte sich aber nicht getraut. „Das wäre nett." „Nur nett?" Amüsiert bemerkte Günther, wie Ramona rot wurde. „Ich würde mich wirklich sehr freuen", stammelte sie. Erwin, der die beiden beobachtet hatte, feixte: „Ramona, benimm dich doch nicht wie ein kleines Ding. Man könnte ja meinen, du bist noch ein Teenager!" „Lass' sie in Ruhe. Was verstehst denn du von Frauen, mein Lieber? Bis jetzt hat es ja noch keine Frau lange bei dir ausgehalten. Also halt deine Klappe." Ruhig schaute Günther in Erwins Augen. Dieser schloss perplex den Mund.

Die beiden Frauen kicherten. Dem hatte er es aber gegeben. Etwas verlegen stand Erwin da, scharrte mit dem Fuß und wusste nicht, wie reagieren. Barbara stieß ihm liebevoll in die Seite. „Nimm's nicht tragisch, du kleiner Möchtegerngroß, wir mögen dich trotzdem." Schon hellte sich sein Gesicht wieder auf. Ein halbe Stunde lang unterhielten sie sich, bis Ramona ein Gähnen nicht mehr unterdrücken konnte. „Ich habe noch einen weiten Heimweg. Bitte seid mir nicht böse, wenn ich mich jetzt von euch verabschiede. Wir sehen uns ja bald wieder." Sie gab allen die Hand. Sogar Erwin fand nette Worte zum Abschied: „Wäre wirklich flott, wenn wir dich wiedersehen könnten." Günther begleitete Ramona zum Parkplatz. Sie saß schon im Auto, als er sich zum Fenster hinunterbeugte und nochmals versprach, sie bald anzurufen. Ein letztes Händeschütteln – und schon war sie unterwegs auf der Autobahn.

In Gedanken versunken und schneller als üblich düste sie dahin. Sie lächelte. Es war noch schöner geworden, als sie es sich vorgestellt hatte. Nanu? Was war denn das gewesen? Sie kniff die Augen zusammen und schaute kurz zum Himmel. War ein Gewitter im Anzug? Doch sie konnte nur einen sternenklaren Himmel erblicken. Was war es dann gewesen, wenn nicht ein Blitz? Sie überlegte. Und endlich begriff sie. Sie lächelte resigniert. Ach, was soll's, dachte sie, der Abend war viel zu schön gewesen, als dass sie sich von einer Radar-Kontrolle ärgern ließ. Hoch konnte die Polizeibuße sowieso nicht sein, sie war nicht wirklich viel zu schnell gefahren. Als sie müde, aber glücklich in ihr Bett fiel, galten ihre letzten Gedanken Günther. Wer weiß, vielleicht … Schon war sie eingeschlafen.

Ein prominenter Tod

Sie hatte einfach so den Fernseher eingeschaltet. Da sie im Ausland weilte, erhielt sie nur gerade einen deutschen Sender. Der Rest war italienisch und zwei englische Sender. Nur „CNN" brachte Nachrichten. Also hörte sie konzentriert zu, denn ihr Schulenglisch war nicht gerade das Beste. Noch bevor sie nur ein Wort verstanden hatte, spürte sie, dass etwas Entscheidendes passiert war. Sie starrte auf den Monitor. Ein Marine-Offizier stand mit sorgenvollem Gesicht auf einem Podest, teilte etwas mit. Rund um ihn herum drängten sich Journalisten, die ihm aufgeregt Fragen stellten. Er versuchte, so gut wie möglich zu antworten. Offensichtlich war es aber nicht viel. Irgendwie wirkte er fast hilflos.

Sie saß angespannt vor dem Fernseher, langsam kroch eine eisige Kälte über ihren Rücken. Was stand dort als Untertitel? „John F. Kennedy jr. plane missing". Sie realisierte es nicht sofort bzw. wollte es auch gar nicht. Ein Flugzeug wurde vermisst? Hatte die Navy ein Flugzeug verloren? Und der Pilot? Dann hörte sie den Namen. John F. Kennedy junior. Und alles war plötzlich klar. Als hätte sie noch nie eine andere Sprache als Englisch gehört, verstand sie nun jedes Wort. Tränen liefen über ihr Gesicht. Sie bemerkte es nicht. Ihre Hände wurden kalt, ihr Herz zersprang fast. Sie erinnerte sich blitzartig, dass es ihrer Mutter vor 36 Jahren gleich ergangen war. Wie oft hatte sie ihr erzählt, was der Tod von US-Präsident John F. Kennedy anno 1963 für sie bedeutet hatte. Und natürlich für die ganze Welt. Und wie oft hatte sie als kleines Kind in dem Buch geblättert, das ihre Mutter anlässlich des Todes von JFK gekauft hatte.

Und jetzt sollte sich alles wiederholen? Das durfte einfach nicht sein! Mit weit aufgerissenen Augen sah sie sich die Bilder an, die auf dem Bildschirm gezeigt wurden. Der Tod des Vaters und nun der Tod seines gleichnamigen Sohnes. Wie er als kleiner Junge spielte, wie er als Teenager die Herzen aller Mädchen brach, wie er um seine Mutter trauerte, wie er seine eigene Zeitung der Öffentlichkeit präsentierte und wie er drei Jahre zuvor seine Frau Carolyn geheiratet hatte. Und immer wieder sah man sein unbeschreiblich charmantes Lächeln, seine humorvollen Augen, sein unglaublich gutes Aussehen. Und diesen Mann sollte es nicht mehr geben? Dieser Mann, der das Potenzial hatte, in zehn Jahren selbst US-Präsident zu werden, dieser Mann hatte sich leichtsinnigerweise abends, zusammen mit seiner Frau und seiner Schwägerin, in seine eigene kleine Piper gesetzt und war in den Tod geflogen?

Das konnte Gott doch unmöglich zulassen! Er konnte. Immer noch konnte sie die Tränen kaum zurückhalten. Warum nur? Warum nur konnte dies nicht einem Kriminellen passieren?, dachte sie zynisch. Warum nur traf es immer die Guten? Sie stellte auf einen anderen Sender um. Es war ein italienischer, der ein Interview mit John-John zeigte, aufgenommen vor drei Jahren. Sie konnte kaum hinsehen. Diesen hinreißenden Mann, dessen Antworten meist von einem Lächeln begleitet wurden, gab es nicht mehr? Ihr Herz zerriss schier. Nach 10 Minuten konnte sie sein attraktives Gesicht, die lebhaften Gesten nicht mehr ertragen. Sie drückte den Knopf. Nur, um ihn nach einer halben Stunde wieder zu betätigen. Wieder dieselben Bilder.

Nach vier Tagen fand man ihn und seine Frau wie auch seine Schwägerin auf dem Meeresgrund, eingeklemmt in ihren Sitzen. Alle drei waren beim Aufprall auf dem Meer sofort tot gewesen. Keine Hoffnung mehr. Gott sei Dank, dachte sie, wenigstens kann man sie jetzt begraben, und seine Verwandten können um ihn trauern. Tausende von Menschen legten Blumen vor ihrem Haus ab, beteten für John-John. Nicht viele wurden zum Trauergottesdienst eingeladen. US-Präsident mit Gattin und Tochter aber schon. All die tausend Menschen, die nahe bei ihm sein wollten, wurden weitläufig davon abgehalten. Die meisten weinten.

Auch sie befand sich nach wie vor in tiefer Trauer. Warum es sie so traf, wusste sie eigentlich gar nicht. John F. Kennedy jr. war vor allem in Amerika bekannt gewesen. In Europa hatte man sich nie sonderlich um seinen Werdegang gekümmert. Doch sie hatte schon früh für ihn zu schwärmen begonnen. Es war, als hätte sie einen treuen Freund verloren. Er wurde auf hoher See bestattet. Die Asche von seinem Onkel auf dem Meer verstreut. Wie es sich John-John einmal erbeten hatte. Nicht einmal sein Grab konnte man deshalb besuchen. Was sie irgendwann einmal bestimmt getan hätte.

Sie war ein gläubiger Mensch. Und war sich deshalb sicher, dass sie ihn, sowie seine Frau, seine Schwägerin und seine Eltern, irgendwann einmal wiedersehen würde. Trotzdem weinte sie wieder. Es blieb ihr wohl nichts anderes übrig, als dasselbe zu tun wie damals ihre Mutter. Sie war überzeugt, dass bald einmal ein Buch mit seinem Lebenslauf erscheinen würde. Und dann würde sie es kaufen und es wie einen kostbaren Schatz hüten. Vielleicht würden ihre Kinder auch darin blättern. Niemand sollte ihn je vergessen.

Ein Jahr später: Fast auf den Tag genau ein Jahr später kam von einem bekannten Biografie-Schriftsteller tatsächlich ein Buch über ihn heraus. Sie bestellte es, noch bevor es im Umlauf war.

Das Holzherz

In Gedanken versunken fuhr Ralf langsam auf die Ampel, die Rot anzeigte, zu. Nachdenklich hielt er davor an. Er wusste, er musste eine Entscheidung treffen. Aber wohl war ihm dabei nicht. Er war doch ein Stadtmensch. Oder doch nicht? Er kurbelte das seitliche Fenster herunter, schaute hinaus. Er war auf dem Weg nach Hause. Nach Hause, wo seine Eltern wohnten. Und das war eben nicht in der Stadt. Sondern auf dem Lande. Tief atmete er die würzige Luft ein. Die Wiesen waren voller schöner Blumen. Besonders die Mohnblüten hatten es ihm angetan. Etwas regte sich in seinem Herz. Und dort oben, auf dem kleinen Hügel, befand sich das Wäldchen, wo er schon als kleiner Bub Verstecken gespielt hatte. Ein Baum war umgefallen. Das musste der Sturm gewesen sein. Seine Mutter hatte ihm am Telefon davon berichtet. Er runzelte die Stirn. Das war doch …

Es hupte. Der Fahrer hinter ihm streckte wütend seinen Kopf zum Fenster hinaus und rief ihm zu: „He, Sie! Haben Sie Tomaten auf den Augen? Es ist doch schon lange grün!" Betreten legte Ralf den ersten Gang ein und fuhr los. Eigentlich hätte er geradeaus fahren müssen – doch er bog links ab. Spontan hatte er sich entschlossen, zum Wäldchen zu fahren. Dort gab es so viele Erinnerungen. Und außerdem konnte er den Besuch bei seinen Eltern damit etwas hinausschieben. Am Waldeingang parke er. Seine teuren Schuhe versanken in der noch nassen Erde. Er bemerkte es nicht. Wie magisch angezogen näherte er sich dem gefallenen Baum. Langsam schritt er ihn ab. Dann blieb er lächelnd stehen. Da war es ja – das Herz. Als Teenager war er mit seiner großen Schulliebe, der Mona, hierher- gekommen. Unter diesem Baum hatte er sie zum ersten Mal geküsst. Und ihr hatte es gefallen. Ralf setzte sich auf den Baumstamm und ließ seinen Gedanken freien Lauf.

Seine damaligen Schulfreunde hatten ihn ausgelacht. „Wie kannst du nur auf Mona stehen? Die sieht nicht mal gut aus, trägt immer die zu klein gewordenen Kleider ihrer größeren Schwester. Und in der Schule ist sie eine richtige Streberin. Wo hast du denn nur deine Augen!" Doch er hatte sich nicht abhalten lassen, für Mona zu schwärmen. Ihr freundliches Gesicht, die schönen rehbraunen Augen und die Wärme, die sie ausstrahlte, hatten es ihm einfach angetan. Und so hatte er sie eines Tages zu einem Waldspaziergang eingeladen. Und sie hatte Ja gesagt. Wie war er damals glücklich gewesen! Sogar seine Schulfreunde fingen an, ihn zu beneiden. Denn sie galten über Jahre hinweg als das ideale Paar. Das sich immer verliebt anschaute und es gar nicht begreifen konnten, dass die anderen ständig wechselnde Beziehungen hatten.

Für sie hatte er das Herz in den Baum geschnitzt. Ralf fuhr sich mit der Hand durch die Haare, lockerte seine Krawatte. Was war damals nur schiefgelaufen? Es hatte wohl an ihm gelegen. Irgendwie war es ihm plötzlich zu eng auf dem Lande geworden. Er wollte in die Stadt, etwas erleben, Karriere machen und viel Geld verdienen. Doch Mona hatte nicht mitgemacht. Sie blieb auf dem elterlichen Hof. Es war nicht lange gegangen, und er hatte sie vergessen. Vergessen? Versonnen schaute Ralf vor sich hin. Nein, nicht wirklich vergessen. Aber er hatte seine Gefühle für sie tief in seinem Herzen begraben, wo er sie nicht mehr wahrnehmen konnte. Der Anfang in der Stadt war schwer gewesen. Er hätte es nie zugegeben, doch heimlich hatte er seine Heimat vermisst. Als dann aber der erste Erfolg kam, ging auch das vorbei.

Als Architekt machte er sich bald einmal einen Namen. Und mit dem Erfolg kamen auch die Frauen. Er war kein Kostverächter gewesen und hatte in den letzten zehn Jahren nichts anbrennen lassen. In letzter Zeit jedoch hatte er im Nachhinein immer mehr einen schalen Geschmack. Ihm wurde bewusst, wie sehr sein Leben vom Geld regiert wurde. Gut, sein Beruf machte ihm Freude. Die Vorliebe für Holz, die ihm sein Vater, der Inhaber einer großen Schreinerei war, beigebracht hatte, hatte ihn dazu geführt, sich auf originelle Holz-Bungalows zu spezialisieren. Und hatte damit großen Erfolg. Doch stand er ständig unter Zeitdruck. Manchmal setzte ihm die Hektik schon zu. Er hätte gerne mehr Freizeit gehabt. Und nach einer dauerhaften Beziehung sehnte er sich langsam auch. Ralf war unruhig. Er spürte, dass er sich an einem Scheideweg befand.

Ruhelos suchte er nach einem neuen Weg, hatte ihn aber bis jetzt noch nicht gefunden. Ralf setzte sich auf die Erde, lehnte sich an den Baumstamm. Dann war der Anruf seiner Mutter gekommen. Er hatte seine Eltern seit seinem Auszug nicht mehr gesehen. Ab und zu hatten sie zwar telefoniert. Doch hatte er immer eine Ausrede parat, wenn er um einen Besuch gebeten worden war. Die Stimme seiner Mutter hatte ernst geklungen. Sein Vater hatte einen Herzinfarkt gehabt und war in das Spital eingeliefert worden. Es ging ihm jetzt wieder besser. Doch die Ärzte hatten ihm nahegelegt, die Führung seiner Schreinerei in jüngere Hände zu legen. Damit er sein restliches Leben ruhiger gestalten konnte. Ralf war ihr einziges Kind. Was lag da näher, als dass er der Nachfolger seines Vaters wurde? Aber war er bereit dazu? War das der neue Weg, den er gesucht hatte? Er war alles andere als sicher. Doch er hatte seiner Mutter versprochen, sie übers Wochenende zu besuchen.

Ralf drehte den Kopf, betrachtete das Herz von Nahem. Die Initialen „R + M" konnte man noch deutlich erkennen. Was wohl aus ihr geworden war? Ralf erhob sich und machte sich auf den Weg zum Auto. Während er den Zündschlüssel drehte und langsam vom Waldweg in die Hauptstraße einbog, überlegte er. Er könnte ja noch kurz bei Monas Eltern vorbeischauen, einfach so. Fragen, wie es ihnen ging. Vielleicht bot ihm Monas Mutter sogar ein Stück ihres berühmten Schokoladenkuchens an, den er immer so gemocht hatte. Schon bog er in die schmale Straße ein, die zum Hof führte. Er ließ seinen Blick umherschweifen. Es sah alles immer noch so aus wie damals. Zu seiner Überraschung begann er, sich zu entspannen.

Ralf stieg aus dem Wagen. „Ja, Burli, du lebst immer noch? Kennst du mich denn noch?" Er tätschelte lächelnd den Hund, der freudig an ihm hochgesprungen war. „Burli! Willst du wohl den Herrn in Ruhe lassen!" Monas Vater war aus der Haustür herausgekommen und näherte sich ihm. „Sie kenne ich doch …" Ralf war ihm entgegengegangen und streckte ihm die Hand zu: „Ich bin der Ralf, erinnern Sie sich noch?" Nur kurz überlegte dieser, dann ging ein Strahlen über sein Gesicht. Kräftig schlug er als Begrüßung seine Hand auf Ralfs Rücken und bat ihn, auf einen Kaffee reinzukommen. Schon saßen sie zu dritt am Küchentisch und tauschten alte Erinnerungen aus. Und er hatte Glück gehabt. Der Kuchen schmeckte immer noch fantastisch.

Von Monas Eltern erfuhr er, dass diese im nächsten Dorf eine Halbtagsstelle als Lehrerin innehatte. Mit ihrer kleinen Tochter kam sie regelmäßig auf Besuch. „Ah, sie ist verheiratet?" Beide schüttelten den Kopf. „Nein. Ehrlich gesagt, das betrübt uns ein wenig. Wer der Vater von unserem Enkelkind ist, wissen wir nicht. Mona hat nie geheiratet. Verehrer hätte sie genug gehabt, aber nie hat ihr einer wirklich gut gefallen. Doch sie ist eine wunderbare Mutter. Und wenn sie sonst mit ihrem Leben zufrieden ist, soll es uns auch recht sein." Sie plauderten noch eine Weile, bevor sich Ralf verabschiedete. Nun konnte er es aber nicht mehr aufschieben. Sein Weg musste ihn direkt zu seinen Eltern führen.

Langsam fuhr er die Anhöhe hinauf. Er konnte die Schreinerei, die stattlich wie eine Königin auf dem Anwesen posierte, schon von Weitem sehen. Der Anblick weckte alte Erinnerungen in ihm. Obwohl er das Holz noch nicht sehen konnte, roch er es.

Sein Herz pochte unruhig. Schon konnte er seine Mutter entdecken. Ihr rundliches Gesicht strahlte. Sie winkte mit einem roten Halstuch. Ralf lachte spontan. Sein Herz wurde merklich ruhiger. Er war zu Hause.

„Ach, Ralf, wie ist es doch so schön, dich wiederzusehen!" Sie umarmte ihren Sohn und gab ihm einen liebevollen Klaps auf die Wange. „Es tut gut, dich wieder bei uns zu haben. Dein Vater und ich haben dich schrecklich vermisst." „Du hast recht, Mutter. Es tut gut, wieder hier zu sein." Und Ralf meinte es ernst. Er folgte ihr ins Haus. „Komm, wir gehen zuerst zu Vater. Er wird sich genauso freuen wie ich, wenn er dich wiedersieht." Ralf fühlte sich in seine Jugendzeit zurückversetzt. Er hatte ein schlechtes Gewissen, wie damals, wenn er jeweils etwas ausgefressen hatte und sich vor dem Vater rechtfertigen musste. Doch sein Vater hatte ihn nie hart angefasst. Er hatte ihm nur erklärt, warum es falsch war, was er getan hatte. Am Schluss hatte er seinem Sohn einen freundschaftlichen Klaps auf den Po gegeben und ihm lächelnd hinterhergeschaut. Aber heute ging es um mehr als um eine Maßregelung.

Sein Vater saß aufrecht im Bett und erwartete ihn. Ralf registrierte überrascht, dass er gar nicht so schlecht aussah. „Guten Tag, Vater. Es scheint dir besser zu gehen. Das freut mich." Sein Vater schaute ihm neugierig ins Gesicht. „Hallo, mein Sohn. Du siehst auch nicht schlecht aus. Wenn ich es nicht besser wüsste, müsste ich direkt sagen, wie groß du geworden bist." Er lachte herzlich und brach damit endgültig das Eis. Ralf setzte sich erleichtert auf einen Stuhl, der beim Bett stand. „Erzähl' mir, wie es dir so ergangen ist. Mutter bringt uns in der Zwischenzeit einen Kaffee, nicht wahr, meine Süße?" Er zwinkerte seiner Frau fröhlich zu, die ihm einen Kuss schickte und dann in die Küche verschwand.

Eine Stunde später änderte sich plötzlich die Atmosphäre, es wurde ernster. „Vater, sag' mir endlich, wie schwerwiegend deine

Krankheit wirklich ist." Doch bevor dieser antworten konnte, mischte sich seine Mutter ein. „Ich hatte es ihm ja schon lange gesagt", wetterte sie, „aber er wollte ja nicht auf mich hören. Du weißt ja, sein Beruf ist seine Leidenschaft. Und anstatt einen weiteren Arbeiter einzustellen, machte er immer so viel wie möglich alleine. Dabei gehen die Geschäfte so gut, dass wir uns ohne Weiteres mehr Angestellte hätten leisten können. Sein Herzinfarkt war nur die logische Folge seiner Überarbeitung. Und jetzt muss er sich schonen, ob er will oder nicht." Tief schnaufend beendete die Mutter ihre Tirade. Sie saß kreuzgerade auf ihrem Stuhl und schaute triumphierend in die kleine Runde. Vater und Sohn schauten sich kurz an – und brachen gleichzeitig in schallendes Gelächter aus. Zu gut kannten sie sie, sie konnte nie lange böse sein. „Ja, ja, lacht nur", bemerkte sie spitz. Doch dann konnte sie sich ein Lächeln nicht verkneifen.

Ralf wusste, er musste nun etwas sagen. „Ich weiß, ihr erwartet eine Entscheidung von mir. Aber im Moment kann ich euch noch nichts Definitives mitteilen. Ich muss zugeben, dass es mir in der Stadt nicht mehr so gefällt wie noch ein paar Jahre zuvor. Das heißt aber auch nicht, dass ich mit fliegenden Fahnen wieder zu euch zurückkehre. Und schon gar nicht in mein ehemaliges Kinderzimmer", schmunzelte er. „Dafür bin ich nun wirklich ein bisschen zu alt. Ich möchte etwas Neues beginnen. Was das ist, weiß ich aber noch nicht. Gebt mir ein wenig Zeit …" Ralf machte ein paar Sekunden Pause und fuhr dann fort: „… zumindest bis übers Wochenende, das ich bei euch verbringen möchte." Die Mutter klatschte begeistert in die Hände. „Aber natürlich, Ralf. Ruhe dich aus, entspanne dich. Vielleicht willst du einen Spaziergang machen. Freunde dich wieder mit der Umgebung an, der Natur und den Menschen hier. Möglicherweise hilft dir das, eine Entscheidung zu fällen."

Als wäre ihr plötzlich etwas in den Sinn gekommen, fuhr sie, mit einem Seitenblick auf ihren Mann, wie nebenbei fort: „Du könntest ja am Sonntag ins nächste Dorf fahren, wo Mona wohnt. Sie würde sich bestimmt freuen, wenn sie Besuch von dir bekäme." Vorsichtig beobachtete sie ihren Sohn, der wie von der Tarantel gestochen aufsprang. Beinahe unmerklich nickte sie. Sie kannte ihren Sohn. „Wie kommst du jetzt darauf?", fragte Ralf misstrauisch. „Ich habe sie seit zehn Jahren nicht mehr gesehen. Wer weiß, ob sie mich überhaupt noch kennt." „Oh, da brauchst du dir keine Sorgen zu machen", sprudelte es überraschend schnell aus dem Mund der Mutter. „Ich traf sie vor einer Woche auf dem Markt. Und zufällig sprachen wir auch über dich. Ich glaube nicht, dass sie dich vergessen hat."

„Mutter!" Ralf gefiel es gar nicht, dass seine Mutter anscheinend wieder das Zepter über sein Leben in die Hand genommen hatte. „Lass gut sein. Ich weiß schon, was ich tue. Ich mache jetzt einen Spaziergang. Und wenn du erlaubst, Vater, sehe ich mir auch die Schreinerei von innen an." „Klar. Du wirst sehen, es wird dir gefallen. Und während du weg bist, macht uns deine Mutter ein gutes Abendessen. Ich auf jeden Fall bin schon beinahe am Verhungern." „Das bist du doch immer", lachte seine Frau. Zärtlich strich sie ihrem Mann über die Wange, bevor sie das Zimmer verließ. Ralf hatte diese Geste gesehen, und es hatte ihn tief berührt. Seine Eltern liebten sich immer noch, keine Frage. Wäre schön, auch einer solchen Liebe zu begegnen, sinnierte er. Dann schob er den Gedanken zur Seite und machte sich auf zu einem langen Streifzug durch die Umgebung.

Die Schreinerei gefiel ihm. Es war alles auf den neuesten Stand gebracht worden. Zusätzlich gab es zwei neue große Büroräume. Der Vorarbeiter, der noch die letzten Arbeiten verrichtete, hatte ihm alles gezeigt. Ralf fühlte sich sofort wohl. Es wäre sogar möglich, überlegte er, dass er in dem einen Büro seine großen Zeichnungspläne konstruiert. Und nachher könnte in der Schreinerei gleich der Teil, der aus Holz besteht, angefertigt werden. Das hieße Zeitersparnis. Wäre dies vielleicht ein Weg, den er neu beschreiten sollte? Ralf war sich da nicht so sicher. In Gedanken versunken machte er sich auf den Heimweg.

Dort erwarteten ihn schon seine Eltern und ein reichlich gedeck-
ter Tisch. Mit Heißhunger machte sich Ralf über das Essen her.
Die Mutter strahlte. Erst als sie beim Kaffee angelangten, ergriff
sein Vater das Wort: „Na, wie gefällt dir die Schreinerei?" „Gar
keine Frage, Vater. Du hast sie toll renovieren lassen. Sie gefällt
mir. Aber es war auch bestimmt sehr teuer. Konntest du dir die
Renovation überhaupt leisten?" Der Vater winkte ab: „Keine Sor-
ge, mein Junge. Wir haben genug Aufträge. Das Geld ist wirklich kein Problem. Wenn nur nicht meine Krankheit dazwischen
gekommen wäre." Seine Frau tätschelte seine Hand. „Weißt du,
wenn ich ehrlich bin, bin ich froh, dass du nun zwangsweise nicht
mehr arbeiten kannst. Du hattest in letzter Zeit wirklich viel zu
viel gearbeitet und mich dabei fast vergessen."

Und mit einem Seitenblick auf ihren Sohn fuhr sie fort: „Und
wenn Ralf nun die Leitung übernehmen würde, könnten wir
vielleicht endlich unseren größten Wunsch erfüllen – eine Seereise um den halben Globus. Wäre doch herrlich, findest du nicht
auch?" Ihr Mann lächelte sie liebevoll an: „Du hast ja recht, mit
dem Arbeiten habe ich wirklich übertrieben. Eine Seereise würde uns beiden aus vielen Gründen mehr als gut tun." Es trat eine
Stille ein. Ralf wand sich innerlich. Er war noch nicht bereit.
Schuldbewusst schaute er seine Eltern an: „Lasst mich noch ein
paarmal darüber schlafen, bevor ich euch eine Antwort gebe. Ihr
könntet auch jemand anderen einstellen, ich wüsste da schon einen Kollegen von mir. Zugegeben, irgendwie reizt es mich aber
auch. Lasst es im Moment gut sein. Sprechen wir am Sonntag
nochmals darüber. Einverstanden?" Die Eltern nickten. Sie waren schon dankbar, dass ihr Sohn nicht spontan abgelehnt hatte.

Ralf hatte so gut geschlafen wie schon lange zuvor nicht mehr.
Die gute Luft auf dem Lande hatte wohl das Ihrige getan. Trotzdem war es noch relativ früh am Morgen, als er aufgewacht war.
Schon als kleiner Junge hatte er die frühen Morgenstunden geliebt. Wie viele Male hatte ihn die Mutter verzweifelt gesucht,
wenn sie ihn wecken wollte und ihn nicht mehr im Bett vorge-

funden hatte. Er war damals durch die Wiesen gestreift und hatte die noch feuchte Luft tief eingeatmet. Ralf sprang aus dem Bett. Fast ein wenig übermütig begann er leise zu lachen. Das war es, was er jetzt brauchen konnte. Wie hatte er nur so lange darauf verzichten können! Die Katzenwäsche hatte er schnell hinter sich. Schon schlüpfte er in Hose, Pullover und Schuhe und machte sich auf den Weg nach draußen in die Natur.

Nach einer Weile blieb er mitten auf der Wiese stehen, breitete aus einer Laune heraus seine Arme aus, atmete tief durch und ließ fröhlich einen Jauchzer los. „Juhuu", tönte es überraschend zurück. Ralf drehte sich abrupt herum. Was war denn das gewesen? Hatte er Halluzinationen? Hatte er nicht. Er kniff die Augen zusammen. Seine Gedanken überschlugen sich. Eine Frau in seinem Alter näherte sich ihm. Irgendwie wirkte sie schüchtern, aber auch vorsichtig. Ein paar Meter vor ihm blieb sie stehen. Sie sprachen kein Wort, schauten sich nur forschend in die Augen. Sie war in seinen Augen immer noch schön. Sie machte den Anfang und streckte ihm die Hand entgegen: „Guten Morgen, Ralf. Liebst du die frühen Morgenstunden immer noch genauso wie ich?"

Ralf spürte seinen Herzschlag, der zuerst fast ausgesetzt hatte, jetzt aber doppelt so schnell schlug. Er machte keine Bewegung, nahm nur langsam ihre Hand und begrüßte Mona. „Besuchst du deine Eltern? Wie geht es deinem Vater?" Noch immer schien Ralf sich nicht bewegen zu können. Mona lächelte ihn an: „Was ist los? Hat es dir die Sprache verschlagen?" Ralf zwang sich zu entspannen und antwortete: „Entschuldige bitte. Aber auf dich war ich wirklich nicht gefasst, obwohl Mutter gestern erwähnte, dass sie dich vor einer Woche getroffen hatte. Was meinen Vater betrifft, geht es ihm schon wieder ganz ordentlich." Dann fuhr er fort: „Du bist immer noch so hübsch wie damals – nein, das stimmt nicht ganz." Ralf betrachtete sie so intensiv, dass Mona die Röte ins Gesicht schoss. „Du bist noch hübscher geworden, irgendwie ... fraulicher." „Ach komm, Ralf, lass die Schmeicheleien. Schließlich bin ich in der Zwischenzeit eine reife Frau und Mutter einer Tochter geworden. Da verändert man sich schon ein wenig."

Beide setzten sich in Bewegung. Im gleichmäßigen Schritt gingen sie den Weg entlang. Sie sprachen über ihre Berufe, über ihr Leben, dass sie jetzt führten. Als sich einmal ihre Hände zufällig berührten, zuckte keiner von ihnen beiden zusammen. Aber auch keiner wagte es, die Hand des anderen zu halten. Ralf erzählte ihr, dass er ihre Eltern besucht hatte. Mona war überrascht, sagte aber nichts. Sie berichtete, dass sie ganz in der Nähe der Eltern eine kleine Wohnung für sich und ihre Tochter gemietet hatte. „Wie lange bleibst du hier?" Sie waren stehen geblieben. „Ich bleibe nur übers Wochenende. Das heißt, dass ich heute Abend noch zurückfahren muss."

Er schaute zurück. Er hatte nicht gemerkt, dass er schon so weit von zu Hause weggelaufen war. „Ich glaube, ich muss jetzt auch zurück. Sonst ängstigt sich meine Mutter so wie früher, als sie mich nicht gefunden hatte." Sie schauten sich an, wussten nicht so recht, was sagen. Wieder ergriff Mona die Initiative. „Könntest du dir vorstellen, auch am nächsten Wochenende deine Eltern zu besuchen?" Mona schmunzelte, und Ralf krauste seine Stirn. „Meine Eltern?" Mona prustete los: „Immer noch das gleiche Stirnrunzeln, wenn du wieder mal etwas begriffsstutzig bist! Ich meine, wenn du deine Eltern besuchst, dann könntest du dich vielleicht für eine Weile freimachen und mich und meine Tochter besuchen." Und mit einem Strahlen im Gesicht fuhr sie fort: „Und mein Schokoladenkuchen ist auch nicht von schlechten Eltern." Jetzt verstand Ralf.

„Schon überredet! Da meine Eltern eine Entscheidung von mir verlangen, wäre ich sowieso noch mal hergekommen." Entschlossen streckte er ihr die Hand hin: „Ich komme nächsten Sonntag, das ist versprochen. Meine Mutter kann mir ja dann den Weg zu dir erklären." Sie verabschiedeten sich und gingen getrennt weiter. Ralf war schon ein paar Meter gegangen, als er sich noch mal umdrehte. Er betrachtete Mona, wie sie sich leicht und beschwingt und mit geradem Rücken und hocherhobenem Haupt fortbewegte. Wehmütig drehte er sich wieder um. Hätte er nur eine Sekunde mehr damit gewartet, hätte er überrascht feststellen müssen, dass auch Mona stehen geblieben war und ihm mit einem nachdenklichen Gesichtsausruck hinterhersah.

„Wo warst du denn? Wir haben dich schon vermisst." Seine Mutter machte zwar ein strenges Gesicht, doch Ralf war nicht mehr der kleine Junge von damals. „Mutter! Muss ich dich denn immer noch fragen, was ich darf und was nicht? Außerdem solltest du doch wissen, dass ich die frühen Morgenstunden sehr liebe." „Aber ja, mein Sohn, so war das doch nicht gemeint." Seine Mutter streckte ihm versöhnlich ihre Hand entgegen. „Es ist so schön, dich wieder bei uns zu haben. Da genieße ich halt jede Sekunde in deiner Nähe und vermisse dich aber auch jede Sekunde, die du nicht da bist. Verstehst du das?" Sie hatten sich währenddessen an den reich gedeckten Frühstückstisch gesetzt. Sogar sein Vater hatte sich zu ihnen gesellt und verzehrte mit gutem Appetit ein frisches Brötchen.

Feiner Kaffeeduft lag in der Luft, Frieden breitete sich aus. Ralf entspannte sich und langte kräftig zu. Seine Gedanken wirbelten durcheinander. Die Begegnung mit Mona hatte ihm zugesetzt. Überrascht stellte er fest, dass sein Herz immer noch stark pochte. Wie hatte er damals nur ohne sie in die Stadt gehen können? Er gestand sich ein, dass es ihm gar nicht gefiel, wieder zurück in seine Wohnung, zurück zu seiner Arbeit zu gehen. Was war nur passiert? Und ehe er sich zurückhalten konnte, sprudelte es aus ihm heraus: „Seid ihr einverstanden, wenn ich nächstes Wochenende wiederkomme?"

Seine Eltern schauten ihn verblüfft an. Seine Mutter betrachtete ihn mit etwas zugekniffenen Augen nachdenklich. Ralf wurde unter ihrem Blick rot, und er fuhr wie unter einem Zwang fort: „Ich habe heute Morgen beim Spazieren Mona getroffen. Ich würde sie nächsten Sonntag gerne besuchen. Bis dann kann ich auch einige Abklärungen bezüglich einer eventuellen Geschäftsübernahme erledigen. Seid ihr einverstanden?" Ralfs Vater starrte seinen Sohn an, er begriff gar nichts. War ihm etwas entgangen? Doch die Mutter reagierte sofort und antwortete gespielt ruhig: „Natürlich, mein Sohn. Komm' nur, du weißt, du bist immer willkommen bei uns." Mona erwähnte sie nicht, aber sie machte sich so ihre Gedanken. Man kann sich halt gegen sein Schicksal nicht wehren, dachte sie und lächelte innerlich. Nun wird alles gut.

Nach dem Frühstück schickte sie ihre beiden Männer fort. Sie wollte in Ruhe abwaschen und Vorbereitungen fürs Mittagessen treffen. Ralf und sein Vater unternahmen deshalb einen kleinen Rundgang. Sie unterhielten sich angeregt, aber nicht mehr wie Vater und Sohn, sondern von Mann zu Mann. Beide genossen die neue Beziehung, die zwischen ihnen entstanden war. Wie zufällig kamen sie zur Schreinerei. Sein Vater betrachtete stolz sein Werk. „Es wäre einfach zu schade, wenn ich dies alles verkaufen müsste. Was meinst du?" Fragend sah er Ralf an. Bevor dieser antworten konnte, stieß er ihm liebevoll in die Seite und fragte neugierig: „Oder hält dich vielleicht eine Frau, von der wir nichts wissen, davon ab, wieder zu uns aufs Land zu kommen?" Er zwinkerte seinem Sohn verschwörerisch zu.

Ralf schmunzelte. „Vater, du bist neugieriger als jedes Waschweib!" Beide lachten. „Nein, da ist keine Frau. Ich hatte zwar mehrere Beziehungen. Doch die Richtige war nie darunter. Aber wer weiß, vielleicht finde ich hier auf dem Lande eine Frau, die zu mir passt." Schon war er in Gedanken wieder abwesend. Sein Vater betrachtete ihn und nahm sich dann vor, mit seiner Frau zu sprechen. Sie würde bestimmt wissen, was in ihrem Sohn vorging. Sie durchschritten die Schreinerei. Ralf ließ sich von seinem Vater alles vorführen. Immer mehr konnte er sich mit dem Gedanken anfreunden, sich beruflich zu verändern.

Der Tag war schnell vorübergegangen. Schon musste er sich wieder verabschieden. Seine Mutter nahm ihn trotz Protest in die Arme und drückte ihn fest an sich. „Auf Wiedersehen, mein Sohn. Du weißt gar nicht, was für eine große Freude du uns mit deinem Kommen bereitet hast. Ich freue mich jetzt schon auf das nächste Wochenende!" Sein Vater konnte sich besser beherrschen. Sie klopften sich freundschaftlich gegenseitig auf die Schulter, ein letzter Händedruck, und weg war er. Ralf überraschte es nicht, als er sich etwas später vor dem gefallenen Baum wiederfand. Spontan nahm er das Taschenmesser, das er immer griffbereit im Auto hatte, und schnitt großzügig um das eingravierte Herz herum. Da der Baum ja sowieso geschnitten würde, könnte er sich dieses Andenken doch sicher ohne Probleme nehmen, dachte er. Vorsichtig hielt er das Holzteil in der Hand. Es wurde ihm warm ums Herz, doch noch war er nicht so weit, sich das auch ehrlich zuzugestehen.

Er hatte Mühe während der ganzen Woche. Er konnte kaum schlafen, es fehlte ihm an der nötigen Konzentration. Und die Arbeit interessierte ihn auch nicht mehr sonderlich. Was war nur los mit ihm? Wäre er eine Frau, würde er doch glatt auf eine Depression tippen, überlegte er lakonisch. Einen kurzen Moment lang lächelte er vor sich hin. Blödsinn! Aber schon wieder ertappte er sich dabei, wie er sein Kinn auf die Hände aufgestützt hatte und gedankenverloren vor sich hin grübelte. Es musste etwas geschehen! Sogar im Büro wurde er ständig gehänselt: „Na, du Träumer?" „Wo hast du denn nur bloß deine Gedanken?" „Kräftig Wiedersehen gefeiert?" „Eine heiße Nacht verbracht?" Die Krönung aller Bemerkungen machte jedoch seine Sekretärin: „Man könnte doch glatt meinen, Sie haben sich ernsthaft verliebt!" Tss, dachte er, Frauen verstehen doch wirklich nichts von Männern!

Doch zu Hause, einsam bei einem Glas Rotwein, hatte er den Mut, diese letzte Bemerkung nochmals durch den Kopf gehen zu lassen. Er und verliebt? War das wirklich möglich? Er musste sich gestehen, dass ihm dieses neue Gefühl irgendwie Angst machte.

Endlich! Feierabend! Ralf hastete am Freitagabend zu seinem Auto, während er nervös nach seiner Krawatte griff. Schon verschwand sie in seiner Hosentasche. Den Motor anlassen, sich in den Abendverkehr einreihen und darauf hoffend, dass er heute etwas früher nach Hause kam als sonst. Das Schicksal meinte es gut mit ihm. Er nahm eine kurze Dusche, zog etwas Bequemeres an, packte eine kleine Tasche mit persönlichen Utensilien und lief hastig zurück zu seinem Auto. Es drängte ihn, so schnell wie möglich aus der Stadt zu fahren, dem Heim seiner Eltern entgegen.

Aber war das die Wahrheit? Ralf grübelte, während die Landschaft nur so an ihm vorüberflog. Drängte es ihn wirklich zu seinen Eltern? Oder war es nicht eher so, dass ihn sein Herz zu Mona zog? Er runzelte die Stirn. Und was war, wenn sie in ihm nur noch einen guten Bekannten sah? Ralf seufzte. Alles drehte sich in seinem Kopf. Und sein Vater wollte doch auch eine Entscheidung von ihm! So hatte er sich schon lange nicht mehr gefühlt, so hilflos und verloren. Resolut verbat er sich selber seine Gedanken und stellte das Radio ein. Die leise Musik besänftigte ihn.

Wieder wurde er von seinen Eltern herzlich begrüßt. Sogar sein Vater stand draußen und winkte ihm schon von Weitem zu. Bei seinem Anblick wurde ihm plötzlich viel leichter ums Herz. Er wusste jetzt, was er zu tun hatte. Er machte deshalb kurzen Prozess und begrüßte seine Eltern mit den Worten: „Ich hab's mir überlegt. Ich übernehme die Schreinerei und ziehe wieder aufs Land!" Überglücklich fielen sich alle drei um den Hals. Das musste gefeiert werden! Den ganzen Samstag besprachen sie die Vorbereitungen, die getroffen werden mussten. Als Ralf nachts müde ins Bett fiel, waren seine letzten Gedanken jedoch ganz woanders als bei der baldigen Übernahme. Was würde ihn morgen erwarten? Aber schon war er eingeschlafen.

Aufgeregt wie ein Teenager trat er vom einen Bein aufs andere, während ihm seine Mutter den Weg zu Mona erklärte. „Nun hör' schon auf mit der Rumhüpferei, du machst mich noch ganz nervös! Hast du dir meine Wegbeschreibung gemerkt?" „Aber ja doch, Mutter, ich bin doch nicht blöd." Seine Mutter lachte. „Grüß sie schön von mir. Und viel Spaß!" Kopfschüttelnd sah sie ihrem Sohn hinterher. Doch dann wurde ihr Blick nachdenklich. Sie ging zurück zu ihrem Mann, der es sich in der Wohnstube gemütlich gemacht hatte. „Was meinst du, ob er es merkt?" Ihr Mann verstand sofort. „Es wird schon so kommen, wie es muss."

Ich hab' die Blumen vergessen, ich Trottel, fiel es Ralf plötzlich ein. Wie konnte er nur. Spontan hielt er an. Machte ein paar Schritte in den Wald hinein. Da war sie, die Wiese. Prächtig leuchteten die verschiedenartigen Blumen. Intuitiv pflückte er Blumen für zwei Sträuße. Der eine, für Mona, war größer und üppiger, der andere, für ihre Tochter, etwas kleiner. Ja, das konnte gehen. Schon war er wieder im Auto. Er musste nicht lange suchen, die Wegbeschreibung seiner Mutter war gut gewesen. Nervös stand er vor der Tür, seine beiden Hände umfassten krampfhaft die Sträuße. Mit dem Ellenbogen betätigte er die Klingel. Er musste nicht lange warten.

Ein Mädchen öffnete ihm die Tür, begrüßte ihn adrett und betrachtete ihn dann von oben nach unten. „Bist du Ralf?" Er brachte nur ein krächzendes „Ja" zustande. Beide blickten sich an. Das Mädchen abwägend, er mit dem komischen Gefühl, ihr Bild schon einmal gesehen zu haben. Er schüttelte den Kopf, das konnte ja nicht sein. Da erblickte er Mona. Sie war ein paar Schritte hinter ihrer Tochter stehen geblieben und hatte die Szene vorsichtig beobachtet. Doch schon streckte sie ihm die Hand entgegen und lächelte ihn an: „Oh, wie schön, sind die Blumen für uns? Bestimmt hast du die selber gepflückt. Was für eine wunderbare Idee!" Sie drehte sich um und ging voran, das Mädchen und Ralf hintendrein. Das Mädchen drehte den Kopf und schaute Ralf fragend an: „Kennst du Mami schon lange?" „Zehn Jahre." „Wie lustig!" Die Kleine klatschte begeistert in die Hände. „Genau so alt, wie ich bin!"

Monas Schritte hatten einen Moment lang gestockt. Dann nahm sie eine passende Vase aus dem Schrank und arrangierte geschickt die Blumen. Ihre Tochter tat es ihr mit ihrem Strauß gleich. Ralf, der beide beobachtet hatte, beschlich ein unruhiges Gefühl. Wieso nur hatte er das Empfinden, irgendetwas zu übersehen, wieso nur sagte ihm eine innere Stimme, dass er dieses Mädchen schon einmal gesehen hatte? Er runzelte die Stirn. „Was ist? Gefällt es dir hier bei uns nicht?" Mona schaute ihn prüfend an. Sofort entspannte sich Ralf wieder. „Aber nein! Im Gegenteil, du hast es euch sehr gemütlich eingerichtet. Darf ich auch noch den Rest der Wohnung sehen?"

Schon wurde er vom Mädchen an die Hand genommen und in sein Zimmer geführt. Dann schaute es ihn kritisch an. Ralf strich ihm spontan über den Kopf und beteuerte, dass er noch nie ein solch schönes Kinderzimmer gesehen hätte. Und erst noch aufgeräumt! Mit einem Seitenblick auf seine Mutter gestand es, dass es nicht ganz freiwillig das Zimmer heute sauber gemacht hätte. Mona lachte. „Was meinst du, was Ralf getan hätte, wenn er deinen Saustall gesehen hätte. Der wäre grad' wieder auf Nimmerwiedersehen rausspaziert …" Ihre Tochter grinste. Ralf bemerkte die Grübchen, die dabei zum Vorschein kamen. Wieder runzelte er die Stirn. Da war doch was … Natürlich! Das Foto, das auf dem Nachttischchen seiner Eltern stand. Das Mädchen glich verblüffend … ihm selber! Ralf blieb wie angewurzelt stehen. Zehn Jahre alt?

Er begann zu rechnen. „Sag' mal, wann hast du denn Geburtstag", fragte er misstrauisch das Mädchen. „In zwei Wochen. Und du?" Ralf gab keine Antwort. Heiß durchlief es ihn. Mit durchbohrendem Blick schaute er Mona an, die verlegen zu Boden sah. Also doch! „Komm, Mami hat einen sagenhaften Schokoladenkuchen gebacken." Sie rannte voraus in die Wohnstube, begann, den Tisch zu decken. Ralf und Mona standen sich immer noch stumm gegenüber. „Warum hast du mir das nie gesagt?", flüsterte er entsetzt. „Ich wollte deiner Karriere nicht im Wege stehen", flüsterte sie ebenso leise zurück. Ralf erinnerte sich an etwas: „Wissen es meine Eltern?" „Gefragt haben sie nie, doch ich denke, dass sie es ahnen." Beide setzten sich auf das Kinderbett. Ralf nahm langsam ihre Hand in die seine. „Wie hast du das nur alles geschafft? Warum hast du auch nie etwas gesagt? Ich wäre doch zu dir gestanden!" „Für wie lange?", entfuhr es ihr. „Irgendwann hättest du es mir bestimmt vorgeworfen."

Ihre Tochter stürmte hinein. „Nanu, was macht ihr denn auf meinem Bett? Wollt ihr keinen Kuchen? Dann reicht es eben für mich mehr!" Schon war sie wieder verschwunden. In Ralfs Gedanken herrschte blankes Chaos, während sie dem Mädchen folgten. Wahrscheinlich hatte es sogar recht, überlegte er. Mona überließ ihn seinen Gedanken und schnitt den Kuchen an. Ihre Tochter streckte ihr bereits den Kuchenteller entgegen. Es konnte ihr nicht schnell genug gehen. Schon biss sie herzhaft hinein. „Hmmm, schmeckt gut!" Mona strich ihrer Tochter liebevoll über die Wangen. Ralf hatte die Szene beobachtet. Es wurde ihm eigenartig warm ums Herz.

War seine Tochter nicht prachtvoll? Stolz begann sich zu regen, und er gratulierte Mona zu ihrem pfundigen Mädchen. Beide lächelten geschmeichelt. Der Bann war gebrochen. Sie redeten munter drauflos und merkten gar nicht, wie schnell die Zeit vorbeiging. Ralf erzählte Mona auch, dass er sich nun entschlossen hatte, die Schreinerei zu übernehmen. Ihre Augen leuchteten kurz, doch sie sagte nichts. Beide spürten, dass ihre Gefühle füreinander noch nicht erloschen waren. „Heißt das, dass du dann öfter mal vorbeikommst?" Das Mädchen lächelte verschmitzt: „Dann würde Mami nämlich mehr als sonst Schokoladenkuchen backen!" Alle drei lachten. „Und bald hätten wir alle drei ganz dicke Bäuche", witzelte Ralf. Sie kicherte. „Macht doch nichts, wenn man wie ihr schon so alt seid, kommt es doch darauf auch nicht mehr an", meinte sie. Ralf machte große Augen. „Na warte, du Göre, das wirst du mir büßen" – und rannte ihr nach, als sie davonlief.

Etwas später entschlossen sie sich noch zu einem kurzen Wald-spaziergang. Gemütlich schritten sie dahin, plauderten und lach-ten. Das Mädchen hüpfte übermütig umher, mal pflückte es eine Blume, dann rannte es wieder einem Schmetterling nach. Ralf schaute ihm versonnen nach. Als käme ihm etwas in den Sinn, blieb er abrupt stehen. Mona schaute ihn fragend an. Ralf griff in seine Hosentasche, zögerte kurz, bat sie dann, ihre Augen zu schließen und eine Hand auszustrecken. Ohne zu zaudern und mit einem Lächeln im Gesicht tat sie, was er sie geheißen hatte. Ralf legte ihr etwas Hartes auf die Handfläche. Sie umschloss es, runzelte die Stirn. „Darf ich jetzt schauen?", fragte sie. Ralf räusperte sich, bejahte. Mona schaute neugierig den Gegenstand an. Dann kamen die Erinnerungen. „Woher hast du das? Wie kommst du zu unserem Herz?"

Dann strahlte sie: „Wie schön! Ist das nicht ein gutes Omen? Das bekommt einen Ehrenplatz in meiner Wohnung!" Liebevoll um-schloss sie das Holzherz. Ralf nahm spontan ihr Gesicht in seine Hände, betrachtete sie zärtlich: „Und ich? Bekomme ich auch einen Ehrenplatz in deiner Wohnung?" Monas Augen begannen zu glänzen, sie konnte nur noch nicken. Sie fassten sich an der Hand und gingen glücklich einer gemeinsamen Zukunft entgegen.

Besuchstag in der Rekrutenschule

Die Rekrutenschule war zwar nicht gerade sein Ding. Aber der Zusammenhalt der Kompanie gefiel ihm. In zwei Wochen war der offizielle Besuchstag. Jeder durfte seine Familie einladen, zeigen, was er gelernt hatte. Und seine Mutter würde auch da sein.

Aufrecht stand er vor ihr. Wie immer staunte sie, wie groß er war. Sie selber war von kleiner Statur, sein Vater nicht viel größer. Aber er, er überragte alle mit seinen 1,90 Metern. „Na, kommst du?" „Aber sicher, mein Sohn. Das lasse ich mir doch nicht entgehen!" Er strahlte.

Als alleinerziehende Mutter hatte sie es nicht leicht gehabt. Sie war noch während der Lehre schwanger geworden. Ihr damaliger Freund hatte sie im Stich gelassen, ebenso ihre Eltern. Aber sie hatte es geschafft. Und nun war ihr „Baby" bereits groß, ein richtiger Mann. Sie freute sich auf den Besuchstag.

Er war weit weg von ihr stationiert. Ab und zu hatte er mit ihr telefoniert. Sie war gerührt. Sie wusste von anderen Müttern, dass deren Söhne die „Coolen" spielten, taten, als ob sie ihre Eltern nicht mehr bräuchten. Nicht so ihr Sohn. Sie schrieb ihm dafür regelmäßig. Keiner würde so viele Briefe und Päckli erhalten wie er, hatte er ihr erzählt.

Es waren viele Gäste gekommen. Sie wurden auf den Vorplatz der Kaserne geführt. Nach einer kurzen Ansprache marschierten alle in Richtung einer großen Wiese inmitten eines kleinen

171

Waldes. Die Rekruten hatten vier Gruppen gebildet. Ihr Sohn wäre in der Letzten, hatte er ihr mitgeteilt. Sie zückte ihren Fotoapparat, schoss Bild um Bild. Dazwischen verpflegte sie sich wie die anderen an einem Imbiss-Stand, geführt von den Rekruten. Dann war die vierte Gruppe dran.

Sie stand zuvorderst. Da kamen sie schon. Wie Ameisen „krochen" sie aus dem Gebüsch und rannten zu ihrem Führer. Stellten sich in eine Reihe, stocksteif. Da war er. Bewundernd betrachtete sie ihren Sohn. Er stand an erster Stelle, war der Größte von allen. Doch, doch, die Uniform stand ihm. Seine Augen suchten sie, dann, als er sie entdeckt hatte, zwinkerte er ihr zu. Sie lachte. Jeder Rekrut wurde vom Vorgesetzten vorgestellt. Als sein Name aufgerufen wurde, trat er einen Schritt nach vorn, salutierte, trat wieder zurück. Sie konnte sich nicht beherrschen. Spontan klatschte sie laut in die Hände und pfiff. Die Menschenmenge lachte. Ihr Sohn lief rot an, konnte sich aber ein Grinsen nicht verkneifen. Mit stolzgeschwellter Brust stand er da, seine Augen schienen zu signalisieren: „Seht her, das ist meine Mutter!" Der Vorgesetzte schmunzelte: „Scheint ja einen mächtigen Fan zu haben!"

Nachdem alle vorgestellt worden waren, zeigten sie ihr Können. Da wurde in aller Eile ein Zelt aufgestellt, dort der Informationsweg einer Nachricht aufgezeigt. Ein weiterer Rekrut versuchte, eine Kerosinlampe zum Brennen zu bringen. Nach Schwierigkeiten gelang es ihm. Und ihr Sohn? Schon kam er dahergerannt, das Maschinengewehr im Anschlag. Sie lachte. Er spielte den Bodyguard eines Kommandanten. Sie holte den Fotoapparat aus ihrem Täschchen, während er sich immer wieder nach allen Seiten drehte, um nach einem Verdächtigen Ausschau zu halten.

Nur wenige Minuten später war der Spuk vorbei. Die Menschenmenge löste sich auf. Die Rekruten waren schon wieder am Aufräumen. Ihr Sohn und sie gingen aufeinander zu, umarmten sich kurz. „Schön, dass du da bist." „Ich freue mich auch. Soll ich auf dich warten, sodass wir nachher gemeinsam zum Essen in die Kantine gehen können?" Er winkte ab. „Das dauert zu lange. Geh du schon mal vor, reserviere für mich einen Platz. Ich komme, so schnell ich kann." Sie schloss sich der Menschenmenge an, die sich wieder zurück zur Kaserne begab. Die Köche hatten sich große Mühe gemacht. Es gab Spätzli mit einem scharfen Gulasch, danach frischen Obstsalat.

Sie schaute auf, als ihr Sohn auftauchte. Im Schlepptau hatte er ein paar Männer. Sie sollte die Leute kennenlernen, mit denen er es zu tun hatte. „Das ist meine Mutter." Sie begrüsst jeden Einzelnen. „Ah, die fleißige Schreiberin! Ich wünschte, ich bekäme auch so viele Briefe. Doch meine Familie ist darin gar nicht fleißig." Sie lächelte.

„Wie hat es dir gefallen?" Er schaute sie fragend an, während er mit Heißhunger aß. „Natürlich gut, was denkst du denn? Aber als Bodyguard hast du schon etwas übertrieben …" Er schmunzelte. „Sah aber heiß aus, oder?" Sie kicherte.

Während sie ihm beim Essen zusah, gingen ihre Gedanken kurz zurück in die Vergangenheit. Hatte sie als Mutter alles richtig gemacht? War sie manchmal nicht zu streng gewesen? Doch, manchmal war sie überfordert gewesen. An Geduld hatte es auch oft gefehlt. Aber sie hatte es nie bereut, ihr Kind auf die Welt zu bringen. Gott sei Dank hatte sie gute Freundinnen gehabt, die ihr immer beigestanden hatten. Vielleicht hatte sie ihrem Sohn nie richtig zeigen können, wie sehr sie ihn liebte und wie viel er ihr bedeutete. Doch sie hoffte, er hatte es trotzdem gespürt. Aber es war ihr immer wichtig gewesen, mit ihm über alles zu reden.

Sie schaute ihn stolz an. Er erwiderte ruhig ihren Blick. Doch, da war eine starke Verbindung zwischen ihnen. Sie verstanden sich auch ohne Worte. Sie legte ihre Hand auf die seine, und er ließ sie gewähren.

Zum Abschluss mussten die Rekruten nochmals auf dem Kasernenplatz antreten. Nach einer kurzen Rede wurden sie entlassen. Sie fuhren nach Hause. „Danke, Mutter. Und überhaupt: Danke für alles, ich bin stolz darauf, dich zur Mutter zu haben." Schon war er fort, seine Freunde warteten auf ihn. Eine Träne glitzerte auf ihrer rechten Wange.

Die Fahrprüfung

„Himmel Herrgott!" „Mami!" „Also wirklich! Du wirst es nie begreifen!" Schon seit mehreren Monaten versuchte sie, ihrer Tochter das Autofahren beizubringen – vergeblich. Sie näherten sich einer Bahnunterführung. Ihre Tochter fuhr gefährlich nahe an die rechte Betonwand. Verzweifelt klammerte sie sich beidseitig an den Sitz, wagte nicht zu atmen. Vorbei! Gott sei Dank, das war geschafft. Sie drehte den Kopf zur Seite ihrer Tochter, ihre Augen blitzten: „Denkst du eigentlich, du bist die einzige auf der Straße?" Aus den Augenwinkeln bemerkte sie, dass sie sich einem Zebrastreifen näherten. Erschrocken riss sie die Augen auf.

Wild gestikulierend zeigte sie auf die alte Dame, die die Straße überqueren wollte: „Mein Gott, Mädchen, siehst du denn diese Frau nicht? Du weißt doch ganz genau, dass sie Vortritt hat. Nun geh' doch schon auf die Bremse!" „Ja, Mami, tue ich doch." Exakt 1 cm vor dem Zebrastreifen kamen sie zu stehen. Triumphierend blickte ihre Tochter sie an: „Na, Mami, wie habe ich das gemacht?" Keuchend griff sich diese an ihr Herz: „Sollte ich auch nur irgendwie deine Autofahrversuche überleben, werde ich mich glücklich schätzen. Noch sieht es aber ganz danach aus, dass ich kurz vor einem Herzinfarkt stehe! Musst du denn immer so knapp anhalten? Geht es nicht auch ein wenig vorher? Was wäre, wenn du von der Bremse abgerutscht wärst? Dann wärst du jetzt eine Mörderin!"

Theatralisch ließ sie sich zurück in ihren Sitz fallen. „Mami, musst du denn immer schimpfen? Kann ich dir denn gar nichts recht machen? Du wirkst nicht sehr motivierend auf mich." Schmollend fuhr ihre Tochter wieder an. Ob ihre Mutter bemerkt hatte, wie sich die alte Dame lächelnd bei ihr fürs Anhalten bedankt hatte? Sie schaute kurz zu ihr rüber. Ihre Mutter hatte die Augen geschlossen. Nein, hatte sie wohl nicht. Sie zuckte mit den Schultern, versuchte, sich auf den Verkehr zu konzentrieren.

Doch schon wieder war ihre Mutter hellwach. „Als ich so alt wie du war und begann, Auto fahren zu lernen, hatte ich damit viel weniger Probleme als du. Innerhalb von drei Monaten machte ich meinen Führerschein! Also was das anbelangt, bist du mir gar nicht ähnlich. Das scheinst du von deinem Vater geerbt zu haben. Der fährt auch so miserabel." „Ja, ja, Mami, ich weiß. Das erzählst du mir jedes Mal, wenn wir zusammen fahren." Das klang etwas resigniert. Es war wirklich der reinste Horror, mit der eigenen Mutter Autofahren zu lernen. Sie gab ja zu, ihre Mutter war eine ausgezeichnete Autofahrerin. Doch was sie konnte, konnte sie sicher auch, oder? Gleich würden sie eine scharfe Kurve passieren. Sie liebte Kurven.

Auch ihre Mutter hatte die Straßenbiegung gesehen. Ihre Tochter machte allerdings keine Anstalten, vom Gas zu gehen. Entsetzt schlug sie ihre Hände über dem Kopf zusammen: „Kind, willst du uns denn umbringen? Geh' endlich auf die Bremse!" In letzter Sekunde schaffte es ihre Tochter, das Steuer so herumzureißen, dass sie auf der Straße blieben und nicht im Graben landeten. Ihre Mutter sandte kurz ein Stoßgebet zum Himmel. „Ich glaube, du brauchst eine Brille …", murmelte sie jedoch nur. Schlaff hing sie im Sessel. Ihre Tochter grinste: „Aber Mamilein, ich hab' doch schon eine Brille!" Verblüfft betrachtete sie ihre Tochter. Ach ja, natürlich. „Dann brauchst du halt eine stärkere."

Nur noch fünf Minuten bis nach Hause. Die Mutter begann sich zu entspannen. Das war ein fataler Fehler. Schon schnellte sie wieder in die Höhe. War ihre Tochter doch glatt bei Rot über die Kreuzung gefahren! Sie kniff die Lippen zusammen und fragte süffisant: „Aber du hast die rote Ampel schon gesehen, nicht wahr?" „Also: Erstens war es mehr gelb als rot, und zweitens war ja sonst kein anderes Auto dort. Und drittens: sieh' das Ganze doch nicht so eng. Ist ja nichts passiert!" Ihre Mutter schien beinahe zu explodieren. Doch bevor sie antworten konnte, fuhr ihre Tochter fort: „Und überhaupt! Wie viele Strafzettel wegen zu schnellem Fahren hast du schon bekommen? Hm? Sind es nicht Unzählige?" Die Mutter wand sich: „Was hat das damit zu tun? Ich fahre seit 20 Jahren, habe aber nie einen Unfall gehabt oder provoziert! Daran kannst du sehen, wie gut ich bin. Aber wenn du so weitermachst, wirst du deinen ersten Unfall haben, bevor du überhaupt die erste Fahrprüfung hinter dir hast!"

Das hätte sie lieber nicht gesagt. Kurz vor ihrem Haus mussten sie scharf nach rechts abbiegen. Ihre Tochter hatte zwar den Blinker betätigt, fuhr jedoch recht unbekümmert auf die enge Abzweigung zu. Ihre Mutter ahnte Böses. Zu ihrem Schrecken entdeckte sie ihre Nachbarin, die auch ganz flott auf die kleine Kreuzung zufuhr. Lieber Gott, hilf, dass alles gut geht, betete sie insgeheim. Ihre Hände hielt sie verkrampft im Schoß. Aber das heimliche Beten hatte nichts genützt. Mit dem Tempo, das ihre Tochter draufhatte, war es völlig unmöglich gewesen, in die enge Kurve zu fahren. Stattdessen ließ sie ihren Dingen den Lauf und fuhr geradewegs in die linke Autotür der Nachbarin! Na ja, jetzt steht der Wagen wenigstens endlich, dachte die Mutter lakonisch. Wie im Zeitlupentempo registrierte sie, dass die Nachbarin verzweifelt versuchte, ihre Tür zu öffnen. Zwecklos! Sie wechselte im kleinen Auto mühsam die Seite, damit sie von dort aus das Fahrzeug verlassen konnte.

Erst jetzt blickte sie zu ihrer Tochter hinüber. Schon wollte sie mit einer Strafpredigt beginnen, als sie innehielt. Diese hatte theatralisch die überkreuzten Arme auf das Steuerrad und ihren Kopf darauf gelegt und weinte bitterlich. Die Mutter konnte reden, was sie wollte, es kam keine Reaktion mehr. Entschlossen öffnete sie daraufhin ihre Tür, ging ums Auto herum, zerrte ihre

Tochter heraus, befahl ihr, die letzten paar Schritte zu Fuß nach Hause zu gehen, fuhr selber kurz mit dem Auto zur Seite und widmete sich dann der wartenden Nachbarin.

„Es tut mir ja so leid! Bitte entschuldigen Sie vielmals! Meine Tochter hat wohl die Nerven verloren, was wohl auch daran lag, dass ich nicht gerade zimperlich mit meinen Kommentaren umgegangen bin." Etwas kleinlaut streckte sie ihr die Hand entgegen. Erleichtert nahm sie deren gelassenes Lächeln zur Kenntnis: „Ach wo, ist ja nur Blechschaden. Hauptsache, niemandem ist etwas geschehen. Ihre arme Tochter! Bitte sagen Sie ihr, sie solle sich keine Sorgen machen, deswegen geht die Welt nicht unter." „Sie sind sehr freundlich", murmelte sie. „Bitte kommen Sie doch zu uns nach Hause. Dort können wir das Unfallprotokoll schreiben."

Die Formalitäten waren schnell erledigt. Ihre Tochter hatte sich in ihrem Zimmer eingesperrt und sich unter die Bettdecke verkrochen. Sie schämte sich fürchterlich. Irgendetwas musste geschehen, so konnte es mit ihren Fahrkünsten nicht weitergehen. Eine Stunde später klopfte die Mutter an die Tür. Sie setzte sich zu ihr ans Bett und tröstete sie. „Kopf hoch, es hätte ja auch schlimmer sein können. Und die Nachbarin hat es Gott sei Dank mit Humor und Gelassenheit genommen. Du hast Glück im Unglück gehabt. Komm, beruhige dich doch. Ruf deine Freundin an und verabrede dich mit ihr. Das wird dich auf andere Gedanken bringen." Und die Tochter nahm ihren Rat an. Zum Glück, wie sich später herausstellte.

Einen Monat danach:

Sie war zwar in der Küche und bereitete das Mittagessen vor, doch ihre Gedanken weilten ganz woanders. Ihre Tochter bestritt heute die Fahrprüfung. Und sie hatte keine Zweifel, dass ihr Mädchen mit trauriger Miene nach Hause kommen würde und sie wieder einmal die Trösterin spielen musste. In Gedanken suchte sie bereits nach treffenden Worten, damit sich ihre Tochter schnell wieder von dem Misserfolg erholen würde. Da kam sie bereits. Anhand deren Miene konnte sie allerdings nicht feststellen, ob sie bestanden hatte oder nicht. Die Mutter runzelte die Stirn, beobachtete ihre Tochter ganz genau. Doch keine Geste verriet, ob sie die Prüfung bestanden hatte oder nicht. Komisch.

Leise öffnete sich die Eingangstür, Schritte näherten sich der Küche. Nur kurz streckte ihre Tochter den Kopf zur Tür hinein. Sie streckte ihrer Mutter betont gelassen den Lernfahrausweis entgegen, tat, als wäre nichts Besonderes geschehen, machte rechtsum kehrt und lief leichtfüßig und mit dem Telefon in der Hand in ihr Zimmer. Dann geschahen zwei Dinge gleichzeitig: Ein Freudenschrei ihrer Tochter hallte durchs Haus, während die Mutter fassungslos den Vermerk „Bestanden" im Ausweis las. Das konnte doch nicht wahr sein! Das war doch völlig unmöglich!

Die Tochter indessen führte ein ausgelassenes Gespräch mit ihrem neuen Freund, den sie vor einem Monat am Abend nach dem Unfall in einer Disco kennengelernt hatte. Ihrer Mutter würde sie vorläufig nicht verraten, dass ihr neuer Schatz von Beruf Fahrlehrer war …

Vorübergehender Verlust

Ausgerechnet jetzt, wo ihr Mann und sein bester Freund, den er seit vielen Jahren nicht mehr gesehen hatte, bald auftauchen würden – ausgerechnet jetzt musste ihr das passieren! Fieberhaft überlegte sie. In der Küche? Sie öffnete jede Schranktür, überprüfte den Kehrichtsack. Nichts. Angestrengt dachte sie nach. Natürlich! Sie war ja noch kurz bei der Nachbarin zu einem Schwatz gewesen. Aber auch diese konnte ihr nicht helfen. Verzweiflung machte sich bei ihr breit. Wo denn nur, wo denn nur? Schon hörte sie, wie die Haustür aufging. Ganz blass im Gesicht, lehnte sie sich an den Küchentisch.

Dabei übersah sie die Vorratsdosen, die laut scheppernd auf den Boden fielen. Salz, Zucker und Mehl – alles total durcheinander! Auch das noch! Sie bückte sich – und da sah sie ihn! Erleichtert nahm sie den so lange gesuchten, sündhaft teuren Diamantring, steckte ihn schnell an ihren Finger, stand auf … gerade rechtzeitig! Strahlend kam ihr Mann auf sie zu, nahm galant ihre rechte Hand und prahlte vor seinem Freund sichtlich stolz: „Ist dieses Prachtstück von einem Ring, den ich meiner Frau zum fünften Hochzeitstag geschenkt habe, nicht einfach toll?"

Ein Joghurt auf Reisen

Es war einmal ein Joghurt. Besser gesagt, ein Birchermüesli-Joghurt. Es wollte unbedingt „pur" werden. D. h., so pur wie ein Erdbeer- oder Vanille-Joghurt. Und nicht so ein Durcheinander wie ein Birchermüesli. Deshalb zog das Joghurt aus in die weite Welt. Die erste Station war der Schiffshafen. Von dort aus wollte es nach Amerika. Das Birchermüesli-Joghurt suchte sich ein besonders hübsches Schiff aus. Die Jacht eines Millionärs. Es hüpfte in den Kühlschrank, versteckte sich im hintersten Ecken. Erstaunlich, was es da so zu beobachten gab, wenn jeweils die Tür aufging!

Lauter schöne Frauen bedienten sich aus dem Kühlschrank. Doch der Mann war immer derselbe. Einmal erschrak der Joghurt ganz gehörig, als ein riesiger Hundekopf die Nase in den Kühlschrank steckte! Die Reise dauerte ewig. Einmal hätte das Birchermüesli-Joghurt fast dran glauben müssen. So eine Blondine streckte gerade ihre langen Finger nach ihm aus – da wurde diese Dame dadurch gestört, dass der Mann sie von hinten umarmte. So rettete er dem Joghurt das Leben.

Endlich kam der Tag, da der Joghurt die Schreie „Amerika, Amerika" hörte. Das Birchermüesli-Joghurt-Herz schlug höher. Aufgeregt hüpfte es aus dem Kühlschrank in das große, weite Land. Meile um Meile kullerte es die Road hinunter, bis es beim Broadway landete. Doch dort kannte man keine puren Joghurts wie z. B. Erdbeer- oder Vanille-Joghurt. Na ja, nur nicht aufgeben. Der Birchermüesli-Joghurt zog weiter. Einmal begegnete er sogar dem berühmten Hollywoodschauspieler Sylvester Stallone. Doch dieser Kerl wollte absolut nichts von ihm wissen. Stieß es mit dem Fuß auf die Seite und biss herzhaft in ein Steak. Beleidigt machte sich der Birchermüesli-Joghurt von dannen.

Am Kap der Guten Hoffnung war die Reise allerdings zu Ende. Doch Joghurts sind ja nicht blöd, nicht wahr? Kurzerhand hüpfte er in einen Helikopter, der Richtung Japan flog. Wohl war dem Joghurt nicht, da Prinz Andrew der Pilot war. Doch was soll's. Die Aussicht, bald in Japan zu sein, ließ den Joghurt alles vergessen. Japan war eine Riesenenttäuschung! Außer einem Börsencrash und Tausenden von diesen albernen Tamagotchies fand er nämlich gar nichts. Und schon gar nicht einen puren Erdbeer-Joghurt.

Per Lastwagen fuhr er weiter nach Indien. Unterwegs hatte der Birchermüesli-Joghurt beste Unterhaltung. Der Lastwagenchauffeur übte per Lexikon in allen gängigen Sprachen „Ich liebe dich". Manchmal hörte sich dies urkomisch an! In Indien brannte die Sonne heiß. „Heiß" waren auch all die Gurus, die den Joghurt überreden wollten, in eine Sekte einzutreten. Nein danke, dachte er, dann gehe ich doch lieber nach Grönland.

Doch bei den Eskimos gefiel es ihm auch nicht besser. Der ganze Joghurt-Körper gefror. Außerdem bestand die Gefahr, dass er an die Robben verfüttert wurde. Also nichts wie los, den Schlitten nehmen und auf und davon!

Die Fahrt war lange und beschwerlich. Wenigstens taute der Birchermüesli-Joghurt wieder auf. Er träumte, dass er bald ganz pur sei, einen wunderschönen Mann – ähnlich wie die Typen von CHIPPENDALE –, am besten einen Haselnuss-Joghurt, ehelichte und schon bald Junge kriegen würde. Z. B. süße kleine Himbeer-Joghurts! Aber eben, Träume sind doch nur Schäume ...

Nach der langen Reise landete er in Afrika. Auch da war es heiß. Und all diese Tiere! Löwen, Tiger, Schlangen, Affen und Elefanten machten ihm Angst. Doch die Leute gefielen ihm. Die waren so schön braun gebrannt, „pur" auf ihre Art und Weise. Mit einem Seufzer suchte der Birchermüesli-Joghurt den nächsten Supermarkt auf. Er brauchte dringend eine Ruhepause. Als er es sich in einer Kühltruhe bequem machen wollte, entfuhr ihm ein Freudenschrei! Direkt neben ihm stand ein purer Erdbeer-Joghurt! Doch die Freude währte nicht lange.

Fast im gleichen Augenblick streckte sich die Hand einer aufmerksamen Verkäuferin nach ihm aus, packte den Birchermüesli-Joghurt und schmiss ihn in den nächsten Eimer! Frechheit, Gemeinheit, Sauerei – alles Mögliche ging ihm durch den Kopf. Schließlich konnte er nichts dafür, dass damals in der Schweiz irgend so ein blöder Typ ein Ablaufdatum auf seinen Deckel gestanzt hatte. Auch wenn es schon sehr alt war, im Herzen fühlte sich der Birchermüesli-Joghurt noch ganz jung. Behände hüpfte er aus dem Eimer und machte sich auf die Socken.

Vielleicht wäre Australien besser? Doch auch dort lief immer noch dieser ellenlange Film – ach, wie hieß er doch noch gleich? Ach ja, „TITANIC". Gewisse Sachen sind doch überall auf der Welt gleich. Doch sie hatten schöne Blumen. Sahen aus wie Veilchen, stanken jedoch wie Kuhmist. Und die Autos fuhren doch tatsächlich auf der falschen Straßenseite! Dumme Leute gibt es anscheinend überall auf der Welt.

Bei dieser Gelegenheit ging es dem Birchermüesli-Joghurt durch den Kopf, dass er vielleicht doch besser einen Weiterbildungskurs gemacht hätte. Auch einen Kurs „Wie schminke ich mich am besten?" wäre nicht schlecht gewesen. Aber hinterher weiß man ja bekanntlich immer alles besser. Na ja, eines war ihm inzwischen klar geworden: Die ganze Reise hatte ihm nur gezeigt, dass es überall auf der Welt ungefähr gleich zu ging und davonlaufen nichts bringt.

Also zurück in die Schweiz, zu den Bergen und dem Appenzeller Käse. Dort, wo man brav Dosen, Gläser und Altmetall sammelt. Doch wieder hatte der Birchermüesli-Joghurt die Rechnung ohne den Wirt gemacht. Erneut streckte sich eine Hand aus, packte ihn (die andere Hand hielt sich die Nase zu, da es inzwischen schon sehr stark stank) und warf ihn auf den Kompost! Doch Gott hatte es gut mit ihm gemeint. Neben ihm auf dem Kompost lag doch tatsächlich ein purer Erdbeer-Joghurt! Zwar auch etwas ramponiert, doch was soll's. Selber war er ja auch nicht mehr das Jüngste, und im Alter ist man nicht mehr so wählerisch. Eine lange Reise war damit zu Ende gegangen.

Und wenn sie nicht gestorben sind, so leben sie noch heute im süßen Joghurt-Himmel.

Wo bitte, geht's hier zum Parkhaus?

Es war eine langweilige Woche gewesen. Deshalb hatte sich Laura spontan dazu entschlossen, sich den Freitagnachmittag frei zu nehmen und ins Kino zu gehen.

Beim näheren Studium des Kinoprogramms sah sie, dass der eine Film, der sie interessierte, ganze drei Stunden dauerte und deshalb den zweiten Film, den sie sich auch gerne angeschaut hätte, überschnitt. Was bedeutete, dass sie nicht beide Filme hintereinander sehen konnte und sie sich für einen der beiden entscheiden musste. Sie wählte den längeren Film, bei dem es um Beziehungsprobleme ging. Zwar nicht so ihr Ding, doch ihr Lieblingsschauspieler spielte dort mit.

Vergnügt stieg sie am frühen Nachmittag ins Auto. Genau wie geplant war sie eine Viertelstunde vor Filmbeginn dort. Doch da fingen ihre Probleme bereits an: Weit und breit war kein leerer Parkplatz zu entdecken. Auch eine ¾ Stdunde später hatte sich die Situation nicht geändert. Sie knirschte mit den Zähnen, versuchte sich zu beherrschen.

Bei der verzweifelten Suche hatte sie entdeckt, dass das Kino-Center offensichtlich ein eigenes Parkhaus hatte. Doch der Weg dorthin war nicht ganz einfach. Überall war das Abbiegen verboten oder eine Einbahnstraße. Endlich konnte sie kehrtmachen und zum Parkhaus einbiegen. Vor dem Automaten löste sie das Eintritts-Billet, das man auch gleich bezahlen musste. Geduldig wartete sie danach vor der Schranke. Sie runzelte die Stirn. Warum nur ging diese nicht nach oben? Sie stieg aus, machte einen Rundgang, um zu schauen, ob sie irgendetwas übersehen hatte. Aber da war nichts. Die Schranke blieb weiterhin unten.

Wenig damenhaft stieg sie fluchend wieder ins Auto und fuhr zurück auf die Hauptstraße. Ziemlich weit weg fand sie ein Einkaufszentrum mit einem großen Parkplatz auf dem Dach. Oben angekommen, stieg sie schnell aus – doch einen Lift, der sie vom Dach nach unten gebracht hätte, sah sie nicht. „Ich glaub' das einfach nicht!" Laura schimpfte. Innerlich fing es bei ihr an zu brodeln. Das durfte doch alles nicht wahr sein! Laura schaute auf die Uhr. Den ersten Film konnte sie wohl vergessen. Hastig betrat sie den ersten Raum, den sie entdecken konnte. „Bitte, können Sie mir helfen? Wie komme ich auf die Straße runter?"

Die Dame an der Kasse schaute sie verblüfft an: „Was wollen Sie denn auf der Straße? Sie können ja hier einkaufen und danach gleich wieder aufs Dach zu Ihrem Auto." Laura bemühte sich, ruhig zu antworten: „Ich will aber nicht einkaufen. Ich will ins Kino." „Was, ins Kino? Ja, was machen Sie denn hier im Einkaufszentrum?" Laura verdrehte die Augen und erklärte, dass sie hier parke, weil sie sonst keinen Parkplatz gefunden hätte. „Und warum haben Sie denn nicht im Kinoparkhaus parkiert?" Laura verlor langsam die Geduld. Musste sich die Verkäuferin so blöd anstellen? Konnte sie ihr nicht einfach die Frage beantworten? Sie versuchte es noch einmal. „Dort war ich bereits. Zwar nahm der Automat mein Geld für das Billet, doch die Schranke ging nicht hinauf." Die Verkäuferin schaute sie skeptisch an. Laura konnte sich gut vorstellen, was diese für Gedanken hegte. „Bitte, sagen Sie mir jetzt, wie ich runterkomme." „Na gut, also: Sie gehen dort den Weg zur anderen Tür hinüber, und wenn Sie unten sind, muss der Portier sie rauslassen."

Den Weg fand Laura zwar, doch keinen Lift zum Portier hinunter. Es war zum Verzweifeln. Wieder schaute sie auf die Uhr. Sollte sie weinen oder lachen? Da lief ihr jedoch ein älterer Mann über den Weg. Ohne zu überlegen folgte sie diesem und landete in der Mitarbeiterküche! Mit hochrotem Kopf entschuldigte sie sich und machte so rasch wie möglich eine Kehrtwendung. Kreuz und quer lief sie durch Säle, die mit „Ruheplatz" oder „Ausstellung" ausgeschrieben waren. Endlich stand sie vor einem Lift. Unten musste sie noch die Lobby durchqueren, dann stand sie auf der Straße.

Tief atmete sie die frische Luft ein. Nach einem Fussmarsch von einer knappen halben Stunde stand sie vor der Kinokasse. Ihre nackten Füße in den hochhackigen Pumps machten sich mit Blasen bereits bemerkbar. Auch das noch! Die Ticketverkäuferin schaute sie fragend an. Als Erstes reklamierte Laura, dass die Schranke vom Kinoparkhaus nicht raufgegangen war. „Oh, das tut mir leid. Das ist noch nie passiert. Zeigen Sie mir bitte das Billet, ich werde Ihnen den Betrag, den Sie vergebens bezahlt haben, wieder ersetzen." „Nein, das ist nicht nötig", erwiderte Laura, „Sie können den Betrag vom Ticket abziehen. Kann ich den Film trotzdem anschauen, auch wenn ich zu spät bin?" Angestrengt schaute das Kinofräulein in den Computer. „Ich muss Sie leider enttäuschen. Dieser Film läuft gar nicht. Es ist nämlich niemand gekommen …" Laura schaute sie ungläubig an und konnte es nicht fassen. Sie hätte die Wände hochgehen können! Resigniert fragte sie, ob in einer Stunde wenigstens der andere Film laufen würde. Die Verkäuferin bejahte und gab ihr ein Ticket.

Und nun? Was sollte sie in der Zwischenzeit machen? Nach kurzem Überlegen (hatte das Parkhaus des Einkaufscenters nach 18.30 Uhr überhaupt noch offen?) machte sie sich mit zusammengebissenen Zähnen auf den Rückweg zum Parkplatz. Dort nahm sie wieder im Auto Platz und fuhr zurück Richtung Kino. Diesmal fand sie genau davor einen Parkplatz. Mit schmerzenden Füßen stieg sie wieder aus. Da sie nur noch ein großes Münzstück hatte, warf sie dieses ein – was sie dazu berechtigte, bis am späten Nachmittag am nächsten Tag dort zu parken, ha, ha.

Wieder im Kino, genehmigte sich Laura einen Kaffee und las eine Kinozeitschrift, jedoch nicht bevor sie aufseufzend aus ihren Schuhen geschlüpft war. Zum ersten Mal konnte sie sich etwas entspannen. 20 Minuten später begab sie sich ins Kino Nr. 3. Dort stand ein gut aussehender Mann, der ihr Popcorn verkaufte. Da vor der Türe ein Seil den Weg versperrte, fragte sie den Mann: „Kann ich schon hineingehen? In fünf Minuten fängt der Film an." „Nein." Laura starrte ihn mit offenem Mund an. „Was nein?" „Haben Sie die Notiz am Ticketschalter nicht gelesen, wonach der Film erst mit 20 Minuten Verspätung beginnt?" Laura japste nach Luft: „Ich glaube das einfach nicht! Zuerst finde ich keinen Parkplatz, danach kann ich meinen Film nicht sehen. Und jetzt muss ich schon wieder warten!" Der junge Mann lächelte: „Aber Sie sind doch die, die zu jenem Film zu spät kam, nicht wahr?" Laura schaute ihn argwöhnisch an. Woher hatte er das gewusst? „Ja, stimmt. Aber ich fand keinen Parkplatz." „Ja, warum sind Sie denn nicht ins Kinoparkhaus gegangen?" „Himmel Herrgott, weil die Schranke trotz Billet unten blieb!!!" Sie konnte sich kaum mehr beherrschen.

Ein Telefon klingelte, der junge Mann nahm ab: „Hey, die Leute (damit meinte er wohl Laura) rennen mir die Bude ein. Mach den Film an!" Lächelnd drehte er sich um: „Sie haben Glück, Sie können sofort rein, der Film beginnt gleich!" Galant begleitete er sie zum Eingang. „Sie sind die Einzige hier, suchen Sie sich den besten Platz aus." Was sie dann auch tat. Sie machte es sich gemütlich, zog die Schuhe aus und begann, genüsslich am Popcorn zu knabbern. Kaum war das Vorgespann fertig, begann der Film. Etwa 10 Minuten später raschelte es neben ihr. Sie schaute überrascht auf. Der junge Mann hatte sich neben sie gesetzt und flüsterte ihr zu, er habe den Film auch noch nicht gesehen. Ob es ihr recht wäre, wenn er sich zu ihr setze? Dabei hatte er sein charmantestes Lächeln aufgesetzt. Laura konnte gar nicht anders als zu nicken. Gott sei Dank war es dunkel, so konnte er nicht sehen, dass sie leicht errötet war.

Betont gelassen widmete sie sich dann wieder dem Geschehen auf der Leinwand. Es war sehr spannend. Kaum waren ihr die Popcorn ausgegangen, ging auch schon wieder das Licht an, es gab eine kurze Pause. „Soll ich Ihnen etwas bringen? Vielleicht ein Eis?" Höflich war der junge Mann aufgestanden und beugte sich nun fragend zu ihr herunter. „Oh! Ja, das wäre nett! Danke!" Leichtfüßig stieg er die Treppen hinunter und kam nach ein paar Augenblicken schon wieder zurück. „Hier, Ihr Eis. Sie müssen nichts bezahlen, das geht auf Rechnung des Hauses. Schließlich hatten Sie einen weiten Hinweg." Er zwinkerte ihr fröhlich zu. Leicht verlegen nahm sie das Eis entgegen und bedankte sich. Schon ging das Licht wieder aus. Nun ging es Schlag auf Schlag. Der Film gefiel ihr. Am Anfang hatte es ihr fast ein wenig zu viele Tote gegeben. Doch jetzt kam auch der Humor nicht zu kurz. Sie lachte viel. Und das Ende war auch nicht ganz ohne.

Schon ging das Licht wieder an. Schwer seufzend stieg sie wieder in ihre Schuhe. Sie konnte kaum mehr laufen. „Haben Sie Probleme mit den Füßen? Soll ich Sie vielleicht tragen?" Laura grinste: „Oh Gott, nein, nur das nicht! Es wird schon gehen." Der junge Mann öffnete ihr die Tür und zeigte ihr den Ausgang. Bevor sie jedoch an ihm vorbeigehen konnte, hielt er sie am Ärmel sanft zurück. „Wenn Sie wieder einmal ins Kino gehen möchten, aber keinen Begleiter haben, würde es mich freuen, wenn Sie sich bei mir melden würden." Dabei streckte er ihr seine Visitenkarte entgegen. Ehe sie sich versah, hatte sie diese schon in der Hand. Laura schaute ihn provozierend von oben nach unten an. „Warum eigentlich nicht? Sie werden von mir hören." Dann drehte sie sich um und schritt zügig dem Ausgang entgegen. So blieb es ihr verborgen, wie der junge Mann ihr verzückt nachsah …

Dass sie auf dem Heimweg eine lange, sehr lange Zeit im Stau steckte, sei nur noch so nebenbei bemerkt.

Literaturtage

Francine war begeistert. Soeben hatte ihr ihre Freundin Annagret telefonisch bestätigt, dass sie noch zwei der begehrten Tickets für die Luzerner Literaturtage ergattert hatte. Damit ging ein Traum von Francine in Erfüllung. Schon seit Jahren wollte sie dorthin, doch jedes Mal war ihr etwas dazwischengekommen. Endlich sollte es klappen. Annagret hatte Tickets für den ersten Tag bekommen. Da sie kein Auto besaß, wollte sie mit dem Zug kommen, während Francine mit ihrem sportlichen Flitzer nach Luzern fahren würde. Sie hatten sich für Punkt 12.00 Uhr vor dem Kongresshaus verabredet.

Es war ein herrlicher Tag! Nach langen Regentagen strahlte endlich wieder einmal die Sonne. Francine drehte die Musik im Auto lauter und trällerte begeistert mit. Nicht einmal Stau gab es unterwegs auf der Autobahn. Überraschend schnell befand sie sich mitten in Luzern. Einem Plan hatte sie vorher entnommen, dass es nur schon rund um den Bahnhof herum mindestens drei große Parkhäuser gab. Schnell kurvte sie ins Erstbeste hinein. Wieder hatte sie Glück. Direkt vor dem Ausgang befanden sich die sogenannten „Damen-Parklätze", die meisten davon waren noch frei. Während sie ausstieg, bemerkte sie aus den Augenwinkeln, dass ein weiteres Auto gegenüber auf einem Damen-Parkplatz anhielt. Ein älterer Herr stieg aus. So eine Frechheit! Am liebsten hätte ihm Francine die Meinung gesagt, doch sie unterließ es mit einem Seufzer. Sie hatte viel zu gute Laune, sollten sich doch andere ärgern.

Beim Ausgang studierte sie die vielen Geldautomaten zum Bezahlen der Parkgebühren. Freudig überrascht stellte sie fest, dass sie keine Münzen horten musste für ihr Ticket, das bestimmt einiges kosten würde. Sie hatte die Möglichkeit, mit der Kreditkarte zu bezahlen oder gleich ein Tages-Ticket zu nehmen. Sie fing an zu rechnen und kam zum Ergebnis, dass es günstiger war, wenn sie kein Tages-Ticket nahm. Frohgemut verließ sie das Parkhaus und schaute sich um. Sie befand sich direkt im unteren Stock des Bahnhofes. Wie praktisch! Sie benutzte die Rolltreppe hinauf und stand in gleißendem Licht vor dem Bahnhof. Mist! Jetzt hatte sie doch prompt die Sonnenbrille im Auto vergessen! Francine schaute auf die Uhr. Da sie eine ¾ Std. zu früh war, machte sie rechtsum kehrt und holte sich die Brille aus dem Auto.

Wieder vor dem Bahnhof, musste sie nur noch ein paar Schritte gehen bis zum Kongresshaus. Dort stand ein schöner großer Brunnen mit Wasserfontänen. Wieder ein paar Schritte weiter, direkt am See, befanden sich mehrere Sitzbänke. Francine nahm Platz und streckte mit geschlossenen Augen ihr Gesicht der Sonne entgegen. Entspannt genoss sie die Wärme und das Plätschern der Wasserfontänen. Leute flanierten gut gelaunt rund um sie herum, es schien ein guter Tag zu werden. Als Francine die 12 Glockenschläge von einem nahen Turm hörte, nahm sie ihre Tasche und begab sich zum Eingang des Kongresshauses. Sie hielt Ausschau nach Annagret. Besser gesagt hielt sie Ausschau nach einem auffallenden Hut, für die Annagret eine ausgesprochene Vorliebe hatte. Wie immer pünktlich (eine Eigenschaft, die Francine ganz besonders schätzte) kam Annagret flotten Schrittes um die Ecke, eine Hand an ihrem breitrandigen Hut, da ein leichtes Windchen wehte. Sie lachte schon von Weitem. Francine eilte ihr entgegen und begrüßte sie herzlich.

Es waren bereits etliche Besucher ins Kongresshaus hineingegangen, um ihre reservierten Tickets abzuholen, obwohl die Begrüßungsrede erst drei Stunden später erfolgen würde. Francine und Annagret machten es ihnen nach und reihten sich in die Kolonne entsprechend des Anfangsbuchstabens ihres Nachnamens ein. Francine war schnell an der Reihe und nahm ihr Ticket entgegen. Es war gelb, und oben stand „Voucher". Sie schaute wieder auf und hielt Ausschau nach Annagrets Hut. Sie stand auch ganz vorne, nahm gerad' ihr Ticket entgegen. Während sie auf Francine zuging, öffnete sie ihren Umschlag und entnahm diesem ein Namensschild, das sie sogleich an ihre Bluse heftete. „Na, sehe ich nicht schick aus?" Verblüfft musterte Francine das Namensschild. „Nanu, wieso hast du ein Namensschild, ich aber nur einen gelben Zettel?" Sie hielt diesen Annagret vor die Nase. „Tja, scheint ganz so, dass du lediglich die Erlaubnis hast, am Publikumsabend teilzunehmen, jedoch nicht an den Vorträgen, die den ganzen Nachmittag durch gehalten werden", grinste Annagret.

„So ein Blödsinn!" Francine ärgerte sich. Musste sie jetzt wirklich nochmals hinten anstehen? Annagret, die Ruhigere von beiden, zeigte mit ihrem Finger auf den Informationsstand. „Versuche es doch dort. Vielleicht helfen die dir weiter." Nachdem Francine einem Fräulein eine diesbezügliche Ticket-Bestätigung hingehalten hatte, wurde ihr nach Überprüfung im Computer und mit einer Entschuldigung auch ein Namensschild ausgehändigt. „Ich komme mir vor wie in einem Krimi. Dort müssen doch die Besucher im Polizeigebäude auch solche Schildchen tragen", schmunzelte Francine. „Und was machen wir jetzt?" Annagret feixte. „Tu doch nicht so scheinheilig, so wie ich dich kenne, möchtest du jetzt nichts lieber als ein Mittagessen. Stimmt's, oder habe ich recht?" „Ach, du kennst mich einfach zu gut", meinte Francine und hob lachend ihre Augenbraue. Die beiden Frauen hakten sich unter und machten sich auf die Suche nach einem Restaurant.

Vor einem Schiffsrestaurant blieben sie stehen und studierten die Speisekarte. Beide schauten sich fragend an, nickten sich lächelnd zu und betraten einhellig das Schiff. „Weißt du was? Nur so aus reiner Vorsichtsmaßnahme werde ich die Wirtin fragen, ob wir auch sicher sein können, dass das Schiff nicht plötzlich doch noch ausläuft und wir unsere Literaturvorträge in den Wind streichen können." Während Annagret einen Platz suchte, stellte sich Francine hinter die Wirtin und tippte ihr freundlich auf die Schulter. Aber noch bevor sie ein Wort sagen konnte, wurde sie von der Wirtin mit lauter Stimme mürrisch zurechtgewiesen: „Sehen Sie denn nicht, dass ich jetzt keine Zeit habe? Stören Sie mich gefälligst nicht!"

Entgeistert machte Francine einen Schritt zurück und schaute fragend die daneben stehende Serviertochter an. Als diese keine Miene verzog, aber offensichtlich bereit war, ihr zuzuhören, stellte Francine ihr die Frage. „Nur keine Angst, das Schiff wird bestimmt nicht ablegen." „Danke." Immer noch etwas belämmert, gesellte sich Francine zu Annagret, die einen schönen Fensterplatz ausgewählt hatte. „Na, ist die vielleicht gestresst", beklagte sie sich, während sie sich setzte. „Ach komm, lass dir den schönen Tag nicht verderben", meinte Annagret, wie immer ganz ruhig. Sie plauderten, während sie auf die Speisekarte warteten.

Doch als auch nach zehn Minuten noch keine Serviertochter in Sicht war, stand Francine, jetzt sichtlich ärgerlicher werdend, entschlossen auf und machte sich auf die Suche nach einer Speisekarte. „He, was fällt ihnen ein!" Schon wurde ihr die Speisekarte, die sie von einem Buffet genommen hatte, wieder entrissen. „Das ist die Falsche. Hetzen Sie mich gefälligst nicht, ich komme dann schon mit der richtigen Speisekarte, wenn ich Zeit habe." Jetzt verzog auch Annagret das Gesicht. „Du hast recht, mit dem Service hier auf dem Schiff steht es nicht gerade zum Besten." Nach weiteren zehn Minuten hatten sie endlich die richtige Karte in der Hand. Doch es war eine ganz andere als die, die draußen vor dem Schiff zu sehen gewesen war. Auf eine diesbezügliche Frage wurden sie von der Wirtin unwirsch darauf aufmerksam gemacht, dass es ihr völlig egal sei, was für eine Karte vor dem Schiff zu sehen sei. Diese hier sei gültig, und nur daraus sollen sie jetzt endlich wählen.

Sogar Annagret verschlug es langsam die Sprache. Wie zwei kleine, unsichere Mädchen studierten sie im Schnellverfahren die kleine Karte und gaben dann die Bestellung auf. „Haben wir nicht, suchen Sie sich etwas anderes aus", lautete kurz die Antwort. Francine und Arabella wagten es kaum, sich kurz anzublicken. Wieder auf die Karte schauend, suchten sie sich ein anderes Menü aus. Diesmal klappte es. Obwohl Annagret nur gerade eine Tagessuppe und ein Omelett und Francine einen Poulet-Salat angefordert hatten, mussten sie wieder eine geschlagene halbe Stunde warten, bis die Suppe kam. Langsam wurde die Zeit knapp, wenn sie rechtzeitig zur Begrüßungsanrede zurück sein wollten.

Deshalb verlangten sie sofort die Rechnung, als eine weitere halbe Stunde später endlich das Omelett und der Salat kamen. „Hören Sie endlich auf, mich zu hetzen. Ich bringe Ihnen die Rechnung, wenn es mir passt." Francine und Annagret schauten der wütenden Wirtin hinterher. Doch ihr Humor ließ sie nicht im Stich. „Das glaube ich einfach nicht", prustete Francine los. „Hast du je schon so ein unmögliches Frauenzimmer gesehen? Die ist ja mehr als unverschämt!" Annagret schnaubte und verdrehte die Augen. „Schrecklich." Francine, die bereits den ersten Bissen ihres Poulet-Salates heruntergewürgt hatte, schüttelte den Kopf. „Nein. Schrecklich ist dieser Salat. Trockenes Fleisch und lieblos garniert. Wie ist dein Omelett?" „Ich kann mich Gott sei Dank nicht beklagen. Doch wir müssen uns beeilen. He, Fräulein!" Annagret konnte gerade noch im letzten Augenblick eine Serviertochter anhalten. „Wir müssen sofort weiter. Bitte bringen Sie uns schnell die Rechnung." Diesmal klappte es. Bereits zehn Minuten später waren sie wieder unterwegs zum Kongresshaus. Sie hatten noch schnell das Programm studiert und diskutiert, welche der 15 Vorträge, aus denen man drei aussuchen konnte, sie besuchen wollten.

Der große Saal, schon beinahe eine Halle, war bis auf den letzten Platz gefüllt. Francine und Annagret hatten sich zweier leerer Stühle in der vorderen Region ermächtigt und setzten sich aufseufzend. Schon bald kehrte Ruhe ein. Sie wurden aufs Herzlichste begrüßt. Speziell wurden die ausländischen Teilnehmer willkommen geheißen. Als jedoch der Redner diese Gäste mit Namen begrüßte und sie bat, sich schnell von den Sitzen zu erheben, erlebten alle eine herbe Enttäuschung. Lediglich die Delegation aus Russland zeigte sich. Die restlichen Besucher aus über 17 Ländern genierten sich oder glänzten offensichtlich durch ihre Abwesenheit. Dem Redner war es peinlich, das Publikum grinste heimlich. Und als zum Abschluss, gerade richtig zu einem Spruch des Redners, irgendein Hund, der wohl heimlich mit in den Saal geschmuggelt worden war, laut zu kläffen begann, konnte das Publikum nicht mehr an sich halten und lachte laut. So schnell wie möglich beendete nun der Redner seine Ansprache, indem er noch einen ganz speziellen Gast, einen Professor, vorstellte. „Kennst du den?", wisperte Francine und schaute Annagret fragend an. „Habe nicht die geringste Ahnung", erwiderte diese lakonisch. Nach einem abschließenden Klatschen verließen die ersten wieder den Saal.

Francine und Annagret blieben zuerst sitzen, sie wussten, dass „ihr" Vortrag im gleichen Saal in zehn Minuten stattfinden würde. Als sich der Saal immer mehr leerte, stand Annagret plötzlich auf und kämpfte sich Reihe um Reihe bis ganz zur Bühne vor, indem sie spontan zwischen den Stühlen vor ihnen durchhüpfte. „Komm, ganz vorne haben wir nun Platz." Francine hob ihre Augenbraue und verzog ihren Mund. Mit ihrem stattlichen Gewicht war es ihr unmöglich, sich durch die Stühle zu zwängen. So musste sie wohl oder übel der Stuhlreihe längs gehen, dann den Gang entlang nach vorne und wieder der Stuhlreihe entlang, bis sie aufatmend neben Annagret zu sitzen kam. „Tja, meine Liebe, eine Diät würde dir nicht schaden. Hast du bei deinem Marathon schon ein paar Gramm abgenommen?" „Ha, ha … wart' nur, das zahle ich dir heim!" Beide lachten und konzentrierten sich dann auf das Geschehen auf der Bühne.

Dort machte sich ein 33-Jähriger mit einer weißen Baseballmütze vor dem Podium bereit. Francine schubste Annagret kurz und zeigte auf deren Nachbarin, die einen großen Block auf ihren Schoß gelegt hatte und soeben einen gespitzten Bleistift hervorzückte. Annagret grinste und zeigte ihrerseits auf die Nachbarin von Francine. Diese hatte sich auch Schreibzeug bereitgelegt, allerdings war deren Büchlein derart klein, dass sich beide wunderten, wie man darin überhaupt schreiben konnte geschweige denn einen ganzen Vortrag darin verewigen konnte. „Sind wir nicht ganz normal, weil wir nichts notieren?" Francine wunderte sich. „Ach was", antwortete Annagret brüsk, „lass die doch nur schreiben, wir nehmen dafür den Vortrag intensiver auf." Ein leises Räuspern des Erzählers, und im Saal wurde es still.

Der gebürtige Rumäne stellte sich als Catalin Dorian Florescu vor und stellte sich als ein ungemein frischer Erzähler heraus. Sein Vortrag, ein Ausschnitt aus seinem Roman „Wunderzeit", handelte von der Perspektive eines pubertierenden, leicht vulgären und manchmal etwas gar naiven Bengels. Der Schriftsteller hatte eindeutig schauspielerisches Talent. Immer wieder brachte er das Publikum zum Lachen. Viel zu schnell war die Stunde vorbei. Francine und Annagret erhoben sich und strebten dem Ausgang zu. Sie wussten, sie hatten nur eine Viertelstunde Zeit, dann würde der nächste Vortrag in einem kleineren Raum im 2. Stock stattfinden.

Im ersten Stock hielt Annagret plötzlich ruckartig an. Francine wäre beinahe in sie hineingelaufen. „Hm, riechst du das auch?" „Du meinst, diesen herrlichen Kaffeegeruch?" Beide schnupperten in die Luft und gingen langsam dem Wohlgeruch nach. Schon ein paar Schritte später erblickten sie begeistert eine kleine, improvisierte Café-Bar. Im Laufschritt erreichten die beiden den Tresen und bestellten sich je eine Tasse Kaffee. „Herrlich!" Annagret verdrehte entzückt die Augen und nahm einen großen Schluck. Francine, die einem Stück Kuchen nicht hatte widerstehen können, leckte genüsslich ihre Lippen und biss herzhaft hinein. Von ihr waren nur noch schmatzende Geräusche zu hören. Annagret schüttelte den Kopf. „Kannst du denn nie auf Süßigkeiten verzichten?"

Sie schaute auf die Uhr und erschrak. „Komm, beeil' dich, der Vortrag beginnt in drei Minuten." Im Schnellverfahren stürzten die beiden Kaffee und Kuchen hinunter und rannten dann in Richtung des Raumes, in dem der Vortrag stattfinden sollte. Zu spät. Keuchend blieben die beiden stehen. Sie waren offensichtlich nicht die Einzigen, die zu diesem Vortrag wollten. Der kleine Raum war völlig überfüllt, etliche standen auf dem Korridor und reckten die Hälse. Francine und Annagret schauten sich an, schüttelten fast gleichzeitig den Kopf. „Wollen wir uns das antun? Eine Stunde draußen auf dem Korridor stehen und das meiste doch nicht verstehen?" „Bestimmt nicht. Komm', wir gehen nach draußen und setzen uns ans See-Ufer. Dort können wir die herrliche Sonne genießen und ein wenig tratschen." „Gute Idee."

Sie setzten sich auf eine leere Bank und genossen die letzten warmen Sonnenstrahlen des Tages auf ihrem Gesicht. Eine Weile später räusperte sich Arabella. „Du, ich muss dir was erzählen." Francine öffnete die Augen und lächelte: „Du musst mir gar nichts sagen. Du bist verliebt, nicht wahr?" Annagret riss erstaunt ihre Augen auf: „Woher weißt du das denn wieder? Bin ich für dich so durchschaubar?" Francine nickte: „Das solltest du eigentlich wissen. Also, schieß los." Darauf hatte Annagret nur gewartet. Sie erzählte, dass sie sich in einen neuen Mitarbeiter verliebt hätte. Der gäbe zwar auch ab und zu ein Zeichen, dass er sie möge. Doch sie sei sich nicht sicher, ob es diese Zeichen nur in ihrer Fantasie gäbe oder ob sie real seien. Sie käme sich mit ihren 40 Jahren wie ein Backfisch vor. Hilflos hob Annagret die Hände: „Was soll ich nur tun? Ich kann doch unmöglich den ersten Schritt tun."

Francine lachte. „Du Dummerchen, in welchem Jahrhundert leben wir denn? Du bist hübsch, hast eine gute Figur und bist sehr intelligent. Wer könnte dir da widerstehen? Und wenn da schon mal jemand ist, der vor deinen gestrengen Augen besteht, kann ich nur eins sagen: Pack zu, mache den ersten Schritt!" „Ja, um Himmels willen – wie denn?" „Du kochst wahrlich wie ein Meister. Lade ihn doch zum Essen ein und geht nachher noch ins Kino. Du wirst sehen, dein Traumprinz wird bestimmt nicht ablehnen." „Meinst du wirklich?" Francine umarmte ihre Freundin und lachte. „Aber natürlich. Wie heißt doch ein Sprichwort: Nur wer wagt, der gewinnt." Annagret wollte schon etwas einwenden, da hörten sie die Glocken schlagen. „Au weia, jetzt sind wir schon wieder fast zu spät. Hoch mit deinem Hintern und ab wie die Post." Resolut packte Francine ihre Freundin am Arm. Zusammen sputeten sie sich, damit sie noch einen Platz im Saal fanden. Dieses Mal hatten sie Glück. Fast zuvorderst sitzend, hatten sie den nächsten Redner direkt vor sich.

Henrik Rhyn war ihnen vor allem als Radiojournalist bekannt. Dass er an einem eigenen Buch über die Enge in der Schweiz und die Weite in Kanada schrieb, hatten sie nicht gewusst. Neugierig hörten sie zu, als er einige Passagen daraus vorlas. Schon bald waren sie begeistert. Seine humorvolle Art machte Lust auf mehr. „Dieser Mann ist der wandelnde Beweis dafür, dass sich die Schweizer Literatur in topfittem Zustand befindet, nicht wahr?" Francines Augen glänzten. Jetzt war es Annagret, die grinste. „Wer gefällt dir besser: der wandelnde Beweis oder die Schweizer Literatur?" „Ach, lass mich doch." Francine errötete und schaute weiter gebannt auf die Bühne. Doch auch dieser Vortrag war viel zu schnell vorbei. Wieder leerte sich der große Saal. Am Schluss befanden sich nur noch die beiden im Saal.

Sie waren tief in ein Gespräch verwickelt, als plötzlich das Licht ausgeschaltet wurde. Beide saßen nun im Dunkeln. „He, was soll das?" Francine hatte einen gehörigen Schrecken bekommen. Prompt ging das Licht wieder an. Ein Mann bewegte sich auf die beiden zu. „Wollen Sie hier übernachten?" Die beiden Frauen schauten ihn verblüfft an. „Natürlich nicht. Was soll diese blöde Frage." Annagret schaute den Fremden etwas ironisch an: „In einer halben Stunde beginnt hier schließlich der Publikumsabend." Der Mann war vor ihnen stehen geblieben. „Da haben Sie nicht ganz recht. Der Publikumsabend findet nicht in diesem Saal statt, sondern auf der anderen Seite in einem noch größeren Saal. Sie sollten sich sputen, sonst bekommen Sie keinen Platz mehr."

Erschrocken standen die beiden auf und schauten zu, dass sie verschwanden. „So was Peinliches!" Francine keuchte, während sie hinter Annagret her lief. „Heute rennen wir mehr, als dass wir genussvoll den Vorträgen zuhören." „Beklag' dich nicht, benutze deinen Sauerstoff zum Rennen, sonst verpassen wir den Anschluss." Annagret hatte sich während des Hastens umgeschaut und stieg nun eine Treppe hinunter. Dann ging's rechts um die Ecke, wo sich ihnen ein älterer, kleinerer und schmächtiger Mann anschloss. Auch er hatte es wohl verpasst, rechtzeitig zum größten Saal des Kongresshauses zu gelangen.

Zu dritt begehrten sie Eintritt. Wieder hatten sie Glück. Da die meisten Plätze noch nicht belegt waren, gönnten sie sich eine kleine Pause und blieben kurz stehen. Der Mann an ihrer Seite, ein Deutscher, stellte sich kurz vor. Francine fand ihn vom ersten Moment an unsympathisch. Sie war froh, als sich Annagret ihm widmete. Als sie sich dann einen Platz aussuchten, sorgte Francine dafür, dass Annagret zwischen sie und dem Deutschen zu sitzen kam. Während sich Francine im Saal umschaute, musste Annagret bald einmal feststellen, dass der ältere Herr immer aufdringlicher wurde. Er konnte es nicht akzeptieren, wenn es Annagret wagte, ihm zu widersprechen. Ihre Diskussion wurde immer hitziger. Fast musste sich Francine ein Lachen verkneifen, als sie beobachtete, dass sich auf Annagret Wangen hektische rote Flecken bildeten. Gott sei Dank sitze nicht ich neben diesem Typ, dachte sie. Arme Annagret.

Endlich gingen die Lichter aus. Der Publikumsabend konnte beginnen. Annagret seufzte erleichtert. Wenigstens hatte sie jetzt etwas Ruhe. Aus den Augenwinkeln hatte sie sehr wohl gemerkt, dass Francine versuchte, nicht zu lachen. „Biest. Das nächste Mal kannst du dich diesem Typ widmen." „Ich denke nicht daran. Außerdem hatte ich dir ja gesagt, dass ich es dir heimzahle, als du mich auf eine nötige Diät angesprochen hast." Annagret schluckte eine passende Antwort hinunter, denn der Redner hatte begonnen zu sprechen. Bald darauf wurde er von einer noch jüngeren Schriftstellerin abgelöst, die erzählte, wie es dazu kam, dass sie mit Schreiben begonnen hatte.

Anscheinend hatte sie vor, bei ihrer Kindheit zu beginnen und erst wieder aufzuhören, wenn auch der letzte Gast eingeschlafen war. Nach einer halben Stunde beobachtete Francine, wie Annagrets Kopf sich bedenklich nach unten neigte. Sie gab ihr einen leichten Stups: „He, schlafen kannst du zu Hause." Annagret seufzte: „Mein Gott, spricht diese Person monoton! Da kann man ja gar nicht anders als einschlafen." „Diese Person spricht nicht monoton, die IST monoton", flüsterte Francine zurück. Gott sei Dank beendete die Schriftstellerin eine Minute später ihren Vortrag. Es wurde höflich geklatscht. Damit konnte die Podiumsdiskussion beginnen. Fazit am Schluss war: Man kann nur dann verständlich über eine Sache schreiben, wenn man sie wirklich begriffen hat.

Als Francine und Annagret das Kongresshaus verließen, war es trotz der Dunkelheit immer noch relativ warm. Sie machten einen kurzen Spaziergang am Seeufer entlang und betraten dann ein kleines, italienisches Restaurant mit dem Namen „Amadeus". Sie wurden von einem hübschen Kellner an einen Tisch begleitet. „Ist der nicht süß, sieht selber fast aus wie der große Meister Mozart persönlich, findest du nicht auch?", kicherte Francine. „Francine!" Der Kellner, der ihre Worte gehört hatte, holte grinsend die Bestellkarten, während Annagret anklagend meinte: „Musst du denn immer so laut sein." „Ach komm, nach diesen trockenen Themen, die wir hinter uns haben, kann eine gewisse Auflockerung nicht schaden. Hab' dich doch nicht so. Entspann' dich, meine Liebe." Diesmal klappte es bedeutend besser mit dem Service. Was wohl auch daran lag, dass der Kellner und Francine heftig miteinander flirteten. Annagret, die langsam müde wurde, zeigte auf die Uhr: „Mein letzter Zug nach Hause fährt bald ab. Können wir bezahlen?" Francine war es auch recht, schließlich hatte sie noch eine längere Autofahrt vor sich. Sie bezahlten und begaben sich zum Bahnhof. Annagret musste sich jetzt sputen. Sie umarmte Francine, versprach, zu telefonieren – und fort war sie.

Francine winkte ihr kurz nach und suchte dann im Untergeschoss nach ihrem Parkhaus. Dass es dort gleich drei Eingänge für drei verschiedene Parkhäuser gab, verwirrte sie zunächst. Das war ihr beim Einparken gar nicht aufgefallen. Ob sie wohl den Securitas-Mann mit dem Hund dort vorne fragen sollte? Quatsch, überlegte sie, bin doch kein kleines Kind mehr. Sie überprüfte alle drei Eingänge. Da alle gleich aussahen, musste sie zuerst in die Garage hineingehen und nach ihrem Auto Ausschau halten. Gott sei Dank war alles hell beleuchtet.

Im zweiten Parkhaus entdeckte sie ihr Auto. Wieder zurück am Geldautomaten, zückte sie ihre Master Card und steckte sie zwecks Bezahlung in den Schlitz. Nichts passierte. Sie probierte es nochmals. Wieder nichts. Ach ja, fuhr es ihr durch den Kopf, ich muss ja zuerst noch das Ticket einschieben. Wie vom Donner gerührt starrte sie den Automaten an. Das durfte doch einfach nicht wahr sein! Sie schüttelte entsetzt den Kopf. Sie hätte sich am liebsten selber geschlagen – hatte sie doch vergessen, nach dem Parken vor 12 Stunden ein Ticket rauszulassen! Das war so dusselig, dass Francine nicht umhin kam, über sich selber zu lachen. Neben dem Automaten erblickte sie ein Schild, auf dem stand, wenn man ein Ticket verloren hätte, könne man sich im SBB-Reisebüro gegenüber melden. Kurz sah Francine hinüber. „Witzbold", sagte sie laut. „Und was, wenn es bald Mitternacht ist und alle Büros zu sind?"

Sie verließ den Parkhaus-Eingang und machte sich mutig auf die Suche des Securitas-Mannes. Doch der blieb wie vom Erdboden verschwunden. Langsam kam sie in Panik. Was war, wenn sich eine der komischen Gestalten, die so herumschlichen, an sie heranmachen würde? Francines Schritte wurden immer schneller. Sie ging die Rolltreppe hinauf, später wieder hinunter. Irgendwer musste ihr doch einfach helfen können! Sie stieß ein kleines Stossgebet aus –und stand urplötzlich vor einer kleinen Tür ganz hinten im unteren Stock des Bahnhofes. Darüber stand „Kantonspolizei". Ein Stein fiel ihr vom Herzen. Beherzt stieß sie die Tür auf. Anscheinend war sie nicht die Einzige, die Hilfe brauchte. Ein älterer Polizist war mit einem Mann beschäftigt.

Der jüngere Polizist wandte sich an Francine, die ihm ihr Missgeschick schilderte. Etwas ungläubig schaute der Polizist sie an. „Na gut, ich gebe ihnen ein Ausfuhrticket, aber das kostet Sie 30 Franken." „Oh, das bezahle ich Ihnen gerne", antwortet Francine. Innerlich frohlockte sie, denn sie hatte heimlich schnell ausgerechnet, was sie hätte bezahlen müssen, wenn sie das Originalticket noch gehabt hätte. Nämlich genau gleich viel. Somit kam es sie nicht teurer zu stehen. Trotzdem sagte sie fröhlich: „ie können auch 50 Franken haben, Hauptsache, ich komme aus dieser Garage hinaus." Der ältere Polizist sagte daraufhin zu seinem Kollegen schlagfertig: „Komm, nimm das Geld, dann gehen wir noch in den Ausgang."

Alle vier Anwesenden lachten schallend. Francine gab ihre Personalien an, doch bei der Frage nach ihrer Autonummer lief sie rot an. „Äh … ich konnte mir die Nummer noch nie merken." „Können Sie es wenigstens ungefähr sagen?" Der jüngere Polizist schaute sie etwas merkwürdig an. „Äh … vielleicht etwas mit 50000?" Der Polizist runzelte die Stirn, machte sich dann aber weiter am Bericht zu schaffen. Francine genierte sich fürchterlich. Die denken wohl, ich sei völlig durchgeknallt, überlegte sie. Was für ein Abgang für sie an diesem Tag!

Endlich bekam sie ihr Ticket. Mit hochrotem Kopf bedankte sie sich und verließ fast fluchtartig den kleinen Raum. Wäre sie doch nur schon zu Hause! Wie einen kostbaren Schatz hielt sie das Ticket fest in der Hand. Nur schnell zum Auto, nach rechts und dann nach links schauen, ob auch kein Verbrecher hinter ihr her war, dann reinseitzen und die Autotür schließen. Sie wollte eben ihre Handtasche öffnen, um den Zündschlüssel herauszunehmen, da bemerkte sie, dass sie diese wohl auf dem Polizeiposten vergessen hatte.

Drei Minuten später kam ein jüngeres Pärchen zur Garage hinein und schüttelte missbilligend den Kopf, als sie Francine hysterisch lachend auf dem Boden sitzend vorfanden …

Einbildungskraft

Maren und ihre Freundin Angela freuten sich aufs Wochenende. Endlich wieder mal so richtig abtanzen und Spaß haben. Nicht weit weg von ihnen war ein neues Dancing eröffnet worden. Zumindest von außen sah es sehr schick aus. Beide hatten lange Zeit vor dem Spiegel zugebracht. Jede wollte die Schönste sein. Na ja, 20 waren sie beide nicht mehr, aber sie hatten sich gut gehalten.

Sie trafen sich vor dem Dancing und begrüßten sich herzlich. Dann betraten sie neugierig das Lokal. „Guten Abend, die Damen", wurden sie von einem gut aussehenden Türsteher begrüßt. Galant wurde ihnen der Mantel abgenommen. Angela hob interessiert ihre Augenbraue und zwinkerte ihrer Freundin zu. „Oh nein, meine Liebe." Maren hob schulmeisterlich den Finger. „Nicht jetzt. Heb' dir das für später auf." Angela grinste. Ihre Freundin hatte ja recht. Beide hatten sie jeweils eine langjährige Beziehung hinter sich und genossen im Moment das Single-Dasein. Auf der anderen Seite … Maren kannte ihre Freundin zu gut und hakte sich bei ihr unter. „Na komm schon, du Schwerenöterin", lächelte sie. Obwohl sich schon viele Leute eingefunden hatten, fanden sie noch ein kleines Plätzchen. Sie setzten sich und bestellten sich einen Fruchtsaft-Mix. Beide hielten nicht viel vom Alkohol.

„Etwas gehobener Standard, das gefällt mir." „Und die Musik ist auch nicht schlecht. Ich denke, hier werden wir uns wohlfühlen." Und sie amüsierten sich köstlich. Da war ein Pärchen – er ziemlich rundlich, aber mit unheimlich viel Energie und einem

Lausbubengesicht. Sie hoch gewachsen und sehr schlank, schon fast eine Schönheit. Wie die beiden zusammen tanzten – einfach eine Augenweide! Maren konnte sich gar nicht satt sehen. „Sitz nicht rum, meine Liebe, gehen wir tanzen!" Angela war aufgestanden und schon unterwegs zur Tanzfläche. Maren folgte ihr. Beide liebten es, sich zur Musik zu bewegen. Sie kannten da keine Hemmungen. Erst nach 1 ½ Stdunden machten sie wieder eine Pause.

„Weißt du, was ich letzthin in einem Buch gelesen habe?" Maren hörte interessiert zu. „Dass man mit dem Gedankenwillen alles erreichen kann. Ich kann nur mit meiner Vorstellungskraft und meinem Willen z. B. Leute dazu bringen, sich nach mir umzudrehen. Glaubst du das?" Maren nickte. „Oh ja, natürlich ist das möglich. Allerdings ist es mit meiner Vorstellungskraft nicht weit her. Ich habe das schon öfter probiert, doch bei mir will es einfach nicht klappen." „Weißt du was? Probieren wir es doch gleich aus. Was meinst du?" Soeben hatte der DJ damit begonnen, langsame Balladen zu spielen. Pärchen tanzten zur Musik. Angela war begeistert von ihrer Idee. „Wir gehen auf die Tanzfläche, schließen unsere Augen, bewegen uns langsam zur Musik, denken intensiv daran, dass ein Mann auf uns zukommt und mit uns zur schönen Musik tanzt. Und dann werden wir sehen, was passiert." Maren verzog den Mund. „Wenn du meinst." Gesagt, getan. Maren versuchte sich zu konzentrieren, während sich Angela anscheinend ganz locker und entspannt bewegte. Als Maren eine Minute später durch ihre geschlossenen Augenwimpern schielte, konnte sie nicht fassen, was sie sah! Angela lag bereits in den Armen eines anderen Mannes und flirtete auf Teufel komm raus! Das durfte doch nicht wahr sein! Seufzend versuchte es Maren nochmals und konzentrierte sich auf ihre Gedanken. Aber nichts passierte.

Sie hatte schon lange resigniert und sich wieder an den Tisch gesetzt, als endlich Angela wieder auftauchte. „Siehst du, bei mir klappt so was einfach nicht", murrte sie. „Nur nicht aufgeben.

Probier es nachher noch mal", antwortete ihr Angela vergnügt. Doch es hatte alles nichts genützt. Als das Lokal schloss, hatte sich immer noch kein Mann zum Tanzen für Maren eingefunden, während sich Angela vor Angeboten kaum retten konnte. Stolz zeigte sie ihrer Freundin all die Visitenkarten, die sie in der Zwischenzeit angeboten bekommen hatte. „Schon gut. Ich hab's gesehen", antwortete Maren gespielt mürrisch.

Sie verabschiedeten sich vor der Garage. „Ich ruf dich morgen an!" Schon war Angela verschwunden. Maren löste ihr Ausgangsticket am Automaten und stieg in ihr Auto. Als Erstes drehte sie die Musik an und fuhr dann langsam aus der Garage. Doch was war das? Kaum war sie ein paar Hundert Meter gefahren, entdeckte sie schon von Weitem eine Polizeikontrolle. Auch das noch, seufzte sie. Schon seit Jahren war sie in keine Polizeikontrolle mehr gekommen. Das musste wohl noch sein nach diesem Abend. Der eine Polizist winkte sie an den Straßenrand. Der ältere der beiden war beschäftigt mit einem Insassen eines anderen Autos.

Maren kurbelte ihr Fenster runter. „Sie hätten ruhig noch etwas weiter nach vorne fahren können. Dort wäre das Trottoir niedriger gewesen als hier", wurde sie etwas barsch empfangen. Blöder Kerl, du musst mir sicher nicht sagen, wie ich fahren soll, dachte Maren. Doch sie hielt ihren Mund. „Guten Morgen, Kantonspolizei. Bitte zeigen Sie mir Ihre Papiere." Guten Morgen? Das wird ja immer schöner, dachte Maren. Der ist doch nicht bei Trost. Für mich hat die Nacht ja noch gar nicht angefangen. Etwas widerwillig holte sie ihre Papiere aus dem Fach und übergab diese gelangweilt dem Polizisten. Sie schaute ihn kurz an. Hm, sah nicht schlecht aus und wirkte sympathisch. Trotzdem, ein doofer Polizist ist ein doofer Polizist. Außerdem schien er ihr aus irgendwelchen Gründen nicht zu trauen. Misstrauisch umrundete er mit den Papieren ihr Auto. Langsam kam er wieder auf sie zu. Während er ihr die Papiere überreichte, fragte er sie: „Haben Sie Alkohol getrunken?"

Das war zu viel für Maren. Ausgerechnet sie, die im ganzen Leben noch nie Alkohol getrunken hatte, sollte betrunken sein? Sie konnte nicht mehr an sich halten und prustete los. Sie konnte gar nicht mehr aufhören zu lachen. Der Polizist wirkte konsterniert. Er schien zu denken, dass gerade ihr Lachausbruch der beste Beweis war, dass sie Alkohol getrunken hatte. „Das ist wohl der Witz des Jahrhunderts", brach es schließlich aus Maren heraus. „Ich und Alkohol? So was Gräßliches habe ich in meinem ganzen Leben noch nie getrunken!" „Gräßlich?" „Jawohl, gräßlich. Denken Sie wirklich, ich würde so ein saures und stinkendes Gesöff zu mir nehmen?" Jetzt wirkte der Polizist etwas beleidigt. „Ab und zu ein gutes Glas Wein …", meinte er.

Maren unterbrach ihn. „Ach was, Alkohol ist verachtenswert. Da ziehe ich nicht mit." Dann schaute sie den Polizisten von unten nach oben an. Etwas doppeldeutig meinte sie spontan: „Aber wenn Sie wollen, blase ich Ihnen gerne …ins Gerät." Jetzt wurde der Polizist rot im Gesicht. Wieder konnte Maren nicht an sich halten und begann erneut zu lachen. Anscheinend wirkte ihr Lachen ansteckend. Der Polizist verzog doch tatsächlich seine Mundwinkel zu einem charmanten Schmunzeln. Maren stockte fast der Atem. Mein Gott! Der Typ sieht ja umwerfend aus, wenn er lächelt, ging es ihr durch den Kopf. Jetzt errötete sie. Der Polizist trat einen Schritt zurück, wünschte ihr noch einen schönen Tag und winkte sie und ihr Auto auf die Straße zurück. Maren riskierte noch einmal einen tiefen Blick in seine Augen und fuhr dann weiter. Was hatte er gesagt? Einen schönen Tag? Wieso denn das? Es war doch noch immer tiefste Nacht. So was Blödes. Wieder bekam Maren einen Lachanfall. Man könnte wirklich meinen, ich sei betrunken.

Wieder zu Hause, trällerte sie lustig vor sich hin. Vergnügt zog sie ihr Nachthemd an und hüpfte ins Bett. Der Typ von einem Polizisten hatte ihr wirklich gut gefallen. Sie und betrunken? Das muss ich morgen unbedingt Angela erzählen. Schon am Eindösen, ruckte sie plötzlich in die Höhe. Ha! Ihre Vorstel-

lungskraft hatte ja doch gewirkt! Zwar nicht ganz so wie erhofft, aber immerhin. Das war doch kein Zufall gewesen, dass
ihr nach ihren konzentrierten Gedanken an einen Mann ein
solcher (wenn auch „nur" ein Polizist) doch noch über den Weg
gelaufen war. Bei ihr hatte es halt eben länger gedauert als bei
Angela. Was hatte er gesagt? Wiegand hieße er? Und vom Polizeiposten um die Ecke. Maren kam eine Idee. Morgen … schon
war sie eingeschlafen.

Alte Liebe

Sie schaute genauer hin. Konzentrierte sich ganz auf seinen Anblick. War es möglich? „Was schaust du so lange dort hinüber?" Sie drehte sich auf ihrem Barhocker zu ihrer Arbeitskollegin hin. Sie waren nach einem Konzertbesuch noch schnell in eine Tanzbar gegangen und hatten sich einen kleinen Drink gegönnt. In die gleiche Tanzbar, in der sie damals vor über 12 Jahren ihrem Exfreund Eduardo zum ersten Mal über den Weg gelaufen war. Sie begann zu erzählen. Wie sehr sie unter der damaligen Trennung gelitten hatte und dass seither kaum ein Tag vergangen war, an dem sie nicht an ihn gedacht hatte. „Ehrlich?" Ihre Arbeitskollegin staunte. Das hatte sie gar nicht gewusst. „Ja, und jetzt?"

Wieder drehte sie sich auf dem Hocker auf die andere Seite, zeigte mit dem Finger auf einen großen, schlanken Mann in der Mitte der kleinen Tanzfläche. Sie zögerte. „Komm, sag' schon, ist das etwa dieser Typ dort?" Neugierige Augen schauten sie an. „Ich bin mir nicht sicher." Wie gebannt schauten beide zu, wie der Mann seine viel kleinere Freundin Huckepack nahm und so mit ihr tanzte. Wie blöd. Das hätte „mein" Eduardo nie getan. Doch sie konnte die Augen nicht abwenden. Da! Hatte nicht etwas an seinem linken Ohr aufgeblitzt? „Kannst du vielleicht sehen, ob er links im Ohr einen kleinen, runden, goldenen Ohrring mit einem kleinen, roten Stein hat?" Ihre Arbeitskollegin kniff die Augen zusammen, um besser sehen zu können. „Warte. Nein, ich kann nichts sehen – oder doch? Ich glaube fast, ich habe was blitzen sehen."

Nachdenklich musterte sie nochmals den Mann. Die Figur, die typische Jeansbekleidung, sein Gesicht, seine Haare, seine typischen Körperbewegungen – alles da. Er könnte es sein. Ach, weißt du, er hatte damals von seiner Exfreundin solch einen Ohrschmuck erhalten. Das kann also kein Zufall sein." Wie viele Male hatte sie sich ausgemalt, wie er wohl jetzt aussehen würde, ob er immer noch in seinem ungeliebten Job die Arbeit verrichtete und ob er immer noch einen so engen Bezug zu seiner Familie hatte. Was hatte er ihr damals gesagt? Er wolle erst heiraten, wenn er 35 Jahre alt sei. Vorher wolle er noch keine feste Beziehung. „Dieser Schuss könnte nach hinten losgehen", hatte sie ihm damals geantwortet. Sie schaute nochmals genau hin. Nein, er trug eindeutig keinen Ehering.

Sie überprüfte ihre Gefühle – und war erstaunt. Da war nichts mehr. Hatte sie diese Episode wirklich endlich hinter sich? Sie schaute ihn nochmals an. Nein, heute würde er ihr nicht mehr gefallen. Nicht etwa wegen seines Äußeren, sondern wegen seines kindischen Getues mit dieser Tussi im Arm. Sie lächelte befreit. Es war schon gut gewesen, dass sie damals weggegangen war.

Er hatte sich eindeutig nicht weiterentwickelt, war stehen geblieben. Sehr glücklich schien er auch nicht zu sein. Obwohl seine Kollegen rund um ihn herum alle ausgelassen lachten und tanzten, verzog er nicht einmal den Mund. Armer Mann. Sie lächelte nochmals, wandte den Blick endgültig von Eduardo ab und nahm einen Schluck aus ihrem Glas. Endgültig vorbei.

Es liegt nichts Gutes in der Luft

Nicht schon wieder! Sie blieb vor ihrer gerade 15-jährig gewordenen Tochter stehen. „Was ist es diesmal?" Sie hätte gescheiter nicht gefragt, wusste sie doch nur zur Genüge, wie es enden würde. Empört antwortete ihre Tochter mit lauter Stimme: „Es ist immer das Gleiche! Mein Bruder darf alles, ich nichts. Mit ihm schimpfst du nie, mit mir immer!" Und schon ging es los mit ihrer beiderseitigen, heftigen Diskussion, die wohl wie immer sehr lange dauern und im Nichts enden würde. Müde hörte sie ihrer Tochter zu.

Wie viele Male hatten sie in den letzten drei oder schon fast vier Jahren über die gleichen Dinge diskutiert? Immer noch stand ein kleines, tobendes Mädchen vor ihr, schaute sie mit böse rollenden Augen an, der Oberkörper vorgebeugt, bereit, gleich weiterzutoben. Sie war nicht ihr erstes Kind, aber eindeutig das Schwierigste. Sie wusste bald nicht mehr, was tun. Noch mehr Verbote? Gar keine Verbote mehr? Sie schickte ihre Tochter in deren Zimmer, wohl wissend, dass nicht nur sie, sondern auch ihre Tochter heimlich weinen würde.

Seufzend nahm sie ein Buch und begann zu lesen. Doch schnell merkte sie, dass sie den gleichen Satz immer und immer wieder las. Sie gab auf und schaute auf die Uhr. Es war bereits 22 Uhr. Doch sie musste einfach raus. Bei eisigen Temperaturen, eingekleidet mit langem, dickem Mantel, Mütze, Schal und Handschuhen verließ sie die Wohnung und lief verzweifelt eine Weile lang draußen im Schnee herum. Langsam kam sie zur Ruhe. Wieder zu Hause, kaum ausgezogen, klingelte das Telefon. Sie wusste sofort, das konnte nichts allzu Gutes heißen. Sie nahm ab, es war ihre andere Tochter, die schon länger nicht mehr zu Hause wohnte. „Mami?" Sie schluchzte – und der Mutter blieb schier das Herz stehen.

Was hatte sie heute in der Zeitung gelesen? Dass übers Wochenende in der Stadt alleine über 170 Unfälle passiert seien wegen der prekären Straßenverhältnisse? Und das vor allem, weil der Stadt das Streusalz ausgegangen war! Ihre Tochter ahnte, was ihre Mutter dachte, und doppelte mit brüchiger Stimme nach: „Es ist nicht wirklich was passiert, aber ..." Gerade dieser Satz dünkte die Mutter noch schlimmer. „Was ist passiert?"

Sie setzte sich auf die Couch und hörte ihrer Tochter zu: „Ich fuhr nach der Arbeit mit meinem neuen Auto noch schnell in die Stadt, um was zu kaufen. Doch schon unterwegs wurde mir klar, dass die eisigen, schneebedeckten Straßen derart gefährlich waren, dass ich gescheiter gleich nach Hause gefahren wäre. Ich parkte in der erstbesten Garage, kaufte ein und wollte wieder zurückfahren. Dabei konnte ich nicht anders, als über einen steilen Hügel zu fahren." Schon begann sie wieder zu weinen. „Ich konnte nicht mehr als 20-30 km/Std. fahren. Hinter mir eine Autoschlange, rechts ging es runter ins Tobel. Und ich konnte nicht ausweichen, der Wagen schlitterte. Ich geriet in Panik, fühlte mich im Auto wie eine Gefangene, die Tränen sind mir nur so runtergelaufen. Zwischenzeitlich schrie ich in Panik!"

Der Mutter zerriss schier das Herz vor lauter Mitgefühl. Innerlich ging sie mit ihren Gedanken ein Jahr zurück. Es war kurz vor Weihnachten gewesen, da hatte sie diesen Anruf der Polizei bekommen. Mit Entsetzen musste sie erfahren, dass ihre Tochter einen schweren Autounfall hatte und man nicht wusste, ob sie den Unfall überhaupt überleben würde. Nur schon beim Gedanken daran gefror ihr das Blut wieder in den Adern. Es war schlussendlich alles gut gegangen. Anscheinend hatte es ihr seelisch nichts ausgemacht, bald danach wieder in ein Auto zu steigen. Doch sie als Mutter hatte große Mühe gehabt. Ihre Angst um die Tochter hatte dazu geführt, dass sie begann, ihre Tochter vermehrt zu bemuttern, was ihrer Tochter überhaupt nicht gefallen hatte.

Immer wieder hatte sie zu ihre gesagt: „Ach, hör doch endlich auf, mich zu fragen, wie es mir geht und was bei mir so abläuft. Ich habe es satt, dass du mich ständig bemutterst!" Sie hatte sich zusammengenommen, und nach etwa einem Dreivierteljahr war auch für sie die ganze Sache vorbei. Doch nun kam alles wieder hoch – und das nicht nur bei ihr. Ihr war sofort klar, dass ihre Tochter ein „Déja vu" hatte und das Unfall-Trauma erst jetzt zum Vorschein kam. Die Angst, bei Eis und Schnee zu fahren und das Unfall-Trauma – kein Wunder, dass ihre Tochter Todesangst hatte!

„Als die Möglichkeit kam, fuhr ich von der Straße weg auf die Autobahn mit der Hoffnung, dass man dort besser fahren konnte. Aber weit gefehlt. Auch dort die gleichen Verhältnisse. Ich fuhr wieder sehr langsam, und das auf der ersten Spur. Hinter mir ein Vollidiot, der zuerst nur die Lichthupe betätigte, danach mit heftigem Hupen begann!"

Ihre Tochter schluchzte herzzerbrechend. „Ich war in Panik, konnte ich doch nichts machen und nicht ausweichen. Ich schrie und weinte und stand Todesängste aus. Endlich überholte mich dieser Idiot. Seine Frau daneben schimpfte mit großen Gesten, als sie an mir vorbeirauschten. Hinter mir aber weiterhin eine Autoschlange. Ich hielt es fast nicht mehr aus. Bei der nächsten Ausfahrt fuhr ich raus und parkte auf dem erstbesten Parkplatz. Das Weinen durchschüttelte meinen ganzen Körper. Mit letzter Kraft rief ich meinen Freund an und bat ihn, mich abzuholen. Er versprach, sofort zu kommen. Wohl wissend, dass dies etwa eine Dreiviertelstunde dauern würde, rief ich meine Freundin an.

Doch statt Trost zu bekommen, erzählte mir diese ausführlicher, als ich es mir gewünscht hätte, dass auch sie einen Autounfall gehabt hatte. Du kannst dir sicher vorstellen, dass diese Schilderung das Letzte war, was ich hören wollte!" Inzwischen empört, schnaufte die Tochter heftig.

„Ja, das kann ich mir vorstellen." „Dann kam endlich mein Freund. Wieder zu Hause, mussten wir gleich weiter, weil der Bruder meines Freundes Geburtstag hatte. Gott sei Dank wohnt der in der Nähe. So konnten wir zu Fuß gehen. Trotz der dortigen geselligen Runde stand ich immer noch unter Schock. Und dann kam das Beste, das musst du hören!" Stumm wartete die Mutter auf die Fortsetzung. „Ein Kollege des Geburtstagskindes ist Bus-Chauffeur und erzählte nun seinerseits von seinen heutigen Erfahrungen auf der Straße. Weißt du, was der erzählte?"

Schnippisch ahmte ihre Tochter diesen Chauffeur nach: „Man glaubt es ja nicht, wie gewisse Idioten Angst vor Schnee und Eis auf den Straßen haben! Die schleichen doch glatt mit nur 20 km/Std. auf der Straße und behindern den ganzen Verkehr!" Fassungslos habe sie dies zur Kenntnis genommen – und sei augenblicklich in Tränen ausgebrochen! Die ganze Gesellschaft habe sie peinlich berührt angeschaut. Niemand hätte sie gefragt, warum sie so weine, niemand hätte sie tröstend in die Arme genommen. So sei sie geradezu aus dem Wohnzimmer nach draußen geflohen, der Freund hinter ihr her rennend. Nun sei sie wieder zu Hause, könne sich aber immer noch nicht beruhigen.

„Ich kann dich nur zu gut verstehen. Die schlechten, gefährlichen Straßenverhältnisse und das Unfall-Trauma – kein Wunder, dass du Todesangst hattest!" Ihre Tochter schniefte und antwortete: „Diese Woche fahre ich keinen Meter mehr mit dem Auto! Ich kaufe mir gleich morgen ein Zug-Abo das ich so lange benutze, bis der Winter vorbei ist. Und mein Freund soll ruhig mal was für mich tun. Er kann morgen mit seinem Kollegen mein Auto abholen!"

„Recht hast du", meinte die Mutter, „trotzdem musst du schauen, dass dich die Angst nicht in den Griff bekommt. Sonst kannst du das Unfall-Trauma nie verwinden." Nach ein paar weiteren Sätzen verabschiedeten sie sich. Inzwischen war es schon bald Mitternacht. Müde ging die Mutter ins Bett.

Am nächsten Tag schien die Sonne. Ihre pubertierende Tochter hatte Schulferien und schaute, dass sie ihr nicht unter die Augen kam. „Auch gut", dachte sie und lief zum Briefkasten runter. Dort traf sie auf ihre ältere Nachbarin, die gerade ihre Post rausnahm und speziell einen Brief näher unter die Lupe nahm. Auch sie selber hatte einen Brief bekommen, der sie neugierig machte. Allerdings ahnte sie nichts Gutes. Sie blieb genau wie die Nachbarin stehen und öffnete das Kuvert. Sie holte tief Luft und stieß einen tiefen verzweifelten Seufzer aus – genau zum gleichen Zeitpunkt wie die Nachbarin.

„Was ist es bei Ihnen?", fragte sie die Nachbarin. Diese weinte fast: „Eine Nachsteuer von mehreren tausend Franken! Wie soll ich das als arme Witwe nur bezahlen?" Eine Träne kullerte ihr das Gesicht runter. „Und bei mir ist es die Nachzahlung der Heizkostenabrechnung von fast 1000.-!" Beide standen sie da, schauten sich verzweifelt an und wussten nicht weiter. Sie drehten sich beide um und liefen schweren Schrittes auf die Eingangstür zu.

Und nur Sekunden später lagen beide lang hingestreckt auf dem schneebedeckten Gehweg. Sie waren bei der Glätte ausgerutscht. Langsam kamen beide Frauen wieder hoch, schüttelten den Schnee an ihrer Kleidung ab und hielten sich schmerzend ihre Hinterbacken …

„Na, meine Damen, ist das nicht ein herrlicher Tag heute?" Der ältere, immer noch gut aussehende Herr aus dem Nachbarshaus kam flotten Schrittes auf sie zu und lüpfte seinen Hut zur Begrüßung. Und konnte es partout nicht verstehen, dass die beiden Frauen ihn mit bösen Augen anstarrten.

Am liebsten hätten ihm die Frauen einen Tritt in seinen werten Hintern gegeben. Doch was war das? Nur einen Schritt weiter, und auch dieser Herr lag im Schnee. „Ja, wirklich, ein herrlicher Tag!" Die beiden Frauen begannen zu kichern …

Country oder Rock?

Endlich wieder mal Ausgang! Aus finanziellen Gründen hatte sie schon längere Zeit auf den Luxus von einem Ausgang am Abend verzichtet. Doch ihre beiden Freundinnen hatten im Internet das Inserat eines großen Hotels gesehen: Während eines längeren Zeitraumes bot das Hotel täglich Konzerte an. Und das 1. Konzert war sogar gratis! Ihre Freundinnen hatten sie gedrängtmitzukommen.

Doch sie war skeptisch: „Country-Musik? Oh je, tönt ja nicht gerade spannend. Wollt ihr da wirklich hin? Wahrscheinlich sind dort nur ältere Leute mit Cowboyhüten, die rumhopsen, als wären sie noch junge Hüpfer. Also nein, das törnt mich wirklich nicht an", motzte sie. „Komm, hör schon auf zu maulen! Du bist nur zu faul. Außerdem schadet es nicht, wenn du wieder mal rauskommst aus deiner Bude. Und wenn du es schon erwähnst – wir hätten da noch eine Überraschung für dich."

Beide Freundinnen standen erwartungsvoll vor ihr, beide hatten ihre Hände hinter ihren Rücken versteckt. „Verdächtig", murmelte sie und schaute die beiden misstrauisch an. „Was noch?" Die beiden Freundinnen schauten sich an, dann nahmen beide ihre Hände nach vorne. Die eine hielt einen waschechten Cowboyhut in der Hand, die andere ein Leder-Gilet mit Fransen. „Nein! Das glaub ich nicht!" Sie japste nach Luft. „Ihr denkt doch nicht etwa, dass ich dies tragen werde?" „Hm, also eigentlich doch. Weißt du, da war so ein schöner kleiner Laden mit lauter solchen Sachen. Da konnten wir einfach nicht widerstehen."

„u musst die Sachen auch nicht alleine tragen, wir haben uns selber nämlich auch einen Hut und ein Gilet gekauft. Und zu dritt kommen wir sicher super als Cowgirls daher, du wirst schon sehen!" Die andere Freundin schaute sie strahlend an. „Oh je", dachte sie und sackte innerlich zusammen.

Sie liebte ihre Freundinnen wirklich, aber das? Sie kaute auf ihrer Lippe rum, überlegte hin und her, nur um dann – wie meist, wenn ihre Freundinnen was von ihr wollten – nachzugeben. „Also gut, wenn es denn sein muss." „Howdy!" riefen beide Freundinnen wie aus einem Munde. „Lasst uns Cowgirls spielen und den Männern zeigen, was wir so draufhaben!"

Sie trafen sich vor dem Eingang der Halle, die auf „wilder Westen" dekoriert worden war. Ihre Freundinnen gingen freudig und flotten Schrittes rein, sie mit unsicheren Schritten hinter den beiden her. Während ihre Freundinnen den reservierten Tisch suchten, schaute sie sich misstrauisch um. Sie staunte. Die Galerie aus Holz, die aufgehängten Fahnen, drei grosse Leinwände und dann die oben am Dach aufgehängte original Harley-Davidson – also das hatte sie nicht erwartet. Die Leute in ihrem Alter und etwas älter waren allesamt „normal" angezogen, lachten und schienen sich prächtig zu amüsieren. Sie begann sich zu entspannen.

„Na komm schon", wurde sie von ihren Freundinnen gerufen, „trödle nicht rum, wir haben unseren Tisch gefunden!" Tatsächlich, da war ihr Vierer-Tisch in bester Lage. Gleich neben der Tanzfläche mit gutem Ausblick auf die Bühne, auf der die Band sich schon bereit machte, zu spielen. Doch was war das? Argwöhnisch betrachtete sie den älteren Mann mit beträchtlichem Bauchumfang, der an ihrem Tisch saß, und setzte sich neben ihn. Gemäß den Bierflaschen auf dem Tisch war es nicht sein Erstes, das er trank.

Doch er begrüßte die drei Frauen freundlich. Während sie die kleine Menükarte studierten, begann nun die Band, ihre Songs zu spielen. Überrascht hob sie den Kopf. „Nicht schlecht", sagte sie zu ihren Freundinnen, „die können ja noch was anderes als langweilige Country-Musik." Ihre Freundinnen nickten heftig. „Aber klar doch, die sind bekannt für rockige Musik. Also genau unser Ding!"

Schon kam die Serviertochter, die ihre Bestellung aufnahm. Der ältere Herr neben ihr bestellte gleich noch ein weiteres Bier. In Gedanken hoffte sie, dass er nicht irgendwann besoffen unter dem Tisch landete.

Die Band gab ihr Bestes, und die Leute tanzten begeistert dazu auf der kleinen Tanzfläche. Sie staunte. Sie hatte gar nicht gewusst, dass es noch Männer gab, die mit ihren Frauen ab einem gewissen Alter noch tanzen gehen würden. Es war eine Wonne, den Pärchen zuzusehen! Sie aßen und tranken, während sie der Band zuhörten und klatschten. „Schau mal!" Ihre Freundin zeigte lachend mit ihrem Zeigefinger auf ein tanzendes Pärchen. Sie traute ihren Augen nicht. Ein Pärchen, das ziemlich ramponiert aussah, tanzte hingerissen, wenn auch nicht im Takt. Er, mit Brille und zerzaustem Haar, wirkte sehr ungelenkig.

Nichtsdestotrotz zog er seine Partnerin immer wieder unbeherrscht und ruckartig an sich, nur um sie dann wieder heftig von zu sich zu stoßen. Die Frau kam kaum nach mit den Schritten, wurde herumgeschleudert, konnte kaum mehr Luft holen und musste schon wieder dran glauben, als der Mann ungeduldig an ihren Armen riss.

Die drei Freundinnen hielten sich die Hände vor ihren Mund, dermaßen mussten sie lachen. „Die arme Frau, hoffentlich überlebt sie es!" Doch bald wurden sie abgelenkt durch jemand anderen. Ein alter, kleiner Mann, rausgeputzt bis zum Gehtnichtmehr, trug schwarz-weiße Schühchen, eine elegante weite dunkelgraue Hose mit hohem, schmalem Bund, dazu Hosenträger und ein weißes Hemd. Er tanzte Rock 'n' Roll wie ein junger Gott – seine Begleitung tatsächlich eine junge, sehr junge Göttin. Die drei Frauen waren sprachlos. Was es hier auf der Tanzfläche nicht alles zu entdecken gab!

Die drei Frauen gönnten sich einen Kaffee. Sie lehnte sich entspannt zurück und kam dabei ganz leicht an den Arm des älteren Herrn neben ihr. Erschrocken zog sie ihren Arm zurück, nur um zu merken, dass dieser besagte Herr doch tatsächlich eingeschlafen war! Sie grinste und stupste ihre beiden Freundinnen an. „Schaut mal." Ihre Freundinnen verkniffen sich ein Lachen.

Wie gebannt schauten sie zu, wie sein Kopf sich immer näher zum Tisch runter- beugte, dann ruckartig wieder nach oben ging, sogleich aber wieder runter- ging. Rauf, runter. Gespannt folgten die Freundinnen dem Geschehen. Wann würde er wohl ganz mit seinem Kopf auf die Tischplatte knallen? Die drei Frauen kicherten. Wie konnte man bei dieser Rockmusik nur einschlafen?

Doch die Band konnte auch anders. Sie spielten nun einen Blues. Zu ihrem großen Erstaunen wurde der ältere Herr nun plötzlich putzmunter und schaute freudig in die Runde. Anscheinend machte ihn Blues wieder wach! Er bestellte sich ein weiteres Bier. Bis die Serviererin damit kam, hatte er genug zu tun, eine große Lupe aus seiner Tasche zu nehmen und etwas auf der Bierflasche zu studieren. Und das, obwohl er bereits eine dicke Hornbrille trug. Ob er wohl den Kaloriengehalt des Biers studierte? Die Freundinnen zwinkerten sich spitzbübisch zu.

Ihr Handy leuchtete plötzlich auf. Sie nahm es in die Hand. Ihre Tochter hatte ihr eine SMS geschickt und gefragt, ob es ihr gefalle. Noch während sie am Antwortschreiben war, wurde sie von ihrer Freundin kurz in den Arm gezwickt. Etwas genervt schaute sie auf – direkt in die Augen des Sängers, der sie schmachtend ansah, in der Hand das Mikrofon in einer Art und Weise, als würde er eine Frau streicheln. Dazu sang er herzerwärmend.

Spontan und ohne viel nachzudenken sagte sie kurz „Ne, bin nicht zu haben" und schrieb weiter. Sie merkte zwar, dass der Sänger leise was geantwortet hatte, war aber zu vertieft in ihr SMS-Schreiben. Der Sänger hatte sich schon längst wieder verzogen, als sie ihre SMS verschickt hatte und ihre Freundinnen, nun doch neugierig geworden, fragte, was der Sänger geantwortet hatte. Die Antwort ließ sie heftig erröten: „Macht nichts, bist trotzdem eine heiße Frau!" Na, so was! Sie gluckste verlegen.

In der dritten und letzten 15-minütigen Pause der Band beschlossen die drei Frauen, sich etwas die Beine zu vertreten und sich die verschiedenen Stände mit Lederkleidung und -schmuck, CDs und das Angebot von USA-Reisen anzuschauen. Als sie hörten, dass die Musiker wieder auf die Bühne kamen, schlenderten sie zurück zu ihrem Tisch.

Sie wollten jetzt tanzen und deshalb bei ihrer Servierin vorsorglich schon mal ein Wasser bestellen, damit sie hinterher ihren Durst löschen konnten. Sie winkten der Servierin, die auch prompt kam. „Können wir noch ein Wasser haben?" „Nein", kam völlig unerwartet die Antwort, „ich bringe Ihnen nichts mehr, ich gehe nämlich jetzt" – und verschwand. Fassungslos schauten ihr die drei Frauen nach. „Was für eine Frechheit und Zumutung", ereiferte sich ihre Freundin, „so was darf doch nicht passieren! Wollen die denn nichts mehr verdienen? Und wir verdursten!"

Beruhigend legte sie ihrer Freundin die Hand auf den Arm und zeigte auf ihre große Tasche. „Hab mit weiser Voraussicht Wasser von zu Hause mitgenommen, kannst gerne davon haben nach dem Tanzen", sagte sie verschmitzt. „Ach, du bist ein Schatz! Was würden wir nur ohne dich machen!"

Alle drei lachten und wagten sich nun auf die Tanzfläche ganz nach vorne vor die Bühne. Und schon begann die lüpfige Rockmusik. Ihre Hüften bewegten sich ganz von allein, ihre Beine und Füße vollführten rassige Tanzschritte. Sie hatten gar nicht mehr gewusst, wie schön tanzen sein konnte! Mit ihren Cowboy-Hüten, den neuen Gilets und ihrem hemmungslosen Tanzen fielen sie gleich auf.

Nicht nur der Sänger, sondern vor allem der Pianist schaute die drei Frauen begierig an. Sie grinsten und stupsten sich gegenseitig an. „Hast du gesehen? Wir haben einen neuen Verehrer!" Und schon mussten sie verblüfft hören, wie der Pianist noch während des Singens ins Mikrofon „Heute haben wir aber wieder mal ganz tolle Frauen unter uns" hauchte. Sie erröteten, mussten aber auch lachen. Es war klar, dass er vor allem sie meinte.

Obwohl der etwas zu klein und dick geratene Pianospieler mit dem eindeutig künstlichen Gebiss schielende Augen hatte, war es augenfällig, dass er in ihre Richtung schaute. Während einer guten halben Stunde wurde nun gerockt, was das Zeug hielt, und getanzt, was der Körper so hergab. Völlig verschwitzt und schon fast durchnässt beklatschten die drei Frauen und der Rest des Publikums, das bis Mitternacht ausgeharrt hatte, die Band so lange, bis diese noch weitere fünf Songs zum Besten gaben.

Doch danach war endgültig Schluss. Die drei Frauen liefen erschöpft, aber glücklich zu ihrem Tisch zurück und tranken gierig das mitgebrachte Wasser. Noch während sie sich ihre Gesichter mit einem Taschentuch abwischten, stand zu ihrer Verblüffung plötzlich der Pianospieler mit seinem Hawaii-Hemd vor ihnen am Tisch. Theatralisch legte er seine beiden Hände auf seine Brust, rollte seine braunen, schielenden Augen und sagte: „Was seid ihr doch für hübsche Frauen" – und verschwand ebenso schnell wieder.

Die drei Frauen schauten sich zuerst überrascht an, doch dann konnten sie nicht mehr. Sie lachten schallend los. Also das war ihnen noch nie passiert. „Siehst du! Ich hab's dir gesagt! Wäre doch schade gewesen, wenn du nicht mitgekommen wärst. Wann hast du zum letzten Mal ein Kompliment von einem Mann bekommen?" „Ha, ha", antwortete sie und streckte ihrer Freundin die Zunge raus.

Sie zogen ihre Mäntel an und wollten das Lokal verlassen. Doch sie kamen nicht weit. Diesmal wurden sie vom Sänger angehalten, der allen dreien die Hand zum Abschied gab: „Schön, dass ihr da gewesen seid. Hoffentlich können wir uns wieder mal bei einem anderen Konzert von uns sehen. Gute Heimreise." Dabei blieben seine Augen vor allem an ihr hängen. Sie senkte verlegen den Kopf, während ihre Freundinnen kichernd nickten.

„Nichts wie raus", dachte sie und stieß ihre beiden Freundinnen vor sich her Richtung Tür. Draußen schüttelten sie sich vor Lachen. „Dass wir einen solchen Eindruck auf Männer machen in unserem Alter, ist aber nicht schlecht, oder?" Es hatte wirklich gut getan. Sie verabschiedeten sich und liefen getrennt zu ihren Autos.

Als sie in ihrer Wohnung war, zog sie als Erstes ihren Mantel aus und legte die Tasche auf den Wohnzimmertisch. Dabei fiel was heraus. Sie hob es hoch, es war eine Visitenkarte des Sängers. Darauf handschriftlich geschrieben eine Einladung zu einem Abendessen, sie solle sich melden. Sie runzelte die Stirn, also das war ihr dann doch etwas zu viel.

Nur zehn Minuten später erfuhr sie von ihren beiden Freundinnen per SMS, dass sie nicht die Einzige gewesen war, die eine solche Einladung erhalten hatte. Die eine Freundin hatte die Visitenkarte vom Pianisten in der Tasche, die andere die Visitenkarte des Gitarristen erhalten. Mit Todesverachtung zerrissen alle drei „ihre" Visitenkarte, warfen sie in den Kübel und ließen sich erschöpft ins Bett fallen.

Nächtliche Gedanken

Es war Sonntag, langweilig wie immer. Sie hatte den Tag mit fernsehen und Buch lesen verbracht. Um 23 Uhr hatte sie plötzlich das Gefühl, noch frische Luft tanken zu müssen. Kurzerhand zog sie ihre Turnschuhe und die dicke Jacke an und betrat das Treppenhaus. Sie hörte, wie von unten jemand das Haus betrat.

Um diese Zeit? Es war ihr Nachbar von schräg über ihr, den sie praktisch noch nie gesehen hatte. Ob er wohl Streit mit seiner Frau gehabt hatte und deshalb nochmals kurz draußen verschwunden war? Was würde ihn erwarten, wenn er seine Wohnung betrat?

Sie wollte keinen langen Spaziergang machen, nur schnell eine Runde um die Häuser ziehen. Sie schritt mitten durch die Siedlung. Die meisten Wohnungen hatten kein Licht mehr an. Gleich um die Ecke stieß sie fast mit einem älteren Herrn mit Hut zusammen. An der Hand hielt er die Leine für den Hund. Soll ich oder soll ich nicht – ihn begrüßen?

Er sah etwas mürrisch aus, hatte den Kopf gesenkt. Wollte er nicht, dass man seine düsteren Gedanken in seinem Gesicht lesen konnte? Sie tat es trotzdem: „Guten Abend." Er murmelte etwas, sie verstand es nicht. Hauptsache, er lief an ihr vorbei, ohne ihr was zu tun!

Nach nur wenigen Metern links von einer Garageneinfahrt herauf hastete eine Frau heran, die sie überholte. Die Frau im Nachthemd und in Hausschuhen, bedeckt von einem Wintermantel. Was sie wohl zu so später Stunde noch in der Garage gesucht hatte? Auch sie hatte den Kopf gesenkt.

Hatte sie im Auto ihres Mannes überprüft, ob sie dort was Verdächtiges finden würde? Arme Frau, so im Nachthemd und mit den Hausschuhen.

Gerade vor dem Gleisübergang begann es rot zu blinken, einige Alarmtöne waren zu hören. Stehen bleiben oder noch schnell rüberspringen? Sie blieb stehen, sicher ist sicher. Sie wartete, bis der Zug herannahte, schaute in die Fenster des Zuges. Nur noch wenige Leute drinnen.

Ein alter, vergrämter Mann klebte schon fast am Fenster, wo er hinausschaute. Sie erschrak, trat automatisch einen Schritt zurück. Dessen Visage hatte ihr Angst gemacht. Wohl auch ein unglücklicher Mensch, der vielleicht zu viel getrunken hatte. Endlich ging wieder die Barriere auf. Sie schritt über die Gleise.

Nun wieder rechts, dann die Straße runter. Ein Auto kam von unten herauf, raste, dabei waren höchsten 50 km/Std. erlaubt. Selbstverständlich mitten in die Pfütze. Sie „bedankte" sich mit einem Fluch für ihre nasse Jacke. Auch so einer, der denkt, dass er mittels Auto beweisen könne, dass er ein echter Mann sei. Was für ein Idiot. Dann war alles wieder still.

Ein Jugendlicher mit einer Softdrink-Büchse in der Hand kam auf sie zu. Was der wohl um diese Zeit noch auf der Straße zu suchen hatte? Der musste doch morgen sicher früh aufstehen, um bei seiner Lehrstelle zu arbeiten. Oder hatte er gar keine Lust und deshalb vor, morgen zu schwänzen?

Zuzutrauen war ihm alles. Diese Jugendlichen! Sie schritt schnell an ihm vorbei, wer weiß, was in dessen Gedanken so vorging! Jetzt nur noch ein paar Schritte, und sie stand wieder vor ihrem Wohnhaus. Das nächste Mal würde sie besser einen Spaziergang am Nachmittag machen, sicher ist sicher.

Auto-Wäsche

Monatelang hatte sie ihr Auto nicht gewaschen. Zu stark war der Winter gewesen. Es hätte sich einfach nicht gelohnt. Und nun endlich kam der Frühling! Da die Zeichen am Himmel weiterhin auf Wärme und Sonne standen, packte sie die Gelegenheit und fuhr ihr Auto kurz aus der Garage.

In ihren ältesten Jeans, einem verwaschenen T-Shirt und Stiefeln stand sie da, betrachtete ihr schmutziges Auto und begann zu jauchzen: „Jetzt geht es dir an den Kragen! Ich werde dich schrubben, bis dir die Farbe fast abblättert, dich mit Wasser bespritzen, bis dein Motor absäuft und an deinen schmierigen Autoreifen kratzen, bis auch der letzte Dreck verschwindet!"

Sie bückte sich, nahm einen ersten Kessel mit Seifenwasser und warf den Inhalt schwungvoll übers ganze Auto. Den Nachbarn, der alles mitgehört hatte und nun die Braue hochzog, übersah sie geflissentlich.

Sie konnte nicht anders – sie trällerte ein Liedchen, während sie schrubbte, was das Zeug hielt. Und sie trällerte auch noch, als sie das Auto zu guter Letzt mit einem trockenen Lappen abwischte. Der Nachbar schaute zweifelnd in den Himmel, beobachtete die Wolken und krauste seine Stirn. Also er würde seine Autowäsche noch etwas verschieben.

Auch der nächste Tag war noch schön. Sie ging einkaufen, parkte ihr prächtig glänzendes Auto in der Einkaufspassage im Untergeschoss. Mit zwei vollen Taschen kam sie wieder zurück. Schnell waren diese im Kofferraum verstaut. Sie setzte sich ins Auto und fuhr langsam zum Billet-Automaten. Schon war sie draußen – aber was war das denn?

Dunkle Wolken hingen am Himmel, die Bäume beugten sich unter dem starken Wind. Sie startete durch und fuhr so schnell wie möglich nach Hause. Geschafft! Ihr Auto war sicher in der Garage. Erleichterung machte sich breit auf ihrem Gesicht. Wäre ja noch schöner gewesen, wenn die schmutzigen Regentropfen all ihre Bemühungen, ihr Auto sauber zu kriegen, zunichte gemacht hätten!

Lächelnd packte sie die Sachen in der Küche aus, ging in ihr Zimmer und zog sich bequemere Sachen an. Dann sank sie erleichtert auf die Couch, genehmigte sich eine Praline und wollte sich nun ihre Lieblingssendung anschauen. Da klingelte das Telefon. „Na, was ist? Haben Sie unsere Verabredung vergessen?" Ihr Chef! Sie krauste die Stirn – da war doch was gewesen. Hm. „Hat's Ihnen die Sprache verschlagen? Oder vergnügen Sie sich etwa mit Ihrem Freund auf dem Teppich, obwohl Sie doch schon längst hier im Büro sein sollten?" Das war zu viel. „Nur weil Sie mein Chef sind, heißt das noch lange nicht, dass Sie so ordinär werden dürfen!" Sie begann zu stottern: „Es tut mir wirklich leid, ich hatte ganz vergessen, dass unser Geschäftspartner aus dem Ausland kommt und ich ausnahmsweise meinen freien Tag nicht ausnutzen kann, sondern als Übersetzerin hätte auftauchen müssen. Geben Sie mir ein wenig Zeit, ich werde mich gleich ins Auto setzen und ins Büro kommen, versprochen!" „Na, das will ich wohl hoffen", brummte ihr Chef, bevor er auflegte.

Hektisch rannte sie ins Schlafzimmer, zog sich wieder um, packte ihr Handtäschchen, rannte zur Garage runter, startete das Auto und fuhr mitten in den Regen! Auch das noch, dachte sie betrübt. Zuerst die Abmachung mit dem Chef vergessen, und jetzt auch noch der Regen.

Und was für ein Regen! Dieser prasselte wie verrückt gegen die Autoscheiben. Trotz der schnellsten Stufe des Scheibenwischers konnte sie kaum was sehen. Sie verringerte ihr Tempo, schaute angestrengt durch die Scheibe und fühlte sich immer elender.

Und nun auch das noch! Vor ihr ein langsamer Lastwagen. Der hat wohl viel geladen, dachte sie missmutig. Sie ging noch etwas vom Gas runter. Na, ihr Chef würde nicht erfreut sein, wenn sie noch später kam. Aber was blieb ihr übrig. Was war das denn? Der Lastwagenfahrer war unvermittelt hart auf die Bremse gegangen. Sie konnte gerade noch rechtzeitig stoppen.

Mit weit aufgerissenen Augen beobachtete sie nun, wie die eine Klappe des Lastwagens aufgesprungen war und ein kleiner Teil des Inhalts rausgerieselt kam – geradewegs auf ihre Frontscheibe! Nun wusste sie definitiv, was der Inhalt gewesen war: Sand. Und zwar inzwischen nasser Sand. Sie starrte fassungslos auf ihre verschmutzte Frontscheibe.

Der Lastwagenfahrer hatte wohl von seinem Malheur nichts mitbekommen und war weitergefahren. Sollte sie hupen und sich bemerkbar machen? Sie schaute auf die Uhr. Nein, sie musste weiter. Glück gehabt, Bürschchen, dachte sie wütend. Das nächste Mal bist du dran!

Der Lastwagen war an der nächsten Kreuzung abgebogen, sie hatte wieder freie Fahrt. Und es regnete weiterhin in Strömen. Auf der Gegenfahrbahn kam ihr wieder so ein Ungetüm entgegen. Na, du fährst aber auch schneller als erlaubt, dachte sie grimmig beim Betrachten des Monstertrucks.

Der sauste bereits an ihr vorbei – in der Nachhut ein Windstoss, der dazu diente, den restlichen Sand, der noch an ihrer Frontscheibe klebte, wegzuwehen. Allerdings kam der nicht sehr weit. Der nasse Sand verteilte sich nun aufs ganze Auto. Verbissen fuhr sie weiter, sie wollte nur noch so schnell wie möglich ins Büro kommen.

Nun fing es auch noch zu stürmen an. Sie fuhr wieder etwas langsamer, schaute angestrengt zur Scheibe raus. Zu spät! Sie hatte ein größeres Schlagloch übersehen. Schon hüpfte sie fast aus ihrem Sitz, so rumpelte es, als sie darüberfuhr. „Autsch!" Sie fluchte. Dann sah sie, dass ihre offene Handtasche, die sie auf den Nebensitz geworfen hatte, runtergefallen war. Der ganze Inhalt lag verstreut am Boden.

Und die kleine Mineralwasserflasche, gefüllt mit Coca-Cola, hatte sich geöffnet. Der Boden des Autos übergossen mit brauner Flüssigkeit. Und wie es roch! Sie stöhnte. Aber jetzt war alles egal. Wenn sie nur heil im Büro ankam.

Nur noch wenige Hundert Meter, dann würde sie bei der Firma ankommen. Sie begann sich zu entspannen. Doch dann ein Geräusch, das sie nicht kannte. Misstrauisch hörte sie genauer hin. Hm. Sie kam nicht drauf, was es sein könnte. Aber solange das Auto noch fuhr, konnte es ja nichts Schlimmes sein. Endlich! Sie war angekommen. Aber oh je, der Chef stand schon ungeduldig wartend da. Sie riss eine letzte, enge Kurve, sodass sie ganz knapp neben dem Chef zu stehen kam.

Hastig riss sie die Tür auf, stieg impulsiv zuerst mit dem einen Bein aus dem Auto und hörte entsetzt, dass ihr enger Rock hinten gerissen war. Und der Regen prasselte auf ihre Haare. So stand sie vor ihrem Chef, der zuerst sie, dann das Innere und danach das Äußere ihres Autos entgeistert anstarrte: „Sagen Sie mal, schämen Sie sich eigentlich nicht?", polterte er. „Zuerst vergessen Sie unsere Verabredung, dann kommen Sie mit zerrissener Kleidung und nassen Haaren, und das mit einem Auto, das innen scheußlich aussieht und stinkt. Als Autoliebhaber muss ich gestehen, dass ich in meinem ganzen Leben noch nie ein derart dreckiges Auto mit einem Platten und einer abgefahrenen Felge gesehen habe! Sagen Sie mal, wann waschen Sie endlich wieder mal Ihr Auto?"

Sie schaute zuerst ihren Chef, dann ihr Auto sprachlos an. Mit letzter Würde und hoch erhobenen Hauptes packte sie ihr leeres Handtäschchen und schritt entschlossen zur Tür des Gebäudes – nur um nach ein paar Metern mit ihrem Absatz hängenzubleiben und verzweifelt versuchend, diesen wieder rauszuziehen. Was nur gelang, indem sie den betreffenden Absatz ganz von ihrem Schuh wegriss. Das war zu viel.

Sie ließ den Kopf hängen, blieb kauernd auf dem Boden. Ihr Chef schüttelte nur noch den Kopf. Er kam näher und sagte barsch, dass er sie so nicht brauchen könne. Sie solle nach Hause fahren. Was sie dann trotz kaputter Felge und Autoreifen auch tat.

Ihr Nachbar stand schon parat, als hätte er es geahnt. Sie war noch nicht ausgestiegen, da sagte er ungerührt zu ihr: „Sie hätten gescheiter gestern Ihr Auto nicht gewaschen." Sprach's, drehte sich um und verschwand.

Alter schützt vor Gelüsten nicht

Laut vor sich hin singend fuhr sie über einen Hügel. Schönstes Wetter, wenig Autos auf der Straße und gute Musik vom Radio, herrlich! Weit und breit nur Wiesen und Felder. Jetzt noch ein eher durchlässiger Wald, rechts von ihr. Sie kniff die Augen zusammen. Stand da vorne nicht ein Auto, noch halb auf der Straße? Sie drückte mit dem Fuß auf die Bremse, sicher war sicher.

Sie kam immer näher. Tatsächlich, ein kleineres Auto, fast im 90°-Winkel zur Straße bzw. dem kleinen Wäldchen, parke frech noch halb auf der Straße, halb schon im Wald.

Sie runzelte die Stirn. „Wir sind doch nicht in Frankreich", polterte sie leise vor sich hin. Nun fuhr sie nur noch im Schritttempo, hinter ihr war ja kein Auto. Und man wusste ja nie, vielleicht war was passiert. Das Wäldchen stand an einem sanften Hügel. Etwa zwei Meter den Anhang hinauf, gleich hinter dem Auto, war eine Sitzbank aus Holz.

„Schön blöd gelegen, man hat von dort ja gar keine Aussicht. Man sieht bloß auf die Straße und auf die brach liegenden Felder auf der anderen Seite." Doch dann riss sie wie vom Donner gerührt die Augen auf. Was war denn das?

Mit offenem Mund beobachtete sie das Geschehen auf dieser Bank. Dort ging nämlich die Post ab! Ein älteres Pärchen, so ca. 65 Jahre alt, hatte es sich bequem gemacht. *Bequem* war allerdings nicht das richtige Wort. Er in einem schicken, grauen Anzug, sie in einem ebenso eleganten weißen Kleid, beide ein paar Pfunde zu viel auf den Rippen, knutschten derart heftig, als wären sie am Verdursten.

Sie fielen geradezu übereinander her, als hätten sie seit 30 Jahre keinen Sex mehr gehabt. Es kam ihr fast so vor, als würden die beiden verzweifelt aneinander kleben, weil sie wussten, sie müssten danach wieder brav nach Hause zu ihren jeweiligen Partnern.

Völlig perplex, hatte sie inzwischen am Straßenrand angehalten. Das war ja besser als jeder Pornofilm! Das ältere Ehepaar hatte sie nicht bemerkt, so sehr waren sie mit küssen und sich gegenseitig betatschen beschäftigt. Sie musste lächeln – und wünschte sich heimlich, ihre Eltern wären so leidenschaftlich miteinander umgegangen, statt ständig zu streiten. Sie hing noch kurz ihren Gedanken nach, dann wurden ihre Erinnerungen unterbrochen. Es ging nämlich weiterhin *heiß* zu und her.

Es wurde immer leidenschaftlicher. Entgeistert sah sie nun, dass sich die ältere Dame nach hinten hatte fallen lassen und der Mann sich lüstern auf sie legte. Nur schon das Bild! Sie hielt sich die Hand vor den Mund, um nicht laut rauszubrüllen. Es sah einfach umwerfend aus, wie diese beiden älteren Menschen ihren Gefühlen hemmungslos nachgaben. Sie sollte wohl höflicherweise weiterfahren, doch sie brachte es nicht über sich. Was wohl noch kommen würde?

Sie schämte sich fast zuzuschauen. Aber es sah eben auch irgendwie so liebenswert aus. Sie spürte, dass sich die beiden ehrlich zugetan waren. Wie schön, in diesem Alter noch so spontan und unbeschwert seinen Gefühlen nachzugeben. Und jetzt ging es doch tatsächlich zur Sache! Erschrocken hatte sie einen Laut von sich gegeben und dabei total vergessen, dass sie das Seitenfenster geöffnet hatte wegen des schönen Wetters. Und das hatte das leidenschaftliche Pärchen offenbar gehört.

Entgeistert entdeckten sie die Frau, die am Straßenrand angehalten und sie beobachtet hatte. Erst jetzt wurden sie sich bewusst, dass ihr Liebesbänkli von allen Seiten gut einsehbar war. Während sie sich blitzartig mit hochrotem Kopf aufrichteten, drehte die Frau im Auto ebenso hastig ihren Zündschlüssel um und legte einen derart fulminanten Start hin, dass selbst Michael Schumacher neidisch geworden wäre.

Im Rückspiegel sah sie gerade noch im letzten Moment, wie sich das Pärchen tiefer in den Wald verzog. Sie lächelte. Wenn sie mal so alt wäre, würde sie …

Mehr Wasser geht nicht

Schon seit Langem hatte sie den Wunsch verspürt, wieder mal ins Kino zu gehen. Die Wolken hatten schon die ganze Woche tief am Himmel gehangen. Ihre Laune war genauso tief. Mit anderen Worten: genau der richtige Zeitpunkt, in die nächste Stadt zu fahren, um sich einen Film im Kino anzuschauen. Schnell schaute sie in der Zeitung nach dem Kinoprogramm. Sie lächelte, ein historischer Film – genau ihr Geschmack! Ein kurzer Blick nach draußen – ihr Lächeln schien auch die Wolken etwas nach oben zu schicken, sodass ein paar Sonnenstrahlen hervorsprießen konnten. Ein gutes Omen, dachte sie.

Sie überlegte kurz, ob sie einen Regenmantel mitnehmen sollte, entschied sich dann aber, nur in Hosen und dünnem Pullover zu gehen. Meist war sie ja im Auto oder in der Parkgarage oder im Kino, wieso also einen Mantel mitschleppen? Sie füllte eine kleine Petflasche mit Wasser, schlüpfte in ihre Turnschuhe, nahm schwungvoll ihre Handtasche und machte sich mit dem Auto auf den Weg in die nächste Stadt.

Sie freute sich auf den Film, auf die historische Geschichte, die damaligen Kleider und auf eine hoffentlich romantische Liebesstory. Sie parkte in der nahen unterirdischen Garage und lief dann zum Kino, das sich auf der anderen Bahnhofseite befand. Es war überraschend warm draußen. Im Kino an der Kasse vor ihr drei ältere Damen, die wohl etwas feierten. Jede gönnte sich nämlich zum Ticket dazu noch ein Champagnerglas. Ihr war mehr nach Kaffee zumute.

Sie setzte sich ins Foyer, trank ihren Kaffee und ließ ihre Gedanken schweifen. Nach ihr war noch ein jüngeres Pärchen gekommen. Also viele würden nicht im Kinosaal sitzen. Dann wurde es Zeit. Die Filmvorführung begann.

Leider hatte ihr der Film nicht besonders gefallen. Er war langweilig gewesen. Etwas missmutig schritt sie forsch aus dem Kinosaal, verabschiedete sich kurz vom Personal und trat aus dem Gebäude – nur, um mit einem Schrei wieder ins Gebäudeinnere zurückzutreten. Was war denn das? Es regnete derart, dass sie vor lauter Wasser kaum ein paar Meter weit sah!

Entsetzen machte sich breit. Wie kam sie bloß zu ihrer Parkgarage? Nur dünne Kleider am Leib und keinen Schirm – das konnte ja heiter werden! Warten? Sie schaute kritisch in den Himmel. Machte wohl keinen Sinn, es würde wohl noch lange so stark regnen. Doch irgendwie konnte sie sich immer noch nicht dazu überwinden, in den Regen zu treten. Es schüttete wie aus Kübeln, die Straßen und selbst das Trottoir waren leicht überflutet mit Wasser.

Sie überwand sich, senkte den Kopf und rannte los. Schon nach wenigen Metern rann ihr das Wasser aus den Haaren über ihr Gesicht. Sie spürte die Kälte, denn es hatte zu allem Überfluss auch noch stark abgekühlt. Weiter, weiter, weiter, trieb sie sich selber an. Da, endlich ein Gebäude, unter dessen hervorstehendem Dachrand sie normal laufen konnte. Gott sei Dank.

Dann musste sie zwei Treppen runter, um unter den Bahnhof zu kommen. Nicht rennen, mahnte sie sich selber. Die Treppe ist zu glitschig mit all dem Wasser. Keine Chance! Auf den letzten Stufen glitt sie mit ihren Turnschuhen aus, sie landete prompt auf ihrem Hosenboden. Peinlich berührt bemühte sie sich, nicht nach rechts und links zu schauen. Sie wollte erst gar nicht wissen, wie sie wohl auf all die anderen Leute wirkte mit ihren nassen Kleidern und den nassen, herunterhängenden Haaren mitten auf dem Boden! Also aufstehen und weitergehen, als wäre nichts passiert. Wenigstens war sie beim Durchgang unter dem Bahnhof vor dem Regen sicher.

Inzwischen fror sie erbärmlich. Die Rolltreppe rauf, hinter ihr eine junge Dame, die auch nicht besser aussah als sie. Dann die nächsten paar Schritte noch unter einem weiteren Geschäftshausdach, das ihr Schutz vor dem Regen gab. Doch dann kam eine längere Strecke bis zur nächsten Ampel. Da musste sie einfach durch. Im Laufschritt rannte sie weiter. Immer wieder hob sie mal den Kopf, um zu schauen, ob die Gefahr bestand, in jemanden reinzurennen. Das hätte ihr gerade noch gefehlt! Da, die Ampel – die natürlich auf Rot stand.

Verzweifelt schaute sie sich um. Da, eine Tür zu einem Restaurant. Dort konnte sie sich unterstellen. Für ein paar Sekunden wieder sicher vor dem Wasser. Sie seufze und strich sich eine nasse Haarsträhne aus dem Gesicht. Komm schon, dachte sie verdrießlich, werde endlich grün!

Mit einem Satz von der Tür weg, rannte sie über den Fußgängerstreifen. Langsam näherte sie sich endlich dem Parkhaus. Nur noch die ellenlange Treppe rauf. Sie keuchte und verfluchte nicht zum ersten Mal ihre Kilos zu viel auf den Rippen. Wäre sie schlank und fit gewesen, sie wäre schon lange beim Auto.

Endlich! Vor Erleichterung stand sie spontan ein paar Sekunden mitten im Eingang still. Sie hatte es geschafft. Das Wasser rann an ihrem ganzen Körper ab.

Völlig durchnässt löste sie ihr Parkhaus-Ticket. Das sofort nass wurde, als sie es nur schon in ihren nassen Händen hielt. Fast schlagartig hatte sie das Gefühl, das Ticketpapier würde sich auflösen. Mit zwei spitzen Fingern hielt sie das Ticket vor sich her und lief schnell zu ihrem Auto. Unendlich froh stieg sie in ihr Auto ein, legte das schon nasse, gekrümmte Ticket neben sich auf den Sitz. Noch einen kurzen, bangen Moment am Ticketautomaten – doch der Automat hatte das Ticket geschluckt, Gott sei Dank!

Sie fuhr die Rampe rauf mitten in den Regen. Der war immer noch so stark, dass sie die Scheibenwischer auf das schnellste Tempo drehen musste. Zum ersten Mal seit den ersten Schritten im Regen lehnte sie sich entspannt in ihren Sitz zurück. An der ersten Ampel wieder rot, doch diesmal machte es ihr nichts mehr aus, sie war in Sicherheit. Dann weiter. Sie merkte schnell, dass es gar nicht so einfach war, mit dem vielen Wasser auf der Straße zu fahren. Sie schaute sich um. Sämtliche Autofahrer fuhren bedeutend langsamer als sonst. Auch gut, dachte sie. Wenigstens heute kamen die Raser nicht zum Zuge! Sie konzentrierte sich wieder auf die Straße.

Was war denn das? Es ging so schnell, dass sie erst hinterher realisierte, was passiert war. Vor ihr ein kleiner, schwarzer BMW. Etwas schneller als sie unterwegs, aber nicht zu schnell – zumindest unter normalen Umständen. Doch der Fahrer hatte nicht bedacht, was passieren könnte, würde er in voller Fahrt in die riesige Wasserlache am Straßenrand fahren. Auf dem Trottoir eine junge Velofahrerin, die, den Kopf gesenkt, in ihrer dünnen Regenjacke samt Kapuze vor sich hin radelte. Schon bereits völlig durchnässt, ahnte sie wohl noch nicht, was eine Sekunde später passieren würde.

Die völlig überfüllte Wasserlache spritzte nach der Durchfahrt des BMWs derart hoch auf, dass sich eine übergroße Welle gleich einem Tsunami über die arme Velofahrerin ergoss! Für wenige Sekunden war die Velofahrerin nicht mehr zu sehen, sie war unter der Welle völlig verschwunden.

Entsetzt hatte sie das Ganze aus dem Auto beobachtet. Mit vor Schreck weit geöffneten Augen und Mund beobachtete sie, wie der BMW-Fahrer abrupt auf die Bremse trat. Nicht etwa wegen der Velofahrerin, sondern weil das Auto schlingerte. Danach fuhr er bedeutend langsam weiter. Dann schaute sie immer noch erschrocken in den Rückspiegel. Die Velofahrerin war nach dem Wasser-Überfall wieder aufgetaucht. Sie staunte. Die Velofahrerin fuhr unbeirrt weiter, strich sich lediglich kurz übers Gesicht. Na, die hat vielleicht Nerven, dachte sie bewundernd, aber auch gleichzeitig beruhigt.

Dann musste sie lachen. Das alles hatte auch seine lustige Seite. Dieser Wasserfall über der armen Velofahrerin – sie gluckste vergnügt vor sich.

Doch das Lachen verging ihr schnell. Auf der Gegenfahrbahn kam ihr ein Lastwagen entgegen. Diesmal passierte das Umgekehrte. Mitten auf der Straße auch wieder viel zu viel Wasser. Als der Lastwagen noch nicht ganz auf ihrer Höhe war, durchfuhr dieser auch dieses Wasser, das sich tsunamiartig über ihre

Windschutzscheibe ergoss. Erschrocken trat sie blitzartig auf die Bremse, konnte für mind. zwei Sekunden nichts mehr sehen. Panik machte sich bei ihr bereit. Dann war die Windschutzscheibe wieder frei, sie konnte wieder die Straße sehen. Ächzend ließ sie die Luft aus ihrem Mund und begann wieder normal zu atmen. Das hätte schiefgehen können!

Noch etwas langsamer fuhr sie weiter. Immer darauf bedacht, niemanden auf dem Trottoir zu bespritzen noch sich selber bespritzen zu lassen. Die Anspannung ließ erst nach, als sie endlich wieder in ihrer eigenen Garage parken konnte. Inzwischen war sie nicht mehr ganz so nass. Sollte sie es wagen? Sie schaute kurz zur Garage raus. Ein paar Schritte rennen, die Post aus dem Briefkasten nehmen und zur Haustür rennen oder doch lieber darauf verzichten und durch den Garagenkorridor direkt rauf zur Wohnung? Was soll's, schlimmer konnte es ja nicht werden. Außerdem erwartete sie einen wichtigen Brief.

Sie nahm allen Mut zusammen und rannte mit einem Sprint, der rekordverdächtig war, zum Briefkasten. Dabei fiel ihr der Schlüssel aus der Hand. Sie stoppte, bückte sich, richtete sich wieder hoch – und stieß an das dünne Vordach, das über den Briefkästen angemacht war und das auch bereits überfüllt war vom Wasser. Dieses ergoss sich nun mit voller Wucht über sie. Nein! Sie schrie das Wort laut heraus. Genug war einfach genug! Wie von Schakalen verfolgt rannte sie zur Haustür, ohne vorher noch den Versuch zu machen, ihre Post rauszuholen. Zu schnell – der Nachbar, der gerade aus der Tür trat, traf sie mit seinem ganzen Gewicht. „Na, Frau Nachbarin, Körperkontakt gefällig?"

Genervt schüttelte sie den Kopf, umrundete ihn und rannte die Treppe hinauf. Der Nachbar lachte schallend: „Das nächste Mal, wenn Sie duschen wollen, melden Sie sich einfach bei mir. Zusammen macht es doch viel mehr Spaß, nicht wahr?" Sie presste wütend die Lippen aufeinander und nahm sich vor, nie mehr ohne Schirm ins Kino zu gehen …

Frühstücksbuffet ohne Ritter

„Na, was meint ihr?" Erwartungsvoll schaute sie in die Runde. „Tönt doch gut, oder?" Ihr Sohn Randy grinste: „Du meinst, das volle Programm? So richtig mit Reinbeißen und dann die Knochen hinter sich werfen?" Seine drei Schwestern lachten schallend. „Ja, Brüderchen, das würde dir so passen! So richtig die Sau rauslassen und dazu noch grölen, das würde dir so richtig gut gefallen, nicht wahr?"

Sabsi stieß kichernd ihrer Schwester Sammy in die Seite. Diese wiederum zwinkerte vergnügt ihrer anderen Schwester Susu zu, die aber nur seufzte. Sie war die Älteste und fand ihre Geschwister im Moment einfach nur kindisch.

„Ach was, nichts da mit Knochen nach hinten werfen", erklärte ihre Mutter. „Ihr kennt doch dieses Schloss, wir waren ja an meinem Geburtstag dort. Verschiedene Säle und das Restaurant wurden kürzlich renoviert. Und nun bieten sie neu jeden Sonntag einen Ritterbrunch im Rittersaal an. Ich habe im Internet Bilder davon gesehen. Die Kellnerinnen und Kellner tragen echte Kleider wie anno dazumal, und der ganze Rittersaal ist geschmückt mit Waffen und Wappen und Kerzenleuchtern und dergleichen. Das Frühstücksbuffet ist reichlich, und für einen fixen Preis kann man so viel essen, wie man will. Wäre doch eine nette Abwechslung, meint ihr nicht auch?"

Erfreut sah sie, dass sie ihre Kinder mit ihrer Freude angesteckt hatte. „Aber klar doch, Mami, wir kommen gerne mit." Susu schaute ihre Geschwister an, die eifrig nickten. „Aber nur, wenn ich auch meinen Freund Rolli mitnehmen darf", meinte Sabsi. „Klar doch", tönte es fast wie im Chor.

Rolli war ja schon fast ein Familienmitglied und wurde von allen geliebt.

Gleich am nächsten Tag hatte sie im Schloss reserviert, und eine Woche später war es dann soweit. Sabsi und Rolli würden Sammy abholen, Randy würde alleine kommen, und sie selber würde ihre Älteste abholen. Gemeinsam wollten sie sich dann auf dem großen Parkplatz vor dem Schloss treffen.

Ein paar Minuten verspätet lief sie zur Garage runter – verflixt, sie hatte das Geburtstagsgeschenk für ihren Sohn vergessen. Sie drehte sich um die eigene Achse und rannte zurück, rauf in den zweiten Stock, rein in die Wohnung, das Geschenk nehmen und wieder runter zum Auto. Raus zur Garage und mit einem Spurt den Hügel rauf – zumindest hatte sie das vorgehabt. Aber schon nach der ersten Straßenbiegung musste sie spontan auf die Bremse treten. Vor ihr ein Stau. Nicht ganz lautlos schimpfte sie vor sich hin. Dann entdeckte sie das Übel: ein Traktor, der gemächlich dahintuckerte. Auch das noch! Sie schaute auf die Uhr. Sie würde wohl nie pünktlich ankommen. Hatte ihre Tochter nicht letzthin gesagt, sie hasse es, wenn jemand nicht pünktlich kam?

Sie tat, was sie sonst nie tat: Sie schrieb Susu kurz eine SMS mit der Nachricht, dass sie sich etwas verspäten wurde. Da! Etwas hämisch grinste sie. Der Traktor hatte wie gehofft die rechte Spur gewählt, um den Hügel raufzukommen. So konnte sie die linke Spur nehmen, die zwar etwas länger war, da die Straße runter- unter eine Unterführung durchging, auf der sie jedoch schneller fahren konnte. Und wenn sie Glück hatte, konnte sie gerade noch rechtzeitig vor dem Traktor wieder auf die Hauptstraße kommen.

Ihr Herz klopfte. Würde sie es schaffen? „Blöde Kuh!" Wieder musste sie fest auf die Bremse treten. Das Auto vor ihr war plötzlich langsamer geworden. „Na fahr schon! Ich hab's eilig!" Als hätte sie die Autofahrerin gehört, bog sie Gott sei Dank rechts ab.

Wieder gab sie Gas und schaute gleichzeitig auf die linke Spur. Ha! Sie würde es schaffen! Nur noch ein wenig mehr Gas, und das Ding war gebongt. Dachte sie. Sie kam zwar vor den Traktor, übersah jedoch das Schild mit der Geschwindigkeitsbegrenzung.

Und bis sie das Tempo wieder reduziert hatte, war es schon zu spät. Blitz, blitz – die Polizei würde ihre wahre Freude haben. Wieder ein Knöllchen mehr.

„So ein Mist!" Wütend presste sie die Lippen zusammen, zwang sich, ruhig und langsamer zu fahren. Was war das denn? Schon wieder eine Baustelle. Nicht nur, dass sie das Tempo noch mehr drosseln musste, nein, nun stand dort auch noch ein Rotlicht. Sie seufzte. Dann endlich weiter – oder doch nicht? Etwas weiter vorne sah sie den Dorfbus, der an der Haltestelle stand. Misstrauisch beäugte sie ihn. „Na, willst du wohl warten, bis ich vorbei bin?" Ihr kurzes Stoßgebet wurde nicht erhört. Der Bus ließ den Blinker raus, sie musste ihn vorlassen.

In ihrem Magen brodelte es bereits. „Keep cool, mother", würde nun wohl ihre jüngste Tochter Sammy sagen. Sie lächelte bei dem Gedanken.

Endlich war es geschafft. Sie war bei Susu angekommen. Diese wartete bereits mit hochgezogener Augenbraue am Straßenrand. Als sie jedoch die betretene Miene ihrer Mutter sah, wurde sie weich. Sie hing viel zu sehr an ihr, als dass sie ihr länger als ein paar Sekunden hätte böse sein können. „Sag einfach nichts", bat ihre Mutter, und Susu tat wie geheißen.

Gut zehn Minuten später kam die erste SMS. Es war von Randy. „Warte schon seit 20 Min. auf euch!" Susu schrieb kurz zurück, dass sie sich verspäten würden. Und schon kam die nächste SMS. Diesmal von Sabsi. „Wo seid ihr?" Susu griff zum Handy. „Wir müssen noch ca. 5 km fahren. Habt ihr Randy gesehen? Der muss auch schon auf dem Parkplatz sein." Sabsi verneinte. „Ich kann ihn nirgendwo entdecken." „Mach deine Augen auf, er MUSS dort sein. Dann könnt ihr ja schon in den Rittersaal gehen, wir kommen einfach nach."

Wenige Minuten später kamen sie auf dem Parkplatz an. Mutter und Tochter stiegen aus und machten sich auf zum Rittersaal. Beide blinzelten überrascht: Sabsi, Sammy und Rolli kamen ihnen entgegen. War das nicht die falsche Richtung? Sabsi telefonierte und ignorierte die beiden. Und lief weiter zum Parkplatz. Sammy schaute verdutzt ihre Mutter an, die auch nicht besser dreinschaute. Von Rolli erfuhren sie, dass Randy zwar da war, aber leider −Navigationsgerät sei Dank − auf der anderen Seite des Flusses gelandet war. Und Sabsi versuchte nun, Randy wieder zurück zum Schloss zu lotsen. Sie würde draußen warten, während die anderen sich rauf zum Schloss begaben.

„Komisch." Sie standen vor dem Rittersaal. Doch der war geschlossen. Und ein Pfeil mit der Angabe „Zum Ritterbrunch" zeigte in eine andere Richtung. Was stand da auf dem Zettel an der Tür in den Rittersaal? „Umständehalber musste der Rittersaal heute geschlossen werden. Der Ritterbrunch findet nun im Restaurant statt." „So ein Scheiß!" Alle waren enttäuscht. Es würde wohl ein stinknormaler Brunch werden. „Also dafür hätten wir nicht so weit wegfahren müssen", murrte nun auch Sammy.

Sie folgten dem Pfeil in einen größeren Nebensaal, der außer den großen Leuchtern an der Decke ganz normal aussah. Zuvorderst das reich gedeckte Buffet. Etwas unsicher standen sie noch beim Eingang, als ein gelb gekleideter Kellner mit einem kecken Hütchen auf dem Kopf auf sie zukam. Die Mutter machte einen Schritt auf ihn zu und sagte: „Wir haben reserviert."

Der Mann nickte freundlich. „Und wo sind die Kinder?" Ebenso freundlich zeigte sie auf ihre beiden Töchter Sammy und Susu. „Die anderen beiden kommen noch." Der Mann in Gelb schmunzelte. „Na, die sind mir ein bisschen zu groß." „Hä?" Er erklärte, dass er der Unterhalter von kleinen Kindern sei. Und nur dafür sei er zuständig. „Ach so!" Sie lachten. Der Mann holte kurz eine Kellnerin, die sie zu ihrem Tisch führte. Sofort wurden sie mit Prosecco und Fruchtsäften bedient. Mit dem Essenholen wollten sie noch warten, bis auch Randy und Sabsi auftauchen würden.

Sie mussten noch gut zehn Minuten warten, bis die beiden im Laufschritt ankamen. Randy keuchte. Er hatte ein paar Kilos zu viel auf den Rippen, sein Hemd deshalb fast durchgeschwitzt. Er setzte sich, wischte sich über die Stirn und nahm dankbar das Glas Prosecco von der Kellnerin entgegen. „Kümmert euch nicht um mich, holt euch was zu essen, ich selber muss erst wieder zu Atem kommen." „Wie großzügig von dir, Brüderchen", meinte

Sammy etwas spitz. „Du bist doch sonst immer der Erste, wenn's ums Essen geht. Wie wär's mit ein wenig mehr Sport?"

Randy zog eine Grimasse, zu mehr hatte er immer noch keine Luft.

Sie stürzten sich geradezu aufs Essen. Als Mutter gab sie wie meist den Kindern den Vortritt. Und schon vor ihnen waren viele Leute am Buffet gewesen. So kam es, wie es kommen musste: Nicht nur die Schale mit dem Lachs (sie liebte Lachs!), sondern auch die Schale mit dem Krabbensalat (sie liebte auch Krabben!) war leer. Aber sie hatte Glück. Gerade kam der Koch um die Ecke. „Sie, Herr Koch, wie wär's mit etwas mehr Lachs und Krabbensalat?" Aufmüpfig sah sie ihn an. „Aber selbstverständlich, gnädige Frau, kommt sofort!" Und schon verschwand der deutsch sprechende Mann in der Küche.

Triumphierend schaute sie um sich. Man musste sich nur zu helfen wissen! Ihre Kinder saßen schon am Tisch und bissen herzhaft in ihre Brötchen, die reich belegt waren mit Salami und Käse.

Endlich saß auch sie mit ihrem Lachs und dem Krabbensalat. Auch Randy hatte sich inzwischen am Buffet bedient. Wie immer, wenn sie alle zusammen waren, ging die Post ab. Sie hatten viel Gesprächsstoff, lachten und genossen das Frühstück in vollen Zügen.

Plötzlich hielten alle wie auf Kommando inne. Auf ihrem Tisch stand ein großer, hoher, silberner Kerzenständer, welcher mit fünf weißen Kerzen bestückt war. Eine davon hatte sich verselbstständigt und war von großer Höhe herab auf Sabsis Teller gefallen. Alle hoben den Kopf rauf zu den anderen Kerzen – und prompt fiel auch schon die nächste Kerze runter.

Es war Susu, die schimpfte, während die anderen in ein spontanes Gelächter fielen. „So was darf doch nicht passieren! Stellt euch vor, die Kerzen hätten gebrannt!" Und wie auf Bestellung fiel nun auch noch die dritte Kerze runter. Sammy kicherte: „Was das wohl für ein Omen ist? Waren wir zu laut?" Die vierte Kerze plumpste runter.

Nun wurde es Randy zu bunt. Er stand auf, griff nach der fünften Kerze – doch die wollte partout nicht runter. Sie saß so fest, dass auch Randy sie nicht rausnehmen konnte. Kurzerhand nahm er den riesigen Ständer und stellte diesen hinter sich auf den Boden, zwischen die beiden langen Tischreihen. Zufrieden drehte er sich um und setzte sich wieder, ohne zu bemerken, dass nur wenige Schritte vom Kerzenständer entfernt die Kellnerin gerade bei anderen Leuten Kaffee einschenkte.

Diese nahm nun ihr Tablett. Noch während ihr Augenmerk auf den Tisch gelenkt war, machte sie ein paar Schritte und stolperte heftig über den Kerzenständer. Das brachte nicht nur die fünfte Kerze aus der Halterung, sondern auch ein blutiges Knie bei der Kellnerin. Und diese konnte nicht an sich halten: „Welcher Idiot stellt auch einen solch großen Kerzenständer mitten auf den Boden!"

Die Mädchen hielten sich erschrocken die Hände vor den Mund, während Randy im Gesicht rot anlief und peinlich berührt der Kellnerin aufhalf. „Es tut mir wirklich leid, ich hatte nicht viel studiert. Uns sind die Kerzen nur so um die Ohren geflogen, deshalb hatten wir den Ständer auf den Boden gestellt." „Wir?" Sabsi schaute ihren Bruder vorwurfsvoll an. Doch der war damit beschäftigt, die Kellnerin zu besänftigen.

Susu neigte ihren Kopf zur Mutter und flüsterte: „Pass auf, was passieren wird. Unser Charmeur wird es zum Schluss noch schaffen, dass sie ihm ihre Telefonnummer geben wird!"

Gespannt beobachteten sie, wie das Rot im Gesicht von Randy plötzlich verschwand und dafür nun komischerweise auf dem Gesicht der Kellnerin wieder auftauchte. Diese schaute Randy mit glänzenden Augen an: „Ach, macht doch nichts! Ist ja nicht wirklich was passiert. Außerdem ist uns das schon am Morgen beim Aufdecken passiert, dass beim Kerzenständer eine Kerze rausgefallen ist. Ich hab noch meinem Kollegen gesagt, wir sollten wetten, wann die nächste Kerze runterfällt."

Die Frauen schauten sich empört an. Also so was! Die hätten die Kerzen nach dem Vorfall auch gescheiter irgendwie angeleimt!

Randy begleitete die Kellnerin nach draußen. „Siehste, ich hab's dir ja gesagt", lächelte Susu der Mutter zu. „Der kriegt einfach jede rum!" „Na, DU musst grad noch was sagen", antwortete die Mutter schlagfertig. „Meinst du, es wäre mir nicht aufgefallen, wie du den jungen Mann vom Nebentisch ständig anhimmelst?" Susu wand sich verlegen. „Der sieht ja auch einfach viel zu gut aus."

Inzwischen waren sie beim Dessert angekommen. „Mmmh, lecker! Ist das ein Tiramisu?" Sammy nahm einen Löffel und probierte. „Hm, definitiv kein Tiramisu. Aber was es genau ist …" Sie schaute fragend Sabsi an, die sich auch das gleiche Dessert genommen hatte. „Hm." Auch sie war nicht sicher. „Irgendetwas mit Rhabarber und Schokoladenstreuseln, und riechen tut es chemisch. Nee, das esse ich nicht."

„Alles klar, dann entscheide ich mich für Melone." Sie lächelte ihren Töchtern zu, blieb aber sitzen. Niemand reagierte, sie kannten ihre Mutter zu gut. Beleidigt wandte diese sich an Randy, der soeben wieder aufgetaucht war – samt der Telefonnummer der Kellnerin natürlich. Er setzte sich genüsslich und bemerkte erst jetzt, dass er von allen Frauen angeschaut wurde. „Was ist los?" „Bringst du mir ein Stück Melone?" Seine Mutter schaute ihn bittend an. „Wieso sollte ich? Bin zu faul, hab zu viel gegessen." Dann schaute er seine Schwestern an. Doch die schüttelten energisch den Kopf. Randy wandte sich wieder an die Mutter: „Hol dir doch deine Melone selber!" „Nein, bin auch zu faul!"

Eine Sekunde verging – dann lachten alle schallend. Und Susu opferte sich und holte für ihre Mutter ein Stück Melone, das diese genüsslich verzehrte.

Sie blieben noch etwas sitzen, tranken einen Kaffee und plauderten. Danach bezahlten sie die Rechnung und machten sich auf den Rückweg. „Das nächste Mal aber MIT Ritter und mit Knochen, die man nach hinten wegwerfen kann, nicht wahr, Mutter?" „Alles klar, mein Sohn – und verfahr dich nicht wieder mit deinem Navigationssystem!"

Ein letztes Winken, ein letztes Küsschen auf die Wange, und jeder stieg in sein Auto. Nach einer halben Stunde kam ihr plötzlich in den Sinn, dass das Geburtstagsgeschenk für ihren Sohn immer noch hinten im Wagen lag …

Bahn, Zug oder Bus?

„Es tut mir leid, aber Sie können heute Ihr Auto in unserer Werkstatt noch nicht abholen. Beim Ersetzen des Keilriemens fiel uns eine kaputte Feder auf. Und die mussten wir erst bestellen. Vor morgen bekommen wir die aber nicht. Ist das ein Problem für Sie?" Nein, war es nicht. Sie musste frühestens morgen Abend einkaufen gehen. Außerdem fühlte sie sich nicht besonders gut, wahrscheinlich war eine Grippe im Anmarsch.

„Kein Problem, dann hole ich das Auto morgen Mittag ab."

Am nächsten Tag schaute sie im Internet schnell die Bahnverbindung zur Autowerkstatt nach. Fahren mit den öffentlichen Verkehrsmitteln – für sie schon immer ein Horror gewesen. Nie waren sie pünktlich, nie kam man so an wie erhofft. Deshalb hatte sie sich damals sofort nach der Fahrprüfung ein kleines Auto gegönnt. Man war einfach unabhängiger und auch schneller dort, wo man hinwollte.

Doch wann immer sie ihr Auto zum Service oder Pneu-Wechsel in die Autowerkstatt bringen musste, war sie halt gezwungen, die Bahn oder den Zug oder den Bus (oder alle drei!) zu nehmen. Und jedes Mal war sie überglücklich, wenn sie wieder ihr Auto zur Verfügung hatte.

Sie sah, dass sie alle Stunde eine Verbindung mit der Bahn, dessen Bahnhof sich direkt vor ihrer Wohnung befand, zum nächsten Dorf hatte. Und von dort aus eine Viertelstunde später einen Bus für wiederum ein Dorf weiter, wo sich die Autowerkstatt befand. Sie konnte auf der Internetseite auch den Preis dafür ausrechnen: Fr. 5.80 sollte es kosten. Sie schaute nach, ob sie genügend Münzen hatte. Jawohl, das war der Fall.

Dann war es soweit. Sie hasste es, wenn sie sich tief vermummen musste wegen der kalten Temperaturen draußen. Doch sie musste ja nur ein paar Meter zum Bahnhof laufen, dann später nur ein paar Meter zum Bus und danach nochmals nur ein paar Meter zur Autowerkstatt, wo ihr Auto stand. Warum also einen dicken Mantel samt Mütze und Handschuhe anziehen? Es war zwar nur 3° draußen, doch ein leichter Regenmantel würde wohl reichen.

Sie lief mit ihren zwei Einkaufstaschen (sie wollte nach der Autowerkstatt gleich ins nahe Einkaufscenter gehen) zum Bahnhof und stand dort vor dem neuen Ticketautomaten, über den sie schon viel gehört hatte – allerdings nur Negatives. Das Bahnpersonal hatte jedoch behauptet, nur alte Leute würden mit dem Ding nicht zurechtkommen, denn die Bedienung sei wirklich einfach.

Und sie als Computerspezialistin sollte ja wirklich damit zurechtkommen – dachte sie. Falsch gedacht. Sie studierte das Dargebotene auf dem Display. Nichts davon war das, was sie wollte. Sie drückte ein wenig rum. Hm, Fr. 7.80 fürs Ticket? Das konnte nicht sein. Wieder von vorne beginnen. Diesmal ging's besser. Zum Schluss hatte sie ihr Ticket bis zum Ziel, auch der Preis stimmte. Allerdings war das Ticket erst auf dem Display zu sehen.

Sie zückte gerade ihr Portemonnaie, als sie mit Schrecken bemerkte, dass die Bahn soeben hinter ihr zum Stoppen kam. Hastig kramte sie die Münzen hervor, schob als Erstes ein Fünffrankenstück in den Schlitz – welches postwendend wieder unten herauskam. Sie fluchte kräftig, nahm das gute Stück in die Hand und warf es wieder in den Schlitz – zu spät! Die Bahn war nach nur wenigen Sekunden Aufenthalt schon wieder weitergefahren!

Fassungslos und mit offenem Mund schaute sie wütend der Bahn hinterher. Dann fluchte sie laut, war dem Weinen nah. Musste sie jetzt tatsächlich nochmals eine ganze Stunde warten?! Ein paar Leute schauten sie peinlich berührt an. Aber es war ihr egal. Ihre Wut auf die öffentlichen Verkehrsmittel stand wieder mal im Vordergrund.

Eine ältere Dame erbarmte sich ihrer und sprach sie an: „Wie gut ich Sie verstehen kann! Sie sind nicht die Einzige, die täglich vor diesem blöden neuen Ticketautomaten steht und kräftig flucht, weil es so lange dauert, bis man herausfindet, wie man das richtige Ticket findet und ausdruckt." Dankbar schaute sie die Dame an. Sie besprachen mehrere Möglichkeiten, wie sie doch nicht eine ganze Stunde warten musste.

Wenn sie gewusst hätte, was noch alles auf sie zukommen würde, wäre sie wohl ihrer ersten Eingebung – wieder nach Hause zu gehen und in der Wärme vor dem Fernseher eine Stunde auszuharren – nachgegangen.

Schlussendlich entschied sie sich, was sie machen wollte. Sie löste das erforderliche Ticket und wartete auf die nächste Bahn, die eine halbe Stunde später hätte kommen sollen. Die ältere Dame verabschiedete sich von ihr, wünschte ihr noch schöne Weihnachten (die in vier Tagen sein würden) und verschwand. Und sie wartete in der eisigen Kälte eine halbe Stunde. Doch die Bahn kam nicht. Es dauerte weitere sechs Minuten, bis diese endlich auftauchte. Schnell in die Bahn, an die Wärme.

Nach knapp zehn Minuten kam sie im Nachbardorf an. Schnell schaute sie auf die gelbe Zeitentafel – sie hatte ein paar Minuten Zeit, um zum Zugbahnhof nebenan zu gelangen. Schnell ein paar Meter nach rechts, wo die Busse standen. „Nein, tut mir leid, im Moment fährt kein Bus zum nächsten Dorf."

Wieder ein paar Meter zurück zur Unterführung, weil sie auf das Gleis 3 musste, wo ein Zug ins nächste Dorf fahren würde. Von jenem Bahnhof aus musste sie dann halt eine Viertelstunde laufen bis zur Autowerkstatt. Aber immerhin: Sie würde eine halbe Stunde einsparen. Zu spät: Der Zug ins nächste Dorf fuhr ihr vor der Nase davon! Sie hätte schreien können.

Langsam, aber sicher fühlte sie ihren Körper erstarren vor lauter Kälte. Auch die Wut in ihrem Bauch wärmte sie nicht auf. Was nun? Sie entdeckte das Taxi vor dem Bahnhof. Taxi? Ob das wohl viel kostete? Sie näherte sich vorsichtig dem Taxi. Der Fahrer strahlte bei ihrem Anblick und öffnete ihr bereitwillig die Nebentür. „Was kostet die kurze Fahrt ins Nebendorf?" „Ungefähr Fr. 26.-."

Spinnt der? Sie wollte doch nicht das ganze Taxi kaufen! Sie lehnte harsch ab und zog sich zurück. Nun kam nur noch der Bus infrage, der in einer halben Stunde ins nächste Dorf fahren würde. Das war nämlich genau der Bus, den sie genommen hätte, wäre ihr die Bahn nicht vor der Nase abgefahren. Es hatte sich also nicht gelohnt, eine halbe Stunde später die andere Bahn zu nehmen. Wäre sie doch die Stunde nach Hause gegangen!

Sie suchte einen Aufenthaltsraum beim Bahnhof – den gab es aber nicht. Also nochmals eine halbe Stunde in der Kälte warten. Sie lief wie ein Tiger auf und ab. Wäre sie einfach stehen geblieben, sie wäre wohl zu einem erstarrten Denkmal geworden. Sie spürte, wie die Grippe merklich näherkam. Der Hals tat ihr weh, die Nase lief. Toll! Und sie verfluchte sich innerlich, dass sie sich von Anfang so dämlich verhalten hatte.

Endlich war der Bus gekommen. Schnell rein und dem Chauffeur ihr Ticket zeigen. Dieser beäugte das Ticket misstrauisch. „Hm, das Ticket kann ich nicht gebrauchen. Die Zeit ist abgelaufen. Sie brauchen ein neues Ticket." „Was?" Sie dachte, sie hätte sich verhört. „Wollen Sie etwa behaupten, dass ein Ticket bereits nach einer Stunde abgelaufen ist?!" „Richtig." Das durfte doch nicht wahr sein! Sie musste also nochmals ein Ticket kaufen. Sie brach schier in Tränen aus, als sie das Geld hervorklaubte und dabei dem Chauffeur ihre Geschichte erzählte. Dieser lachte herzlich wegen ihres Pechs. „Also ich finde das überhaupt nicht lustig und zum Lachen", wies sie den Chauffeur zurecht. Doch der lachte jetzt erst recht.

Mit dem neuen Ticket setzte sie sich nach hinten. Dass die Heizung im Bus auch nicht gerade stark war, nahm sie verschnupft zur Kenntnis. Dann kamen ein paar Leute, und der Bus fuhr ab – zwei Minuten zu früh! Da werden wohl noch andere Leute nun fluchen, weil ihnen der Bus vor der Nase abgefahren ist, dachte sie leicht schadenfreudig. Trotzdem: Die Situation zeigte ihr, dass sie zu Recht Horror hatte vor den öffentlichen Verkehrsmitteln. Sie rechnete nach: Für eine Autofahrt von zehn Minuten hatte sie nun satte 1 ½ Stunden gebraucht!

Völlig verfroren stieg sie ein paar Haltestellen später aus. Der Chauffeur grinste ihr frech zu, während sie hastig zur Autowerkstatt lief und sich erleichtert in ihr Auto setzte. Sie schwor sich, das nächste Mal lieber zu Fuß zu laufen, als sich je wieder in ein öffentliches Verkehrsmittel zu begeben …

Zufälle gibt's!

Schrill hatte es an der Tür geklingelt. Um diese Zeit? Wer konnte das schon sein! Sie öffnete die Tür. Ihre Nachbarin wirkte irgendwie komisch.

„Wann wollten Sie es mir sagen? Hm?"

Wie vom Donner gerührt schaute sie die Nachbarin an. Was hatte sie denn nun schon wieder angestellt? Wieder hatte sie das Gefühl, die Nachbarin wäre etwas komisch. Als würde sie innerlich bald platzen, aber doch irgendwie auch, als würde sie etwas lustig finden. Und dann aber dieser böse Satz. „Hm. Ich habe keine Ahnung, was Sie meinen", antwortete sie ihrer Nachbarin.

„Nun tun sie doch nicht so scheinheilig." Dann: „Kommen Sie zu mir und meinem Mann rüber, ich mache Ihnen einen Kaffee – aber dalli, dalli!" Hä? Schon fast eingeschüchtert, ging sie kurz zu ihrem Computer, um ihn auszuschalten. Dann lief sie zur Nachbarin rüber. Diese stand mit eingestützten Armen vor ihr, ihr Mann leicht versetzt hinter ihr. Krampfhaft überlegte sie, was sie falsch gemacht haben konnte. Schon wollte sie – wie üblich, wenn sie zum Kaffee bei der Nachbarin eingeladen worden war – in die Küche, da wurde sie aufgefordert, im Wohnzimmer auf der Couch Platz zu nehmen. Und warum war der Mann ihrer Nachbarin auch dabei?

Der setzte sich auf den umgedrehten Stuhl und starrte sie an. Sie wurde immer kleiner. Der Nachbar kam sofort zur Sache: „Wussten Sie, dass Sie meine Freundin sind?" Was? Die Nachbarin gesellte sich zu ihnen, übergab ihr einen Kaffee. „Milch und Zucker?" „Nur Milch, bitte", stotterte sie. Sie sollte eine Affäre mit ihrem Nachbarn haben? Mit offenem Mund starrte sie ihren Nachbarn an. „Haben Sie etwa schon einen Kosenamen für meinen Mann?" Kosenamen? Sie verstand die Welt nicht mehr. „Oder haben Sie etwa schon im ganzen Haus rumerzählt, dass wir einen flotten Dreier veranstalten würden?" Nun wurde sie ganz rot im Gesicht. Flotter Dreier?

Also irgendwie lief hier etwas völlig falsch. Misstrauisch beäugte sie ihre Nachbarn. Also irgendwie wirkten die immer noch komisch. Waren die wirklich wütend, oder …? Eindeutig „oder", denn nun konnten die Nachbarn nicht mehr an sich halten und begannen laut zu lachen. Was lief da bloß ab? „Sagt Ihnen das ‚Quiz A–Z' was?" Ah – jetzt klingelte etwas bei ihr. „Klar! Aber was hat das mit uns dreien zu tun?"

Der Nachbar fing grinsend an zu erzählen: „Ich hatte mir letzthin dieses Quiz im Fernsehen angeschaut und dabei festgestellt, dass es dabei nicht mit rechten Dingen zuging. Worauf ich dem Fernsehen eine diesbezügliche Mail schrieb. Daraufhin rief der Produktionsleiter an und erklärte, wie es zu einem bestimmten Fehler gekommen war. Als Wiedergutmachung für den Ärger bot uns der Produktionsleiter an, zwei oder vier Tickets für uns bereit zu stellen, damit wir gratis als Publikum bei diesem Quiz dabei sein konnten. Doch die Tickets kamen und kamen nicht. Ich habe vier Mails geschrieben (zwei ans Fernsehen und zwei an die Produktionsfirma), bis ich endlich von einer netten Frau vom Fernsehstudio angerufen wurde: Guter Mann, Sie HABEN die vier Tickets schon erhalten! Nein, habe ich nicht! Doch, haben Sie. Nein! Aber hier steht es doch schwarz auf weiß: Ihre Freundin hat vier Tickets bestellt!

Sie können sich vorstellen, wie blöd ich aus der Wäsche geschaut habe, als mir diese Frau sagte, meine Freundin hätte die Tickets bestellt, und das, wo doch meine Frau direkt neben mir stand, während ich telefonierte!" Meine Nachbarin nickte und kicherte. „Ich also wehrte mich entschieden gegen die Behauptung, ich hätte eine Freundin. Die Frau nannte daraufhin einen Namen – den Ihrigen!" Langsam dämmerte es ihr, um was für einen Zufall es sich wohl dabei handelte. „Natürlich klärte ich die Dame sofort auf, dass Sie lediglich meine Nachbarin sind und nicht meine Freundin! Doch die gab nicht auf, traute der Sache immer noch nicht: Sie wollen also behaupten, dass Ihre Nachbarin – die NICHT Ihre Geliebte ist – zur selben Zeit dieselbe Anzahl Tickets für dasselbe Datum und dieselbe Uhrzeit bestellt hat? Scheint so zu sein. Hm, nun denn. Also, ich schicke Ihnen noch heute vier Tickets zu." Und so war es denn auch geschehen.

Nun musste auch sie lachen. Was für ein Zufall! Sie begann ihre Version der Angelegenheit zu erzählen: „Sie wissen ja, dass ich schon seit vielen Jahren als Statistin arbeite. Bei einem Einsatz wurde ich von einer Mitarbeiterin der Produktionsfirma angesprochen bzw. angefragt, ob ich nicht mal als Publikum bei der Quizsendung mitmachen wolle. Zuerst verneinte ich, weil mir die Sendung nicht besonders gut gefällt und mir der Aufwand dazu viel zu hoch war. Doch die Mitarbeiterin meinte, es sei doch lustig, außerdem gäbe es vor der Sendung noch einen ausgiebigen Apéritif mit feinen Häppchen. So sagte ich zu, zumal meine drei Töchter meinten, sie kämen gerne mit. Und so kam es, dass ich etwas später eine Mail bekam mit der Aufforderung, ein Formular auszufüllen. Dort waren sechs Termine für mehrere Aufzeichnungen eingetragen. Ich musste einen Termin angeben und die Zeit (am besagten Sonntag gab es sogar noch einen weiteren, späteren Zeitpunkt), dazu die Anzahl der Tickets, die ich wollte (gratis), und meine Adresse. Gesagt, getan. Die Tickets kamen ein paar Tage später bei mir an."

Der Nachbar nickte: „So kam es, wie es gekommen ist. Ihre Anmeldung kam beim Fernsehen zu einem Zeitpunkt an, kurz bevor wir unsere Anmeldung abgeschickt hatten. Als dann die betreffende Frau im Studio sah, dass wir die gleiche Adresse haben, den gleichen Tag mit dem gleichen Zeitpunkt und der gleichen Anzahl Tickets, dachte sie wohl, sie seien meine Freundin und hätten die Anmeldung für uns beide getätigt. Deshalb kamen die Tickets für uns nie an."

Die Nachbarn lachten herzlich. Wie schnell doch ein falsches Gerücht die Runde machen kann! Somit war auch klar, dass sie nächsten Sonntag zu acht zum gleichen Zeitpunkt nach Zürich abfahren würden. Spontan beschlossen sie, „Duzis" zu machen. „Aber lass dir eines gesagt sein: Meinen Ehemann kriegst du nicht!" Wieder wurde herzlich gelacht. „Ich werde mich hüten", meinte sie und lachte ihren Nachbar an, wobei sie ihm kokett zuzwinkerte. „Aber wenn Ihre Frau mal nicht da ist – Sie wissen, wo Sie mich finden!"

KINDERMUND

GOTT UND SEIN ZUHAUSE

Die Mutter fliegt mit ihren Kindern in die Ferien. Für die Kinder ist es das erste Mal, dass sie in einem Flugzeug sitzen. Sie sind alle sehr aufgeregt. Hoch oben beobachtet die Mutter, wie ihre 8-jährige Tochter angestrengt nach draußen sieht. Offensichtlich hält sie nach etwas Ausschau.

Mutter: Warum schaust du so angestrengt hinaus?
Tochter: Das ist aber komisch! (Schaut weiterhin angestrengt
        hinaus.)
Mutter: Was ist komisch?
Tochter: Jetzt habe ich doch gedacht, der liebe Gott ist im Him-
        mel zu Hause. Und jetzt fliegen wir doch im Himmel.
        Aber den lieben Gott kann ich beim besten Willen nir-
        gendwo entdecken!

GESPENSTER

Die Mutter macht mit ihren Kindern einen Ausflug. Sie besuchen ein Schloss. Nach einer Weile kommen sie am Gefängnis vorbei. Es liegt eine lebensgroße, gut nachgemachte Puppe als Verbrecher darin. Die Tochter (9 J.) wagt einen kurzen Blick hinein, fasst dann blitzartig die Hand der Mutter, zerrt sie hinaus und sagt fast panikartig zu ihrer jüngeren Schwester: „Nur schnell hier raus, sonst behalten sie uns am Ende noch hier!"

SCHNELLE HAUSAUFGABEN

Es ist spätabends. Die Mutter fragt ihre 11-jährige Tochter, ob sie denn die Hausaufgaben schon gemacht hätte. Aber natürlich, bestätigt diese. Sie hätte ja mehrere Tage Zeit gehabt, daran zu arbeiten. Und sie sei schon beinahe fertig. Morgen sei Abgabetag. Die Mutter ist misstrauisch. Sie fragt, was es für eine Hausaufgabe sei. Die Tochter murmelt etwas von einem Aufsatz. Ja, und wie viel hast du denn schon geschrieben, fragt die Mutter. Die Tochter ganz stolz: „Ich habe bereits den Titel geschrieben …!"

DAS SCHNELLE AUTO

Die ganze Familie ist unterwegs mit dem Auto. Sie wollen eine Zirkusvorstellung besuchen. Sie fahren auf eine Ampel zu, vor ihnen ein Auto. Empört beobachten alle, wie dieses noch schnell bei Rot durchfährt. Vor allem die 7-jährige Tochter regt sich auf und ruft: „He, du da, komm gefälligst sofort wieder zurück und warte, bis es wieder grün wird!"

Einen Kilometer weiter muss die Familie an einer geschlossenen Bahnschranke warten. Nachdem der Zug vorbeigefahren und die Bahnschranke wieder offen ist, fahren sie mit dem Auto über die Geleise. Der 13-jährige Sohn bemerkt lakonisch: „Die täten gut daran, hier einen Kreisel zu installieren – und für den Zug auch gleich einen."

STRESSIGER WC-BESUCH

Mutter und Tochter besuchen eine Veranstaltung in einem anderen Kanton. Zigtausende von Menschen tummeln sich in der bestuhlten Halle. Nach zwei Stunden teilt die 11-jährige Tochter der Mutter mit, sie müsse dringend auf die Toilette. Sie machen sich auf die mühsame Suche. Sie finden einen total überfüllten Toilettenraum vor. Es herrscht riesiges Chaos. Wer die besten

Ellenbogen hat, kann zuerst aufs WC. Kaum ist die WC-Tür zu, wird auch schon wieder heftig daran geklopft. Endlich kann die Mutter mit der Tochter ein WC ergattern. Kaum sitzt diese auf der WC-Schüssel, strahlt sie: „So, jetzt kann ich endlich gemütlich scheissen." Entsetzt winkt die Mutter ab, denn schon wird an die Tür geklopft. Und sie muss schließlich auch noch. Doch die Tochter bleibt gelassen: „Okay, ich mache jetzt normal, dann kannst du. Aber dann darf ich noch mal, um zu scheißen …"

DIÄT WÄRE NÖTIG

Die 7-jährige Tochter kommt nach Hause, strahlt die Mutter an und sagt: „Von jetzt an sage ich zu dir Tante Mafalda". Die Mutter fragt erstaunt warum. Die Tochter berichtet, dass die Kindergärtnerin eine Geschichte von Tante Mafalda erzählt habe. Und diese Tante sei eben unwahrscheinlich dick. Die Mutter reagiert auf diese Anspielung etwas beleidigt. Ihre Tochter tröstet sie: „Aber ein bisschen dicker als du ist Tante Mafalda schon noch …"

FERIENERLEBNISSE

Die ganze Familie fliegt für eine Woche ins Ausland. Sie steigen ins Flugzeug und schnallen sich an. Das Flugzeug macht sich bereit, zu starten. Zu diesem Zweck muss es aber zuerst ein Stück rückwärts fahren. Die 11-jährige Tochter fragt entsetzt: „Fliegen wir jetzt verkehrt rum?"

Am nächsten Morgen erstes Frühstück im Hotel. Die 9-jährige Tochter möchte ein gekochtes Ei und macht sich auf die Suche. Sie kommt mit einem rohen Ei retour. Die Mutter macht sie darauf aufmerksam – die Tochter versucht aufs Neue ihr Glück. Nach einer Weile kommt sie endlich zurück und erklärt, dass das Ei zuerst noch ins heiße Wasser kommen müsse. Die Mutter fragt sie, wie lange dies wohl daure. Die Tochter behauptet: „Vier Stunden!"

Spätabends schickt die Mutter die Kinder ins Bett. Diese protestieren lauthals. Besonders der 11-jährigen Tochter gefällt dies gar nicht. So ganz nebenbei sagt sie: „Also ich könnte es noch ohne Weiteres bedeutend länger aushalten ...!"

Auf einem Ausflug besucht die Familie eine Kirche namens „St. Nikolaus". Der Reiseleiter erzählt. Später schart er alle Kinder um sich und teilt ihnen mit, dass sie sich an dieser heiligen Stätte etwas wünschen dürften. Und wenn sie ganz fest daran glauben, würde ihr Wunsch auch in Erfüllung gehen. Wieder im Reisebus, fragt die 7-jährige Tochter die Mutter, ob sie ihr zu Hause verraten dürfe, was sie sich gewünscht hätte. Die Mutter verneint, das sei schließlich geheim. Die Tochter mit kläglicher Stimme: „Ja, aber wenn ich es dir nicht sage, dann kannst du mir den Wunsch doch auch nicht erfüllen!"

Am letzten Ferienabend gibt es während des Nachtessens einen kurzen Stromausfall. Desgleichen, als sie wieder zurück auf ihren Zimmern sind. Allerdings ist es diesmal ein etwas längerer. Nur noch das Eingangslämpchen brennt. Die 7-jährige Tochter überlegt: „Was machen wir bloß, wenn wir während des Schlafens wieder einen Stromausfall haben?"

EINE LANGE BERGFAHRT

Die Kinder weilen mit dem Vater in den Ferien. Als sie zurückkommen, haben sie viel zu erzählen. Die 9-jährige Tochter berichtet von ihrem Ausflug auf einen Berg. Die Mutter fragt, wie lange die Fahrt auf den Berg gedauert habe. Die Tochter überlegt einen Moment und fragt dann ihrerseits die Mutter, ob sie wisse, wie lange „mittel" sei. Die Mutter bejaht zögernd. Daraufhin die Tochter: „Genau doppelt so lange ging es!"

PUBERTÄTSPROBLEME

Alle Kinder sitzen am Tisch beim Abendessen. Die 11-jährige Tochter ist müde, gähnt ausgiebig, streckt sich genüsslich – ihr Pulli rutscht hinauf. Ihr 13-jähriger Bruder ist entsetzt: „Spinnst du, kannst du deinen Pulli nicht runterziehen? Ich will nämlich deine kleinen Büggeli (er meint damit ihre Brustwarzen, die noch kein bisschen größer geworden sind) nicht sehen!" Seine Schwester ist empört und gleichzeitig beleidigt. Sie stellt richtig: „Was fällt dir ein, meine Büggeli als **klein** zu bezeichnen, die sind schon groß!"

HAUSMANN

Die Mutter bittet ihre 11-jährige Tochter, ihr zu helfen, die Bettlaken zusammenzulegen. Diese ist nicht begeistert. Die Mutter erklärt ihr, dass sie dies später, wenn sie mal groß ist, auch allein machen müsse. Und dass dies deshalb gerade eine gute Übung für sie sei. Die Tochter wehrt empört ab: „Sicher mache ich das nicht allein!" Die Mutter fragt, wer ihr mal später dabei helfen würde. „Natürlich meine Kinder!" Die Mutter lacht und sagt ihr, dass es in diesem Fall ja schön sei, dass sie einer Meinung seien, wenn es darum gehe, dass die Kinder auch mal im Haushalt mithelfen. Die Tochter merkt ihren Widerspruch und überlegt fieberhaft. Auf die erneute Frage der Mutter, wer ihr nun im Haushalt helfe, wenn sie mal groß sei, antwortet sie daraufhin: „Natürlich mein Mann!"

WEIHNACHTSBAUM

Die Kinder helfen zum ersten Mal beim Weihnachtsbaumschmücken. Als sie damit fast fertig sind, brummt die 7-jährige Tochter vor sich hin: „Wenn ich noch lange schmücken muss, werde ich noch selber zum Weihnachtsbaum …"

EINE SCHLECHTE VERLIERERIN

Zwei der vier Geschwister sind in den Ferien. Der 7-jährigen Tochter ist es langweilig. Sie fragt die Mutter, ob sie mit ihr ein Spiel machen würde. Die Mutter verneint, sie hat noch viel zu tun. Ihre Tochter versucht alles, ihre Mutter umzustimmen. Diese macht ihr den Vorschlag, mit ihrem 13-jährigen Bruder zu spielen. Das passt ihr aber gar nicht. Verwundert fragt die Mutter, warum sie unbedingt mit ihr, aber nicht mit ihrem Bruder spielen will. Sie antwortet: „Ach, weißt du, er gewinnt sowieso immer. Doch bei dir habe ich die Chance, auch mal zu gewinnen!"

EINE GÜNSTIGE WOHNUNG

Die Familie sucht seit geraumer Zeit eine größere Wohnung. Die meisten Wohnungen in der Umgebung sind aber zu teuer (die günstigste etwa sFr. 1'500.-). Da kommt die 11-jährige Tochter zur Mutter und erzählt, sie hätte sich auch etwas umgehört, doch die Mieten seien wirklich zu hoch. Die Mutter hört interessiert zu. Die Tochter: „Also wirklich, die Wohnungsmieten sind sehr, sehr hoch! Stell dir vor, die verlangen doch tatsächlich mehrere 100 sFr. im Monat dafür …!"

SCHÖNHEITSBAD

Die Mutter macht sich abends ein schönes, heißes Bad und hängt ihren Träumen nach. Da kommt ihre 10-jährige Tochter herein, rümpft die Nase und behauptet, es stinke. Die Mutter klärt sie auf, dass sie ein spezielles Mittel ins Badewasser gegeben hätte, das gut zum Entspannen sei. Ihre Tochter will Näheres darüber wissen. Die Mutter erklärt ihr, wenn man ein solches Bad nähme, werde man ganz ruhig, gemütlich und auch etwas faul. Blitzartige Erkenntnis der Tochter: „Ach so, du meinst das, was bei meiner 12-jährigen Schwester ein Dauerzustand ist?"

GEFÄHRLICHES SCHWIMMBAD

Die Mutter geht mit der 10-jährigen Tochter ins Schwimmbad. Diese weiß genau, in welches Bad sie gehen darf (nämlich dort hinein, wo nur kleine Kinder sind) und in welches sie nicht gehen darf (dort, wo vor allem Erwachsene, die schwimmen können, sich aufhalten). Nach einer Weile kommt sie ganz aufgeregt zur Mutter und berichtet: „He, Mami, schau' mal! Jetzt ist doch mein Schulkollege tatsächlich ins ‚Mutter-Bad' gesprungen …!"

WIE MAN EINEN LOTTOGEWINN TEILT

Die 8-jährige Tochter kommt zur Mutter und fragt: „Willst du wissen, was ich mit einem Lottogewinn von Fr. 1'000.- machen würde?" Die Mutter bejaht, und die Tochter fährt fort: „Die eine Hälfte würde ich dir schenken, die andere Hälfte Papi, eine weitere Hälfte würde ich meiner Freundin geben und den Rest würde ich für mich behalten …"

Am nächsten Samstagabend überprüft die Mutter die Lotto-Zahlen. Sie schimpft, weil es lauter Nieten sind. Ihre Tochter bedauert sie und versucht sie zu trösten: „Weißt du was? Ich habe eine Idee. Das nächste Mal wartest du die Lottozahlen im Fernsehen ab, schreibst alle 6 richtigen Zahlen ab, schickst es ab – dann hast du gewonnen!" Die Mutter macht sie darauf aufmerksam, dass in diesem Fall die Zahlen nicht mehr gültig wären. Ihre Tochter rümpft die Nase und findet das aber sehr schade …

FRISCHES OBST

Die Mutter hat Mandarinen gekauft, allerdings sind diese sehr klein. Als ihre 8-jährige Tochter diese sieht, lacht sie und sagt: „Ach du meine Güte, sind die aber noch jung!"

FAULHEIT

Die Mutter bittet ihre 12-jährige Tochter, aus dem Keller eine Trinkflasche zu holen. Zuerst weigert diese sich. Dann überlegt sie, lacht, sagt Ja und meint weiter: „Sonst glaubst du noch, ich wäre faul …!"

AUSWAHL EINES ZUKÜNFTIGEN

Ein guter Freund des Hauses, dessen Heimat die Türkei ist, unterhält sich mit der 10-jährigen Tochter des Hauses. Er rät ihr ganz im Vertrauen, sie solle doch, wenn sie mal groß ist, einen Türken heiraten. Die seien die Besten! Doch diese wehrt sich ganz entschieden: „Bestimmt nicht! Ich will mal einen ganz Normalen …"

VERGESSLICHES GEDÄCHTNIS

Die 8-jährige Tochter fragt die Mutter zum x-ten Mal, wohin sie denn gehen. Die Mutter antwortet ihr ziemlich genervt, dass sie ihr darauf schon mehrere Male geantwortet hätte. Ihre Tochter zieht eine Grimasse und sagt: „Ach, weißt du, ich hatte halt meinen Kopf noch nicht eingeschaltet …"

KOMISCHES WASSER

Die Mutter nimmt eine Trinkflasche aus dem Kühlschrank, öffnet diese und leert den restlichen Inhalt in ein Glas. Danach schließt sie die Flasche wieder, worauf sich sofort Kondenswasser in der Flasche bildet, d. h. die Innenwände beschlagen sich. Ihre 8-jährige Tochter beobachtet dies und ruft begeistert: „Sieh mal, in der Flasche hat es Nebel!"

WETTERPROGNOSEN

Die 11-jährige Tochter schaut zusammen mit ihrer Mutter die Tageszeitung an. Sie sieht dabei die Wetter-Zeichnung und fragt die Mutter, woher die Zeitungsleute denn wissen, was es für ein Wetter geben wird. „Oder raten die einfach …?"

FRISCHE LUFT

Die 13-jährige Tochter hat sich den ganzen Tag draußen aufgehalten, denn es ist herrliches Wetter. Zum Abendessen geht sie nach Hause. Danach noch ein kurzes, erfrischendes Bad. Sie geht zur Mutter und fragt, ob sie noch ein wenig auf dem Balkon sitzen dürfe. Sie wolle das unbedingt. Die Mutter schaut sie fragend an, worauf ihre Tochter zur Antwort gibt: „Ich brauche dringend noch etwas frische Luft …!"

ANSTRENGENDE ARBEIT

Die 13-jährige Tochter, bekannt für ihre Faulheit, geht nach dem 1. Schultag nach den Ferien nach Hause. Sie erzählt der Mutter, dass sie ganz „kaputt" und „geschafft" sei, weil es sehr streng zugegangen sei. Die Mutter fragt sie, welches Fach ihr denn am meisten zu schaffen gemacht hätte. „Das Singen war am anstrengendsten!"

EXOTISCHE FRÜCHTE

Die Mutter kauft einen Sack voller Glockenäpfel. Ihre 11-jährige Tochter hilft ihr beim Auspacken. Sie liest laut den ihr unbekannten Apfel-Namen. Ein paar Stunden später macht die Mutter ihre Tochter darauf aufmerksam, dass es „Zvierizeit" ist und sich die Tochter einen Apfel nehmen darf. Diese legt ihre Stirne in Falten, überlegt krampfhaft, wie doch der Name des Apfels war, und sagt daraufhin: „Okay, ich hole mir eine Glocken-Birne …"

TELEFONBUCHSUCHE

Die 10-jährige Tochter sucht verzweifelt etwas im Telefonbuch. Die Mutter fragt sie, ob sie Probleme habe. Diese antwortet, sie könne einfach nicht die Adresse von der Großmutter finden. Die Mutter macht sie darauf aufmerksam, dass sie unter dem Namen der Ortschaft suchen müsse. Das hätte sie ja getan, so ihre Tochter.

Mutter: Und unter ihrem Namen findest du tatsächlich nichts?
Tochter beteuert: Nein, ehrlich nicht.
Die Mutter fragt misstrauisch:
Unter welchem Namen hast du denn gesucht?
Tochter: So eine blöde Frage, natürlich unter ihrem Vornamen!

HARTER KAMPF

Der Freund des Hauses telefoniert und berichtet, dass seine Nichte ihren ersten Arbeitstag bei ihm in seinem Restaurant hat. Auf die Frage, wie sie sich denn so macht, antwortet er lachend: „Sie kämpft noch mit dem Nüsslisalat …"

SÜSSES BABY

Die 12-jährige Tochter ist vernarrt in ihren neugeborenen Bruder, der immer lieb und brav ist, nie schreit. Sie überlegt: „Also, wenn ich mal ein Baby bekomme und das ist frech, dann komme ich und tausche es gegen meinen kleinen Bruder ein …"

EINE SCHWIERIGE FRAGE

Die 10-jährige Tochter geht zur Mutter und fragt sie treuherzig: „Du, Mami, darf ich dich etwas fragen? Aber du darfst nicht Nein sagen …"

KLEINE KLEIDER

Die 10-jährige Tochter wird immer größer. Als sie eine Bluse anziehen will, bemerkt sie, dass diese zu klein geworden ist. Sie stöhnt: „Die Kleider werden auch immer kleiner!"

GOTT WEISS ALLES

Die Mutter und ihre 12-jährige Tochter genießen auf einem Liegestuhl am Nachmittag die Sonne. Anscheinend überlegt die Tochter etwas, denn plötzlich fragt sie: „Versteht Gott eigentlich **alle** Sprachen, die es auf dieser Welt gibt?" Die Mutter bejaht. Daraufhin ihre Tochter: „Gott scheint ja ein wahres Genie zu sein!"

WAS MACHT EINEN GUTEN EHEMANN AUS?

Die 13-jährige Tochter fragt die Mutter, ob sie ihr beim Bügeln helfen soll. Diese winkt ab mit dem Hinweis, dass sie das später sowieso noch genug selber machen muss. Ihre Tochter antwortet entrüstet: „Ich heirate schließlich einmal. Und dann habe ich ja einen Ehemann, der für mich bügelt!"

SO JUNG UND SCHON SO ALT

Die Mutter macht ihre Tochter darauf aufmerksam, dass diese in ein paar Tagen Geburtstag hat und 15 Jahre alt wird. Ob sie sich denn darauf schon freue? Die Tochter zuckt die Schultern.

Mutter: Was bereitet dir Kummer in Bezug auf deinen Geburtstag?
Tochter: Ach, schon wieder ein Jahr älter …

ZU KURZE BEINE

Die Zwillingsgeschwister sind 16 Monate alt und laufen schon ganz gut. Ihre 13-jährige Schwester beobachtet beide beim Laufen. Es ist offensichtlich, dass das Zwillingsmädchen längere Beine hat als ihr Zwillingsbruder. Die ältere Schwester bedauert den Kleinen und sagt: „Armes Kind, seine kurzen Beine sind wohl ein Geburtsfehler …"

ZU GROSSE KISTE

Der 4-jährige Nachbarsbub schaufelt wie verrückt Sand in eine große Kiste, die im Sandkasten steht. Als diese voll ist, will er sie umkippen. Keine Chance. Verzweifelt ruft er seiner Gotte: „Gotti, kannst du diese Kiste umbringen?" Die Gotte kontert schlagfertig: „Sicher nicht, ich bin doch keine Mörderin!"

SCHWIERIGE RECHENAUFGABE

Die 12-jährige Tochter ist in eine höhere Schulklasse gekommen und hat zum ersten Mal mit Algebra zu tun. Die Mutter hilft ihr bei den Aufgaben. Die 14-jährige Schwester, die Algebra nicht kennt, prahlt vor ihrer jüngeren Schwester, auch sie könne Algebra. „Aber nur, wenn mir jemand das Resultat vorhersagt."

BEQUEMES MÄDCHEN

Die 14-jährige Tochter träumt vor sich hin. Plötzlich fragt sie die Mutter: „Könntest du nicht dort hinten bei der Wiese, wo der eine Baum steht, noch einen anderen Baum setzen?" Die Mutter will wissen, warum. Ihre Tochter antwortet: „Dann könnte ich zwischen den beiden Bäumen eine Hängematte aufhängen, mich reinlegen und es mir gemütlich machen …"

SPIELVERDERBER

Der 5-jährige Nachbarsbub sagt erbost zu seiner kleinen 7-jährigen Nachbarin: „Du darfst **nie mehr** auf unserer Terrasse spielen!" Dann überlegt er kurz und fährt fort: „Und sogar morgen auch nicht!"

QUIZ

Die Mutter macht mit ihrer 4-jährigen Tochter ein Wortspiel. „Du bist ein Bett. Du bist ein Stuhl. Du bist ein Joghurt." Ihre Tochter wehrt immer lachend ab. Dann fragt die Mutter: „Und wer bin ich?" Ihre Tochter: „Du bist ‚Müller' – und Papi ist ein Würstchen!"

AUFKLÄRUNGSUNTERRICHT

Die 4-jährigen Zwillinge haben in einem Fotoalbum ein Foto ihrer Mutter gesehen, als diese hochschwanger gewesen war. Sie wissen, dass sie im Bauch der Mutter waren. Ein paar Wochen später sehen sie abends der Mutter zu, wie sich diese auszieht, um das Nachthemd anzuziehen.

Der Junge (zeigt auf ihren großen Zeh): Aber das geht doch gar
  nicht!
Mutter: Was geht nicht?
Er: Du hast doch gesagt, wir sind einmal in deinem Bauch gewesen.
Sind wir dann bei deinem Zeh wieder herausgekommen?
Mutter: Aber nein!
Mädchen (überlegt krampfhaft): Aber aus deinem Kopf doch be-
  stimmt auch nicht!
Mutter (etwas verlegen): Nein. Ihr kamt zwischen meinen Bei-
  nen, d. h. aus dem Po heraus.
Mädchen (entsetzt): Aber dann hast du ja bei meiner Geburt di-
  rekt auf meinen Kopf „geschissen"!

SCHWIERIGE SUCHE

Die 4-jährigen Zwillinge spielen. Nach einer Weile will der
Junge nicht mehr. Er ist müde und verdrückt sich zur Mutter
in die Küche.

Seine Zwillingsschwester: He, komm mich suchen!
Er: Nein, ich will nicht. Wo bist du denn?
Sie: Ich habe mich hinter dem Fernseher versteckt!

MOTORRAD-FAN

Die 4-jährige Tochter zeigt der Mutter ein Bildchen, auf dem
ein großes Motorrad abgebildet ist. Sie behauptet, ihr Vater hät-
te ihr versprochen, ihr ein solches zu kaufen.
Mutter (zweifelnd): Das glaube ich nicht.
Tochter: Doch, doch.
Mutter: Ja aber du kannst doch gar nicht Motorrad fahren!
Tochter: Natürlich! Papi stößt das Motorrad, und ich fahre ...

ERSATZWERKSTATT

Die 4-jährige Tochter ist wütend. Deshalb droht sie der Mutter, dass das Pferd aus ihrem Buch sie auffressen wird. Die Mutter macht sie darauf aufmerksam, dass sie dann aber tot wäre. Und in diesem Fall könne sie nicht mehr nachts zu ihr ins Bett schleichen. Auch niemand würde ihr jeweils das Frühstück zubereiten. Der Zwillingsbruder hört aufmerksam zu und hat die zündende Idee und sagt zur Mutter: „Kein Problem, ich flicke dich einfach wieder zusammen."

KOMISCHES AUTO

Während die Mutter schnell zur Bank muss, wartet ihr 4-jähriger Sohn allein im Auto. Als sie wieder zurückkommt, berichtet er ihr strahlend, er hätte einen kleinen „Dog-Dog" gesehen. Die Mutter kommt nicht dahinter, um was es sich dabei handelt. Sie fahren weiter zum Einkaufen. Auf dem Weg überholt die Mutter einen Traktor. Prompt ruft ihr Sohn: „Siehst du, das ist ein Dog-Dog (Traktor)!"

SELTSAME BALLONS

Die 4-jährige Tochter beobachtet, wie sich die Mutter seitlich an ihrer Brust kratzt. Sie ruft empört: „Du darfst dich nicht an der Brust kratzen. Sonst platzt sie, und du bist keine richtige Frau mehr …!"

ZEITPROBLEME

Der 6-jährige Nachbarsjunge sitzt auf der Schaukel. Sein 8-jähriger Bruder stört ihn dabei. Beide streiten. Die Mutter greift ein. Der Ältere rechtfertigt sich: „Er hat mich das letzte Mal, als **ich** auf der Schaukel saß, auch so gestört." Die Mutter, die ihren Sohn nur zu gut kennt, fragt misstrauisch: „Wann war das letzte Mal?" Er: „Im letzten Sommer …"

EIN GUTER RAT

Die 4-jährige Tochter begleitet ihre Mutter zum Arzt. Sie fragt die Mutter, weshalb sie dorthin müsse. Die Mutter überlegt, wie sie ihrer Tochter eine „Routine-Untersuchung" erklären soll. Deshalb antwortet sie: „Ich habe ein Wehwehchen."

Ihre Tochter schaut sie von unten nach oben an: „Du bist selbst schuld. Ich habe dir immer gesagt, dass du nicht so viel essen sollst!"

HARTE ARBEIT

Der 8-jährige Nachbarsjunge wird von seiner Mutter gefragt, ob er ihr nicht ein wenig im Haushalt helfen wolle. Dieser wehrt empört ab, denn: „Schließlich ist der Muttertag vorbei!"

AUTOPRÜFUNG

Die 18-jährige Tochter lernt Autofahren. Sie ist bereits ein paarmal mit der Mutter gefahren. Nun hat sie die erste Fahrstunde bei der Fahrlehrerin. Wieder zurück, lässt sie sich schwer atmend auf die Couch fallen. Ihre jüngere Schwester fragt sie, wie es denn so gelaufen sei. Sie lacht verschmitzt: „Gut ... Die Fahrlehrerin ist tot ..."

EIN BESONDERER LIFT

Die Mutter geht mit ihrem 4-jährigen Sohn einkaufen. Mit dem schweren Einkaufswagen warten sie nun auf den Lift. Trotz mehrmaligem Drücken auf den Knopf kommt dieser einfach nicht. Ihr Sohn überlegt: „Ich glaube, dem ist das Benzin ausgegangen ..."

VERJÜNGUNGSKUR

Die 16-jährige Tochter rennt in die Küche und trinkt hastig, fast gierig, aus einem Glas Wasser. Danach ein tiefer, zufriedener Seufzer: „Ha, das hat gut getan! Fühle mich gleich zehn Jahre jünger …"

ERWACHSEN?

Die 4-jährige Tochter setzt sich neben die Mutter auf die Couch. Stolz erzählt sie der Mutter, dass sie jetzt auch schon groß sei. „Warum denkst du das?", fragt die Mutter. „Schau mal, was ich kann." Elegant lehnt sich die Tochter nach hinten, hebt ihre Beinchen hoch und legt ihre kleinen Füße auf den Fernsehtisch – genau neben die hoch gelagerten Beine der Mutter. „Siehst du? Das kann ich jetzt auch, also bin ich nun genauso groß wie du!"

UR-UR-URALT

Der 5-jährige Sohn hat lange gebadet. Wieder im Pyjama, betrachtet er entgeistert seine „verschrumpelten" Füße. Dann: „Mein Gott, habe ich plötzlich alte Füße …"

SCHNELLES WACHSTUM

Die 5-jährige Tochter erzählt, dass im Kindergarten ein Kind sei, das „plötzlich" sehr groß geworden sei. Sie überlegt: „Wenn das Kind weiterhin so viel wächst, schlägt es noch eines Tages den Kopf im Himmel an."

PRAKTISCHE WINTER-JACKE

Es ist Winter und sehr kalt. Die Mutter zieht ihrem 5-jährigen Sohn die Winterjacke an. Danach auch noch die Mütze und Handschuhe. Er wehrt sich: „Die Handschuhe sind nicht nötig. Ich stecke meine Hände einfach in die Kehrichtsäcke." Die Mutter schaut ihn fragend an. Ihr Sohn schaut erklärend auf seine Hände, die er in die Jackentaschen gesteckt hat …

UNLUST

Der 3-jährige Sohn wird von seiner Mutter in den Kinderhort gebracht, damit sie in aller Ruhe in eine Gymnastik-Stunde gehen kann. Der Leiterin fällt auf, dass der Sohn nur gelangweilt in die Runde blickt, nicht mit den anderen Kindern spielt. Sie fragt ihn, ob er denn nicht auch etwas spielen will. Er verneint. Sie: „Warum nicht?" Er: „Ich habe keine Zeit …"

DICKER BAUCH

Die 5-jährige Tochter sitzt auf den hochgelagerten Beinen ihrer Mutter und tätschelt liebevoll deren Bauch. Sie fragt ihre Mutter, warum denn ihr Bauch so dick sei. Die Mutter zuckt mit den Schultern. Die Tochter weiß Rat: „Du musst nur einmal kräftig rülpsen, dann geht die Luft raus, und dein Bauch wird wieder kleiner!"

DER UNBEZWINGBARE

Die Mutter erklärt ihrer 5-jährigen Tochter, dass jeder, der kriminell wird, verhaftet wird. Sogar ihr Papi würde verhaftet werden, wenn er Dummheiten machen würde. Die Tochter ist empört: „Nein, Papi wird **nie** verhaftet!" „Warum nicht?" Die Tochter: „Weil er doch **mein** Papi ist …!"

HAUSANGESTELLTE

Tochter (5 J.): „Mach mir einen Salat!"
Mutter: „Ich bin doch nicht dein Dienstmädchen!"
Tochter: „Aber meine Mutter!"

TEURE ZAHL

Die 16-jährige Schwester spielt mit ihren 5-jährigen Zwillings-
geschwistern.

Ältere Schwester: Sagt mir eine Zahl zwischen 1 und 10.
Junge: 6.
Mädchen (überlegt zuerst): 400 Dollar!

WER KRIEGT HIER DIE BABYS?

Tochter (5 J.): Huch, jetzt habe ich etwas Komisches gesehen!
Mutter: Ja, was denn?
Tochter: Jetzt bekommen schon die Männer Babys!
(Die Mutter dreht den Kopf und sieht einen älteren Mann mit
sehr dickem Bauch auf dem Trottoir stehen …)

FEIGLING

Die 5-jährige Tochter wird auf dem Kindergarten-Heimweg von
einem Buben geschlagen. Sie kommt weinend nach Hause, kurz
danach folgt ihr Zwillingsbruder. Die Mutter fragt ihn, warum
dieser nur zugeschaut und seiner Schwester nicht geholfen hat.

Er (entrüstet): Meinst du eigentlich, ich will auch noch verprü-
gelt werden?

DER KLEINE UNTERSCHIED

Die 5-jährigen Zwillingsgeschwister diskutieren, es geht ums öffentliche Schwimmbad. Der Bub kommt zu folgendem Resultat:

Also: Ins ganz kleine und niedrige Schwimmbecken müssen die Babys. Ins große, tiefe Schwimmbecken dürfen nur „Menschen" …

HANDFESTE DROHUNG

Die Mutter sagt ihrer 5-jährigen Tochter, sie solle vor dem Zubettgehen noch schnell auf die Toilette gehen. Diese setzt sich auf die Schüssel und wartet und wartet und wartet. Dann: „Na mach schon – ich warne dich!"

WAS FÜR EIN GLANZ!

Der 5-jährige Sohn bemerkt, dass seine Mutter das Tischtuch auf dem Wohnzimmertisch ausgewechselt hat. Begeistert ruft er aus: „Wow! Was für ein schöner Tischteppich!"

UHRZEIT

Die Mutter macht den ersten Versuch, ihrer 5-jährigen Tochter das Uhrlesen beizubringen. Sie stellt die Uhr auf sechs Uhr und fragt, wie viel Zeit jetzt sei. Ihre Tochter spontan: „Zeit zum Aufstehen!"

MÜDE

Die 5-jährige Tochter kann einfach nicht einschlafen. Um 23.00 Uhr ist sie immer noch wach. Die Mutter fragt sie, warum sie denn nicht schlafen könne. Die Tochter: „Ganz einfach: Ich habe noch gar nicht gegähnt!"

HEIRATEN

Die 17-jährige Schwester fragt ihren 5-jährigen Bruder, ob er wisse, was heiraten bedeute. Er: „Klar! Das heißt ein Baby zu bekommen …"

LÄNGENMASS

Der 5-jährige Sohn: „Mami, ich liebe dich 100 Meter!"

MASSREGELUNG

Die Mutter schimpft mit ihren 6-jährigen Zwillingen, weil sie auf eine alte Frau gezeigt und „Das ist eine hässliche Frau" gesagt haben. Sie erklärt ihnen, dass sie beide auch einmal alt sein und so aussehen werden. Das Mädchen belehrt seinen Bruder: „Stimmt. Es gibt nämlich alte Menschen und die ganz normalen …"

ALTERS-SCHÖNHEIT

Der 6-jährige Sohn sieht im Fernsehen eine alte Frau. „Warum sieht diese Frau so hässlich aus?" Seine Mutter erklärt ihm, dass diese Frau soeben ihren 119. Geburtstag gefeiert habe. „Dann sollte sie aber keine weiteren Geburtstage mehr feiern", meint er daraufhin. „Warum?" „Sonst wird sie noch hässlicher!"

KÄLTESCHOCK

Die 18-jährige Tochter schwitzt und hat Durst. Sie öffnet den Kühlschrank, überlegt kurz und sagt dann: „Ich glaube, ich steige gleich ganz in den Kühlschrank!"

ASSOZIATION

Die Mutter macht mit ihren 7-jährigen Zwillingen auf Geheiß der Lehrerin Sprachübungen, da sie den Buchstaben „s" nicht richtig aussprechen. Sie sagt laut Wörter vor, die ein „s" enthalten. Die Zwillinge müssen ihr das Wort nachsprechen. Manchmal wird sie von den Zwillingen unterbrochen, weil ihnen selber ein Wort mit „s" eingefallen ist. Die Mutter lobt sie dafür. Als die Mutter das Wort „küssen" spricht, sagt der Sohn spontan: „Knutschen!"

WUNSCHTRAUM

Der 7-jährige Sohn sagt zur Mutter: „Weißt du, was ich mir wünsche? Dass du vier Hände hast." „Warum?" „Dann könntest du mehr für mich arbeiten!"

BERUFSWUNSCH

Die 7-jährige Tochter erzählt, dass sie, wenn sie mal groß ist, einen Beruf mit „Basteln" ausüben will. Sie überlegt kurz und sagt dann: „Und wenn das nicht klappen sollte, werde ich eine ganz normale Frau." „Was meinst du mit‚eine ganz normale Frau'?" „So was, wie du es bist – eine Hausfrau!"

Die Autorin

Susanne Uenal, 1959 in Zürich geboren, hat nach
einer Ausbildung als kaufmännische Angestellte
als Sekretärin gearbeitet. Die Mutter von sechs
Kindern lebt heute in der ländlichen Umgebung
von Zürich. Der Kauf ihres ersten PCs animierte sie,
mit dem Schreiben zu beginnen. Zusätzlich widmet
sich die begeisterte Kinogängerin nach den Kurz-
geschichten, einem Kinderbuch und zwei Romanen
auch noch mit grosser Freude ihrer Statistinkarriere
bei TV- und Kinofilmen sowie in der Werbung.

novum VERLAG FÜR NEUAUTOREN

Der Verlag

*„Wer aufhört
besser zu werden,
hat aufgehört
gut zu sein!*

Basierend auf diesem Motto ist es dem novum Verlag
ein Anliegen neue Manuskripte aufzuspüren, zu ver-
öffentlichen und deren Autoren langfristig zu fördern.
Mittlerweile gilt der 1997 gegründete und mehrfach
prämierte Verlag als Spezialist für Neuautoren in
Deutschland, Österreich und der Schweiz.

**Für jedes neue Manuskript wird innerhalb we-
niger Wochen eine kostenfreie, unverbindliche
Lektorats-Prüfung erstellt.**

Weitere Informationen zum Verlag und
seinen Büchern finden Sie im Internet unter:

www.novumverlag.com